author
金子跳祥

illust
山椒魚

JN034637

亜人の末姫皇女はいかにして王座を簒奪したか

星辰聖戦列伝

STARS & WARRIORS IN THE HOLY WAR BIOGRAPHY

CONTENTS

STARS & WARRIORS
IN THE HOLY WAR BIOGRAPHY

メリヴォラ
ニスリーン

シーシヒ
バラド

キシュ
アルゴ

パタ
ボルゴー

ニャメ
イリミアーシェ

イデル
ニモルド

亜人の末姫皇女はいかにして王座を簒奪したか

星辰聖戦列伝

STARS & WARRIORS
IN THE HOLY WAR BIOGRAPHY

author
金子跳祥

illust
山椒魚

さて、天と地とを分け、世界を作り終えたワウリとネクルの二神は、満足しながら世界をグルグルと歩き回りました。

そうして、世界の真ん中までくるとそこに並んで座り、砂遊びをはじめました。

ワウリは土を練って自分たちに似たものを作りました。これが人間です。

ネクルは土を練って動物たちを作りました。それからワウリの作っているものを横目で見て、自分たちに似たものを作りましたが、それらは角があったり、翼(つばさ)があったり、尻尾(しっぽ)があったりしました。これが亜人間(あ)です。

こうして人々が作られました。

「私が作った方が、私たちに似ているね」

ワウリが言いました。

「似ていればいいというものでもないさ」

ネクルが言いました。

「それなら比べてみるか」

「ああ、やってみよう」

二人は残った土で世界を二つに割る神別れの山脈を作りました。
ワウリは人間たちを連れて東に行きました。
ネクルは亜人間たちを連れて西に行きました。
これ以来、人間と亜人間たちとは二手に分かれて戦い続けることになりました。

（創世神話——人々創造）

竜騎兵バラド

――バラドにはバラドの寝床

竜騎兵バラドは第二次聖戦において、その功績によって星座に上げられた最初の英雄である。よって第二次聖戦列伝の最初にバラドの事跡を記す。

バラドの話ならいくらでもある。

バラドの勲について語る歌は数限りなく、『バラドによる黒い塔の破壊』は画題として最もポピュラーなものの一つであるし、山脈の東の生まれであればどこの国の子どもであっても、夏祭りの夜にバラドと相棒の竜の人形劇を見て育つ。

バラドは将ではなかった。一騎兵に過ぎない。軍に限らず、一度として集団を率いたことはないという。竜と心を通わせた戦士たちはみな孤独を好む傾向があったが、バラドはその中でも格別だった。だれとも群れず、家族もなかった。ただ戦って死んだ。

鯱級飛空挺の開発による空戦革命が起こるまで、竜騎兵は空の戦場の圧倒的支配者であった。竜騎兵はその単騎のみで、巨大な鯨級飛空挺の気嚢を縦横に引き裂き、『ゴブリンの火』を満載した輸送ゴンドラに吐きかける火球で空を赤く染め、無謀にも挑んでくる戦闘凧をその鋭い翼と尾とで百も二百も叩き落とした。

偉大な戦果を上げた竜騎兵は多くあるが、その中でも最も優れた乗り手、竜を駆るものの理想としてたたえられるのが竜騎兵バラドである。

バラドは山脈の東——ワウリ界の中でも東方に位置するドウア山岳地方の出身である。ドウア国の山岳は古くから竜の多く棲む地域で、バラドは幼少期から竜の乗り手の訓練を積んだようだ。家族のことはよくわからない。少なくとも、相棒の竜と共に国を出る時には、すでにバラドにとって後ろ髪ひかれるような存在はなかったようである。

厳しい冬と痩せた土地のドウア国は昔から屈強な傭兵の産地であった。その中でも竜騎兵は最高級品だ。

ある年の九月の終わり、早くも降り始めた雪に貧しい山小屋の中へ閉じ込められてしまう前に、バラドは国の多くの若者と同じく、出稼ぎに向かう傭兵団の一つに加わった。そうして西方の豊かな土地や複雑怪奇な王侯貴族たちの相続権を巡る戦争の中へと進んでいった。初陣は十五歳、ちょっとした町に対する包囲戦だったことは覚えているが、どういった経緯の戦だったかはわからないという。ただ入っていた傭兵団で言われるままに戦った。

その戦で、バラドは自分がこの稼業に向いていることを知った。

バラドがその名を大きく記した最初の戦は、自由都市エタラカ包囲戦である。

教皇による聖戦の呼びかけに十分に応じなかったとして不信心宣告を受けた自由都市エタラカを、亜人間の王国を統べる魔王討伐の名目で結成された聖鍵軍が包囲した。海運交易で財を築いたエタラカは海を背に高い城壁を備えた難攻不落の城塞都市であった。

包囲は三ヶ月に及び、不信心宣告という強い措置に出ていた教会と実際の戦を有利に進めているエタラカとの間で和平交渉は難航。山脈の西――ネクル界に攻め込むために、教会が音頭をとって各国の出資で結成された聖鍵軍は、魔王討伐どころか、ワウリ界を発つ前に解散する危機に瀕していた。

その士気下がる包囲軍へ、新たに聖鍵を与えられた傭兵たちの援軍が送られた。

その中にバラドと竜の姿もあった。


エタラカの包囲網から少し離れた森に、隠れるように十騎の竜騎兵たちは待機した。

一緒にやってきた他の兵たちはすでに包囲軍に合流し、今頃は都市の城門を攻めていることだろう。

バラドは鼓動の音だけを聞いていた。

一定のリズムで、ド、ド、ド。

自分のものよりも、大きく、重く、ゆっくりだ。

この音を聞いていると、バラドはやすらぎを覚える。

自分の鼓動もそれに合わせてゆっくりになっていくような気がする。

肌寒く湿り気を帯びた森の空気の中で、鱗と肌の接触面だけが温かい。

深緑色のマントを頭から被り、バラドと竜の一人と一匹、同じリズムで呼吸をしていた。

「竜を寝かせるな！　命令は近いぞ！」

野戦用天幕から顔を覗かせた団長が、低くよく通る声でまた同じことを言った。騎兵隊が森に待機を始めたばかりの時、まったくこれと同じ台詞を聞いたのはどれくらい前だろう。団長に言わせれば、いつだって命令は近いのだ。

雨が降り続けている。鼓動の音から気を逸らすと、頭から被ったマントの上に降り注ぐ雨音が意識された。

待機命令を受けてすぐに、マントを頭から引っかぶって最初にそれを聞いた時と同じように、バラドは相棒の長く太い首の付け根を撫でた。その時と同じように、相棒は寝ていないことを示すために小さく身体をゆすって返した。竜は身体が大きいために、一度寝ると心臓が完全に目を覚ますのに時間がかかる。いつ命令が飛ぶかわからない以上、ぐっすり眠らせてやるわけにはいかないのだ。

代わりに自分も眠らない。こういう行為を他の兵たちは感傷的で無意味だと思っているようだが、竜騎兵はみんな知っている、竜にはこういう心遣いがちゃんと伝わるのだと。

少し動いたことで尻の下の地面のぬかるみがバラドに意識され、不快さが増した。

寒い。

雨に濡れた衣服が冷え切っている。

尻に張り付いたズボンの布地が気持ち悪い。

大きな鼓動の音を求めて、またぴったりと顔と身体を竜のわき腹に張り付けた。
ド、ド、ド。
竜の巨大な心臓が、温かな血を巡らしている。この鱗の下には温かな血が流れている。実際、竜の身体は鱗越しでも温かかった。

竜が身震いするようにして翼を振り、雨のしずくを落とした。

ふいに、雨音に紛れて、馬のひづめの音が森に響いた。

バラドは少しだけマントを上げた。

馬から転げるように下りた伝令が天幕に飛び込むのと入れ替わるように、天幕から飛び出してきた団長が絶叫する。

「全隊騎乗！」

マントを頭上から撥ね除ける。

森の方々から竜の唸りや小姓を怒鳴りつける兵の声が上がり、周囲は一気に慌ただしくなる。

バラドが素早く竜の背に跨るとほぼ同時に、バラド付きの小姓が馬上槍を恭しくささげるように差し出す。

「ご武運を！」

槍を受け取り、小姓の少年の言葉に手を上げるだけで答えた。

すでに数騎ほどの竜が先行して上昇を始めている。

いら立たしげにその長い首を振った相棒を、舌と歯の隙間で作る蛇の威嚇音に似た竜騎兵独特の発声で、バラドはいさめた。

焦る必要はない。空でおれたちより速く飛ぶやつはいないのだから。

バラドが手綱を引くと竜は巨大な翼を広げて羽ばたき、上昇を始めた。激しい風が地面を打って葉が舞い散る。空を見上げるバラドの顔を雨粒が強かに打つ。

無数の木の葉の舞う中を竜は昇っていき、木の高さを越えて森の上空まで上がると、竜は不意に羽ばたきを止める。急に開けた視界の先に、町を囲む兵の群れと、それを拒む高い城壁とが小さく見えた。

上昇と重力の一瞬の均衡の無重力の間に、バラドは姿勢を低くする。

次の瞬間に、竜の翼は風をとらえ、攻撃目標の都市の城壁目がけ、弾丸のように飛び出した。

空に現れた竜騎兵の姿に、地上の攻め手から歓声が湧き、守り手からは呪詛が飛んだ。

いつの間にか騎兵隊の先頭に出ていたバラドのにらむ先に、城壁に並べられたカタパルトが発射準備を整えて、身をしならせているのが見える。

高速で飛ぶ上空で声の指示は機能しない。竜との意思の疎通は脚の感覚と手綱とがすべてだ。

バラドが太ももを締め姿勢を低くすると、竜が羽をたたみ身を細くして、高度を下げつつ加速する。城壁との激突すれすれの高度、彼方にあったはずのカタパルトの脇を一瞬ですり抜けた。竜の残した風がカタパルトを操作していた衛兵を木の葉のように舞い上げて、城壁から墜落させる。

その様を横目で見て、バラドが小さく笑いを発すと、竜も小さく身震いした。自分も愉快だという風に。

上空から見下ろす町の内部には味方の兵は見えない。城門はいまだ破られていないらしい。

町内部に残っていた数少ない守備隊が、不意に頭上に現れた竜目がけて泡を食って弓を射掛ける。

守備隊の指揮官が必死に叫ぶ。

「乗り手を狙え！」

人の腕で引く弓で空を駆ける竜に有効な攻撃を加えることは難しい。よって地上からの攻撃は竜の騎手に向けられることになる。

竜がバラドを隠すように腹を地上に向ける。町の辻々から上がってきた弓矢は、竜の鱗に空しく弾かれた。

バラドに続いて城壁を越えてきた竜たちが次々と町へ火球を吐きだしていく。

町のあちこちに火の手が上がって、内部の混乱がいや増す。

同時に竜騎兵たちはすぐに引き返し始める。

一度、火を吐きかけてから焦らずに数えて百。それでようやく竜の身中に火球を作るに十分な精気が再び戻る。一度火球を吐きかけて素早く戻るのが、攻城戦や包囲戦における竜騎兵のセオリーだった。

しかし、バラドはそうしなかった。初めて町内部に及んだ戦災と竜騎兵の威容に、敵方が大いに混乱しているのを見て取ると、バラドは竜を頭から地面に向けて真っ逆さまに落としていった。

その降下の間に巧みな手綱さばきで竜の身を翻し、降下で得た速度のまま、今さっき越えてきたばかりの城門へと向き直る。そして、その勢いを落とさぬままに火球を城門に吐きかける。火球は城門の内側に激突すると同時に炸裂する。門を内側から支えていた補強材が燃え上がり、火達磨になった敵兵たちがのた打ち回る。

再び上空へと舞い上がったバラドと竜の面前に巨大な影が立ちふさがった。

竜の身体の十倍はある巨大な気嚢、その下にぶら下がる海の船とそう変わらないゴンドラ、鯨級飛空挺。

下からの射撃ではどうにもならないと考えて慌てて離陸して来たのだろう。ゴンドラに並べられた固定弓がこちらを狙っているのが見える。戦闘凧が飛空挺を守る陣形に展開するまでの時間を稼ぐ腹づもりか。

竜に襲われてから飛空挺を出すとは、なんと愚かな。

バラドは歯をむいて笑い、竜は首を振り回して吼えた。

ゴンドラの射手がまさに矢を射ようとした瞬間、竜は錐もみ打って降下し、射手たちの視界から消えた。

いくつかの矢が空しく飛ぶ。射手たちが慌てて次の矢を引こうと弦に取り付くのと同時に、真下からゴンドラ激突スレスレを竜が垂直に駆け上っていった。

思わず身をかばった敵兵たちがゴンドラの床を転げている間に、竜は気嚢のわき腹まで上昇する。バラドは竜を止めずに空まで駆け上がる間に、脇に構えた槍を突き刺すよりは置き去りにするようにして手放す。ここで力が入ってしまうと槍と目標の激突の衝撃を受けて肩が外れてしまうのだ。

竜の勢いのまま、槍は気嚢を縦に引き裂き、低い悲鳴のような軋みを上げながら飛空挺は町へと墜落していった。その巨体が尖塔を押しつぶし、気嚢が火を噴いて町を焼いた。

燃える町の上空、バラドはまた竜の身を翻す。見れば、城門はいまだ破られていない。

竜が吼える。

おお、行こう。

バラドが竜に張り付くように姿勢を低くする。

竜がこれまでで最高の速度で空を駆ける。

内側から門を支えていた補強材と敵兵が一緒くたに焼け落ちたところに、バラドと竜が凄まじい勢いで飛び込んだ。

竜の体当たりで、城門は内から派手に破られた。

開いた門に攻め手の地上部隊がなだれ込み、戦は劇的に展開した。

自由都市エタラカは、バラドによって一日で落ちた。

不信心宣告のなされていたエタラカには聖鍵軍による容赦のない略奪がなされ、戦後には教会による財産没収が徹底的に行われ、商業都市エタラカはこの後百年、元の栄華を取り戻すことはなかった。

これ以来、溜め込んだ財やじっくりと練った計画があっという間に瓦解するさまを、『バラドに襲われたエタラカ』と言い慣わすのである。

この劇的戦勝が後の歴史に与えた影響は大きい。

誕生してすぐに崩壊寸前だった聖鍵軍を生きながらえさせたことはもとより、この勝利が教会と協力者たちにもたらした莫大な富の意味は計りしえない。

これより一年の間に、教会は不信心宣告を連発することになる。

理由は聖戦への協力不十分がすべてであったが、その手法は難癖と言って言いすぎでないようなものであった。戦費の出し渋り、教会についてのちょっとした軽口、不倫や不人情の噂までもが告発の根拠とされた。不信心宣告を巡る陰謀と駆け引きが各国宮廷と教会で吹き荒れる中で、聖鍵軍は不信心宣告を受けた領地や都市を襲っては、連戦連勝を重ねていった。その勝利の尽くに、バラドの働きが記録されている。

そうして数年の荒稼ぎの後に、聖鍵軍はとうとう本来の使命であるところの魔王討伐に向けて、神別れの山脈越えに挑むこととなったのである。

聖鍵軍壮行の宴席でのバラドの振る舞いはよく知られている。

パーティーは華やかなものだった。

聖鍵軍は出資者たちにとって大した思い付きだった。彼らに富と刺激と興奮とをもたらした。そのクライマックスが山脈の西への出立だった。聖鍵の戦士たちはこうも自分たちを楽しませてくれた挙句に、仕事が済んだら自分たちの下に留まらず、山の向こうに行ってくれるというのだ。別れの宴の費用などいくらだしても惜しくはなかった。

聖都の王宮の非の打ち所のない調度品、ここぞとばかりに着飾った人々、贅の限りを尽くしたご馳走、目映いような諸々の中を、団長がスポンサーたちにバラドを見せに連れ回る。彼らは一様に名高い戦士の生身の姿に感激し、熱心に彼の手柄を賞賛し、伝説じみた栄光の真偽を確かめたがり、戦での武勇伝を求めたが、じきにバラドの田舎臭い語り口に飽き飽きしてしまうのだった。

そして、バラドが別の客へと挨拶するためにいなくなると一息ついて、「いや、真の戦士とは、ああでなくてはいけないよ。実に朴訥でいい男だ！」と安心して言い合うのだった。

ようやく解放されたバラドが人の輪から離れ、会食の席の隅に引っ込んだところに、同僚の竜騎兵がやって来た。彼とは故郷を出た時からの付き合いだ。

竜の乗り手たちはみな細く、それでいて鍛え上げられた身体をしている。竜への負担を小さくするために体重を落とし、なおかつ運動能力を維持するために、そういう体型に行き着く。豪勢な食事には手をつけずに、酒の杯だけを手にした二人の針金のような男が並ぶと、そこにはすぐに他人には近づき難い雰囲気が漂う。

同僚が言う。

「もっと愛想良くしたらどうだ？　お前の評判なら、いまや貴族の仲間入りだって夢じゃないんだぜ」

「貴族の娘をひっかけてか？　おれ向きの寝床じゃなさそうだ」

「おれたちがなんて言われてるか知ってるだろ？」

口の端を持ち上げてバラドは答えた。

「『竜に乗るから女に乗らない』」

「変態だと思われて平気か？」

「そういうことを言うやつは竜のことを知らないんだ」

竜の乗り手ならだれでも知っている。誇り高い竜がそんな真似を人間に許すはずがないのだ。

そんなことを仄めかすような冗談一つで、竜との関係は二度と元には戻らないほどに破綻することだろう。

「たまには竜のことを知らないやつらとも付き合わないと。人の言葉を忘れちまう」

「お前には野心があるからな、竜以外とも付き合わないとな」

バラドが軽く発した言葉に、同僚は気分を害したのが傍目にもわかるほど顔をしかめ身を硬くした。

思わぬ反応の大きさにバラドは一瞬絶句し、それから慌てて言葉を足した。

「悪かったよ、お前のおかげで他所の連中からの風当たりがマシになってるのはわかってるんだ」

気難しく思われがちな竜騎兵と他の兵たちとの仲を、この陽気な同僚が度々うまく取り成してきたことをバラドは言ったが、それが同僚の神経を逆撫でした。

「お前はおれのそういう気遣い自体、余計なものだと腹の底では軽蔑しているんだろう」

「いや、おれはただ…」

「おれはただ？　ただなんだ、説明してみろ」

「おれは、ただ…お前を……友だと…その」

「友を前に人の言葉が出てこないか！」

言い捨てて彼は去った。

バラドは頭をかくと、一人、宴の場から暗い夜の庭に出た。

それからブラブラと月夜の下を歩いて竜の厩舎へと向かった。

そして寝ている相棒の懐にもぐりこんで目を閉じた。

早く竜に乗って空を飛びたかった。

この故事から人が相応しい場所や地位に収まることを、『バラドにはバラドの寝床』と言い慣わすのである。


聖鍵軍が山脈を越えることの最大の障害は『黒い塔』であった。

『黒い塔』は第一次聖戦の末期に亜人側の偉大な魔術師が神別れの山脈に建設した砦の中に建つ、その名通りの漆黒の見張り塔だ。

魔力溢れる山脈の土や岩石で作られたこの塔には、ネクル神の強い加護と呪いが込められている。人間はこれを遠目に見るだけで頭痛を起こし、近づくほどにそれは悪化して、めまいや吐き気を引き起こす。塔にたどり着く頃にはいかな精強な軍団といえども半病人と化し、十分な力を発揮できなくなってしまうのだ。

山脈を越えるための唯一の登山道を塞ぐように建てられた要塞はただでさえ堅固だったが、この塔の放つ呪力が合わさればまさに鉄壁といえた。

この登山道以外の神別れの山脈の山路はあまりに険しく、要塞を避けて通ることは不可能だった。黒い塔が建てられて以降、人側は亜人側に攻められるばかりで、一度として山脈の西に入れたためしはないのだ。

当然、聖鍵軍魔王討伐へ向けての最初の目標は、黒い塔の攻略となった。

聖鍵軍による黒い塔攻略は過酷なものになった。

不信心者に対する連戦で鍛えられた精鋭たちも、黒い塔が近づくにつれ体調を崩すものが増えはじめ、砦を前にすると二割近くがほぼ戦闘不能となった。残ったものたちの体調も士気も万全とは言い難かったが、彼らに帰る道はなかった。

聖鍵軍は砦城門へと殺到した。

すでに斥候の報告から近年ない大軍の接近を知っていた亜人側は準備万端、数こそ人間側に劣るものの、最前線の攻守の要、黒い塔の砦の守りにおさおさ怠りはなく、高い山に挟まれた隘路を塞ぐように建った砦の地の利を存分に生かす。

城壁の上を素早く駆け回る猫人たちの弓が、半病人の騎士たちを次々に打ち抜く。

城壁にかけたはしごを必死に登る頭上に見事な体躯の猪人が岩を打ちつけ、這い登ってきた息も絶え絶えの戦士を犬人の刀剣が襲う。

地上の兵士たちは、祈るように空を見る。その視線の先を竜騎兵たちが飛んでいく。

砦上空にはすでに戦闘凧を展開した飛空挺が待ち構えていた。

亜人軍には『ゴブリンの火』がある。

人間にとって未知の成分で出来た発火性の液体を利用し、広範囲に火炎をばら撒く焼夷兵器『ゴブリンの火』を載せた飛空挺に地上部隊の上をとられれば、戦況はさらに厳しくなるどころか決すると言って過言ではない。

飛空挺へと肉薄しようとする竜騎兵たちに、戦闘凧が群れとなって襲いかかる。母船である飛空挺に縄で繋がれ、帆の不自由な稼動部をひくつかせるようなことしか出来ない戦闘凧に、乗っているというよりはくくりつけられるようにして飛んでくる小柄なゴブリン兵が、激しい風に煽られながら放つ弩の命中率は恐ろしく低いが、それでも数百本が出鱈目に空を飛び交うとなれば注意が要る。黒い塔の影響で戦闘への集中が難しい竜騎兵たちにとって、これは脅威だった。

竜の尾や馬上槍をふるって戦闘凧を落としていくが、それに気をとられていると塔や飛空挺から強力な固定弓が飛んでくる。業を煮やして不用意に飛空挺の前へ飛び出せば、待ち構えていたサイフォン式火炎放射器に『ゴブリンの火』を浴びせかけられる。

結果、竜騎兵たちはせめて地上部隊の上をとられないよう飛空挺の巨体の周りを飛び交いながら、戦闘凧と小競り合いを続けるだけの釘付け状態となってしまった。

その乱戦の中から、一頭の竜が飛び出した。

一度、深く沈みこむように高度を落とし、それから高く高く舞い上がる。

飛空挺を狙うでもなく、ただ空へと高く。

突出した竜を狙おうと固定弓の射手たちが一斉にその影を追う。

その目が強い光に眩んだ。

「太陽に隠れた！」

この塔の射手が叫んだ言葉が、後に何万枚もの絵画のタイトルとされた『太陽に隠れる竜と乗り手バラド』の元となる。

バラドと竜は身を翻した。

全速力で真っ逆さまに降下しながら、竜は火を吐き続け、音よりも速く飛ぶ身体は自ら吐き出した火を追い抜きながら身にまとい、尾に炎をたなびかせながら、さらに加速を続ける。

それらはただ一瞬の内に起きた。地上の人々の目には、太陽に潜った竜が、その炎をまとって降りてきたかのように見えた。

音速の竜は天より下る火の柱となって、真っ直ぐ塔に突き刺さった。

それは稲妻に似ていた。

その身に竜を飲み込んだ塔は、轟音と共に内から光と熱とを吐き出しながら、破裂するかのごとく崩れ落ちた。

「見ろ！　黒い塔が落ちる！」

いまだに城門を破れずにいた騎士たちが口々に叫び、坂の上を指さす。城壁の上の亜人た

ちが驚愕と恐怖に凍りつく。攻め手の指揮官すべてが歓喜を叫び、守り手の指揮官ことごとくが言葉を失い、戦場は一瞬、バラドと竜の壮挙に見惚れて停止した。

盛大に崩れた塔の残骸の中央、精根尽きてもはや身動きの取れないバラドと竜が寝転がっていた。

バラドの視線の先の上空で、宴の夜に喧嘩別れした同僚の竜が、羽ばたきながら留まっているのが見えた。自分を救う隙を探しているのだろう。手を大きく振って、早く去れと告げた。敵軍の面前で空中の一所に留まるなど、竜騎兵にとっては危険極まりない。バラドはすでに囲まれていた。歩兵の群れの中に竜を下ろして、そこから怪我人を担ぎ出すなど不可能だ。なにより、バラドには竜を捨てて自分だけ逃げる気など毛頭なかった。

「悪かったなあ。あれは、お前に甘えたくなっただけだったんだ」

空を飛んでいる友人に向けたそれが、バラドの発した最後の人間の言葉だった。

それから歯の隙間からの音で、竜になにか言った。なにを言ったか。それは一人と一匹にしかわからない。

夜半まで続いた激闘を制し、とうとう砦を占領した聖鍵軍は、もはや魔力を失った黒い塔の残骸の傍に、バラドと竜の死体を発見した。

鱗のそこかしこを無残に剝がれ、血にまみれた竜に抱かれるようにして、原形がないほど頭部を割られたバラドがいたという。

バラドと竜は共にその地に埋葬され、黒い塔の残骸はそのまま彼らの記念碑となった。

黒い塔を落としたバラドと竜はこの比類なき勝利の最大の功労者と讃えられ、天空の一座を与えられて、世界中の占星術師たちが竜騎兵座を観測した。


かくして黒い塔は陥落し、聖戦は大きな局面の変化を迎えた。

これまで攻められる一方であった人側が、山脈を越えて亜人側に攻め入ることも可能になったのだ。

山脈の西は人間にとって危険に満ちていたが、まったくの新天地でもある。

魔王討伐ブームの到来であった。

さて、ワウリ神に連れられて東に向かった人間たちはどんどん数を増やしました。しかし、いつまでたっても、その中でだれが亜人と戦う大将となるかで互いに争ってばかりいました。

ワガママな人間たちに業を煮やしたワウリは、一人の羊飼いの少年に目を留められました。

ある日、羊の群れを追って草原へ出た少年の前に、ワウリは天から光をまとって下りました。

「人の子よ、恐れずに来い。私はお前に大きな戦の使命を伝えに来た」

燃える炎のような目映さの中より聞こえるその声を恐れて、少年は地に伏して言いました。

「私はただの貧しい羊飼いに過ぎません。どうか、そのお役目にはもっと相応しい戦士を選ばれますように」

ワウリは言いました。

「だれが相応しいかは私が決める。さあ、私の光の中に手を差し入れて、鍵を持って行け。私はこの鍵に私の力を分け与える。あなたはただこの鍵を取ってなすべきことを成せ」

「何故、私なのですか？」

「お前の側には理由はない。この私がお前に目を留めたからだ。さあ鍵を受け取るように」

「それならばもう逆らいません」

少年が目映い光の中に恐る恐る手を差し入れると、その手が燃えるように熱くなりました。少年が思わず光から手を引き抜くと、その手には輝くような鍵が握られておりました。目を上げると光はどこかに去っていて、ただ草原が広がっているばかりです。

少年は草原から自分の住む村に帰ると、村一番の金持ちの屋敷に入っていき、その屋敷にある戸棚や金庫を漁りまわりました。不思議なことに少年が手を触れるとどんな頑丈な錠も自然に外れ、厚い扉もまるで布の幕のようにあっさりと開かれてしまうのでした。そして、少年は目につく金目のものを持てるだけ持ってそこを出たのです。

屋敷の主人や僕らはその振る舞いに驚きましたが、それを止めることが出来ませんでした。それというのも少年が聖なる鍵を持っていたためです。

路銀を得た少年はその足で都へと旅立ちました。

山脈の東を初めて統一した始聖王の旅はこうして始まったのです。

（創世神話——聖鍵受領）

狩人ニャメ

猫人の暗殺者ニャメは第二次聖戦において、星座に上げられた亜人の最初の英雄である。ニャメは初動の遅れた亜人側にあってたった一人で人間を迎え討った。よって列伝の二番目にニャメの事跡を記す。

山脈の西の生まれであろうと東の生まれであろうと、ニャメを知らずに子ども時代をすごす者はいない。

亜人の親は子に言う、「さあ、ニャメが窓から見守っているよ。安心してお休み」

人間の親は子に言う、「さあ、ニャメが窓から覗いているぞ。子どもは早くお休み！」

ニャメは、山脈の西においては眠る子どもの守護者として愛され、東においては眠らない子どもをさらう怪人として恐れられている。

ニャメはたしかに殺戮者だったが、決して子どもを殺めなかったことで知られている。

ニャメは山脈の西側——ネクル界の北方に広がる大森林地帯生まれの猫人だ。

猫人——しなやかな肉体、全身を覆う多彩で艶やかな毛並み、宝石のように輝く大きな瞳、小柄な頭部の上の愛らしい耳。

猫人の美しさは一部の人間をひきつけて止まない。

『闇夜に燃える金色の瞳が、その優美な曲線の肢体を従えて森の中の深い闇から現れた時、私はネクル神の猫人創造の御業が、所詮、神の無様な模倣に過ぎない我々のような出来損ないを作ったワウリ神のそれよりも、ずっと上だったのだと認めざるを得なかった』

こう友人への手紙に書き付けて、不信心者として告発され、最後には処刑された始聖王時代の詩人の伝説はよく知られている。

大森林に住まう多くの猫人がそうであるように、ニャメもまた狩人の家に生まれた。猫人の手の平にある柔らかな肉球は射程の長い強い弓を引くには向かなかったが、それを補って余りある能力を備えている。彼らは俊敏で、夜目が利き、足音がなかった。

猫人はあまり群れることを好まない。帝都マゴニアのような都会にあっては気ままな個人商やら詩人やらのフーテンまがいが多い。大森林地帯のような田舎においては村などは作らずに家族単位でそれぞれに暮らしている。森の中に互いに近すぎず遠すぎない距離にポツポツと家を建てて、獲物の豊富な森で狩りをして暮らし、たまにその毛皮などを町の市に出して生計を立てる素朴な生活を送っている。それぞれの家こそ離れているものの、その成員間の交流や入れ替わりは活発で、気安く他人の家に出入りし、しばらく寝泊まりすることも多い。自由な気風の種族といえよう。

ニャメが家族の最初の子として生まれた時、その見事に真っ黒な毛並みを見て、彼の祖父はことのほか喜んだ。真っ黒な毛並みは陰に潜むのに適し、それはすなわち狩人の適性を意味する。

大森林の猫人の中でも特別の狩りの名人だったという祖父は、まだ自力で立つこともできない幼い孫を背に負っては、夜の狩りに連れ出し、子守歌代わりにささやき声でこう教え込んだ。

「いいか、お前の黒い毛並みはネクル神様からの贈り物だ。森の影に紛れ、夜に溶け込むことが出来る最高の衣だ。夜と呼吸を合わせるようにするんだ。それがぴったりと合っていれば、だれもお前と夜とを見分けられない。お前は夜と一つになる。夜から逃げられるやつはいない。夜はどんな獲物もしとめられる。夜と呼吸を合わせるんだ」

ある日の夜、森の闇に身を潜めて祖父が獲物の鹿の様子をうかがっていると、背中に負ったニャメが突然笑いを発した。祖父が驚いて振り向くと、ニャメがウサギの耳をわし摑みにして捕らえていた。

「なんと、わしの孫は便所を覚える前に狩りを覚えよったんじゃ！」

ニャメの祖父は死ぬまでこの孫自慢をしつづけたという。

両親は次々に生まれた弟妹たちの世話に追われ、ニャメはもっぱら祖父に世話されて育った。祖父は望むところで狩りを教え込み、両親もそれで良かろうと思っていたし、ニャメにもなんの不満もなかった。

こうして物心がつく頃にはニャメは一端の狩人になっていた。

ニャメはそれからも祖父の指導を受けながら熱心に腕を磨き、二十歳を迎える頃には近隣では知られた名人になっていた。

ニャメ自身も自分は森の狩人でこれから死ぬまでそのまま森の狩人なのだろうと思い、周囲もそう思って疑うこともなかった。綺麗なルビー色の目をした三毛猫人の幼馴染との関係をいつどのようにして恋人へと進めていくかが、ニャメにとって人生最大の悩みだった。

黒い塔陥落の知らせを聞くまでは。

黒い塔が陥落したのと同じ頃、ニャメの祖父が卒中で死んだ。

長く自分の保護者であり指導者だった存在を失ったのと同時期に大きく時代が動いたことは、ニャメにとって象徴的な出来事だったのかもしれない。

普段は品がよく物静かな性格だったというニャメが、後に大胆な行動に走ったことはそのことが影響したのだろう。

黒い塔を失った亜人国の反応は聖鍵軍や教会の予想に反して鈍かった。

それというのも、当時の『魔王』――亜人側の呼び名で言えば『亜人皇帝』はすでに高齢で、ネクル界は後継者問題を抱えていたのである。

皇帝には七人の子があって、まだ幼い末子を除いたそれぞれが領地を与えられて地方を治めていた。各々の領地で黒い塔陥落の知らせに接した後継者候補たちは、即座にこの問題にどう対処するかで次の皇帝が決まることを直感した。

聖戦に貢献しなければ株が落ちるが、逆に注力し過ぎて勢力が弱まっても食い物にされる。ネクル界の権力者たちはまずは慎重に己が領地の防備を調えることから始めた。皇帝自身もすぐになにかの指令は発さなかった。彼も自身が若くないことをよく自覚していた。事前の利害調整もせずに軍を動員することは、すでに彼にとって危険な行為となっていた。

その間に人間たちは素早く行動した。

聖鍵軍は亜人側の反応が鈍いと見るや、すぐさま神別れの山脈の裾野に広がる豊かな草原を確保し、砦を次々に築く。その砦を中心として、各地で植民が開始された。

聖戦の名の下に山脈の西への移民が奨励された。教会が山脈の西において開拓した地域はほぼ無条件で開拓者本人のものと認め、当分は税を取らない方針を発表すると、使命感と野心にあふれた人々が西へと殺到した。先からの不信心者戦争で発生していた難民たちが次々に山を越えた。貴族たちは自分たちの親類縁者から相続にあぶれたものを西に送り込むことを名誉とした。腕に覚えのあるものたちが冒険と荒事を求めて旅立った。

教会のスローガンはシンプルに人々を鼓舞した。

『西へ！　魔王を討伐に！
　西へ！　聖戦を戦おう！』

人間の身で山脈の西に生きることは、すなわち聖戦を戦っていることだった。

黒い塔に守られてきた裾野の草原に侵略に対する備えはまるでなく、人間の植民は聖鍵軍の庇護の下、驚くほど迅速かつスムーズに広がった。

その開拓の先端がニャメの住む北方の大森林地帯に達するのに二年もかからなかった。

人間たちの植民が山脈の裾野ではじまった当初、大森林の猫人たちはただ戸惑っていた。山脈の西への侵略が人間たちにとって未知なら、侵略を受ける亜人たちにもそれは未知だった。

亜人の中には山脈の東へ攻め込んだ経験のあるものや黒い塔の砦の防衛戦に従事した経験のあるものもいたが、それは自分たちの生活圏が脅威にさらされるかもしれない国内への侵入とは全く別の出来事だった。

大森林を早々に捨て西の帝都方面へ逃れるものたちもあったが、ほとんどの猫人は戸惑いながらも森に留まった。現在の生活を捨てることはだれにとっても簡単なことではない。その人が後に星に上げられるような英雄であってもそれは変わらない。ニャメもまた、住んでいる森から動かず、ただ成り行きを見守った。彼もこの事態にどう対処すればいいのかわからなかった。狩りの合間に、地形を偵察しているらしい巨大な飛空挺が遥か上空を行き過ぎるのを、森の木々の隙間から不安と共に仰ぎ見ることが多くなっていった。

そして、その日はやってきた。

その日の朝から、ニャメには嫌な違和感があった。昨日の宵の口に狩りに出て、それから一晩、獲物の動物にまるで出会えていなかった。

腕の悪い狩人や新顔が猟場を荒らした後にはこういうことが起こるが、少年たちの狩り初めの季節はまだ当分先だし、だれか他所からやってくるような話も猟師仲間からは聞いていない。猫人の狩人たちは縄張りを尊重しあう。

ルールを知らない何者かが来たのだ。森の作法を知らない野蛮人が。

朝露の湿り気を帯びた森の中を自らの家へ急ぎながら、ニャメは鼻をひくつかせた。水気たっぷりの重たい植物の臭いに、嗅ぎ慣れない生き物の臭いが混じっている。

帰り着いた家でニャメを待っていたのは頭の割れた父母と腹を刺された弟だった。

ニャメのいない間に、何の予告もなく武装した人間たちが押し入ってきて、子どもたちを連れて行こうとしたのだ。止めに入った父母はこん棒で殴りつけられ、激昂して襲いかかった一番上の弟は腹を刺され、残りの幼い妹と弟たちはさらわれた。

ニャメは両親の頭の傷を手当てしながら、床に横たわるピクリとも動かない弟を横目で見た。弟からはすでに狩人であるニャメには嗅ぎ慣れた死の臭いがしていた。手遅れであることは明白だった。

「人狩りだ……」

苦しげな息の下から父親が呻くように言った。

黒い砦の陥落以降、開拓と侵略の過程で大量に生まれた亜人種捕虜の行き先として、奴隷交易は急速に規模を拡大していた。

亜人種奴隷の使用人を持つことが人間の貴族たちの間で爆発的に流行し、その中でも猫人の、特に子どもたちは抜群の人気であった。猫人は労働力としてだけではなく、愛玩用としても価値が高かった。豪華な衣装で着飾らせた猫人の子どもを見せ合うパーティーが流行り、よく躾けられた猫人をサロンに連れ歩くのが優雅だとされた。美しい猫人の子どもの中には、その体重の倍の金塊で売買されたものもあったという。

こうした需要に応える形で亜人種狩りは山脈の西に進出した人間たちの重要な産業となった。冒険者を名乗るならず者たちは即金になるこの仕事を好み、チームを組んでは聖戦と開拓に先立つ偵察の名の下に未知の地域に侵入し、『魔王の手下たち』に対する冒険と腕試しにいそしんだ。

その尖兵がとうとう大森林にもやってきたのだ。

襲われたのはニャメの家だけではなかった。それぞれの家から生き残りたちが助けを求めて飛び出してきていた。それぞれに被害を伝え合いながら、次々に同類の家々に知らせを届けてまわる。

何軒目かの家で、自分の幼馴染もまたさらわれたことを聞いた時、ニャメは走る目的を変えた。

暮れがたになって猫人たちがようやく集まって子どもたちをどうにか取り返す相談を始めた頃、ニャメは一人、不快な臭いを追って暗い森を駆けていた。

臭いをたどるのはさほど難しいことではなかった。

標的は自分たちの進路を隠す気がないらしい。集団の足跡、切り開かれた草木、小便の痕跡、森に慣れたニャメに追跡は容易だった。

そして森の木々の合間に、二本足で立つ生き物の影を見つけて、ニャメは素早く手近の木へ駆け上った。

日はすっかり暮れている。闇の中にその生き物が持つ松明が煌々と光っている。

人間。

未知の獲物だ。

ニャメの耳元に祖父の教えの記憶がささやく。

「見慣れない獣を狩る時は用心せぇよ」

ニャメは木の上からじっくりと相手の肢体を観察する。

全体のフォルムとしては自分たち猫人や他の亜人種とそう変わらない。猫人よりはがっしりした印象だろうか。頭部以外には毛が生えていない。柔らかそうな肌がむき出しな点はゴブリンや角人たちに近い。ニャメは昔聞いた創世神話を思い出して、これに似ているなら神々の外観はさほど美しくはないのかもしれないとチラリ考える。

布の服の上に心臓を守るためだろう胸当て、背中に負った楯、手足の半分ほどを覆うすね当てに手甲、それから額を守る鉢がね。それ以外の部位なら強い毛や鱗に覆われているわけではないから、いかに筋肉を鍛えていようと、刃を通さないとはいえまい。剣を腰に下げているが、完全に納刀している。

こちらに気付いた様子はない。目立つのも構わず松明を持っているところを見ると夜目は利かない。鼻をひく付かせる様子もない。あまり敏感な種ではないようだ。少なくとも森においては。

周囲に他の人影はない。なにかで『群れ』から遅れて取り残されたのだろう。仲間の灯を探して周囲をうかがいながらウロウロし、男は小さく舌打ちをした。

「気配を隠す気のない獣は、恐ろしく強いか恐ろしくマヌケかのどちらか」

そうささやいた祖父の口の端が残酷に歪んで小さく笑うのが見える。

「やつがどっちかは一目瞭然だわな」

ニャメは小さく肯く。こいつはカモだ。

ニャメは腰から短剣を抜いた。

木の上から静かに飛び降りる。ニャメの柔らかな足は着地の音を完全に殺す。それから相手の背にそっと忍び寄る。鼻の頭が相手の背につきそうなほどにニャメが迫っても、相手は振り向く素振りも見せない。

「殺す時は躊躇うな！」

祖父の言葉を思い出すのと、相手の喉に背後から短剣を突き立てたのと、はたしてどちらが早かったか。

ニャメが素早く身を離すと、男がゆっくりと振り向いた。

男が驚きに目を瞠り、なにかを言おうとした口から血があふれた。

それから突然にどうと倒れて、少し引きつるような痙攣を見せた後、そのまま動かなくなった。

これがニャメの最初の殺人になった。

ニャメはそれが獣を殺すのと手順としては変わらないことを知った。

夜と呼吸を合わせ身を隠し、最初の一撃で急所を傷つけること。

それがすべてだ。

「悪くなかったが、最後に獲物が倒れるのを受け止めていれば、より無音に近かったことだろうな」

祖父ならそう言ったろうと思いながら、死体の喉から短剣を引き抜いた。

群れと接触する前に個体を狩れたことはニャメにとってありがたいことだった。人間をやたらに恐れる必要も無謀になる必要もなくなった。丁寧に仕事をしていくだけだ。そう思えた。

はぐれていた男を殺した後、ニャメはさらに痕跡を追い、ほどなくして森の少し開けた場所に野営している集団を見つけたのだった。

木々の隙間から見上げる空の月は細く、森は闇に沈んでいる。闇の中から見る野営地はかがり火で明るい。野営地を囲む夜の中に潜んで、ニャメは全体を偵察して回る。

その間、野営地からは途切れ途切れにか細く高い鳴き声が響いてくる。それが聞こえるたびニャメは歯ぎしりする。猫人の子どもの泣き声だ。

野営用の天幕が二つ、それらの目の前に、捕らえられた人々が引き据えられていた。そのほとんどが子どもたちだ。二十人ほどが鉄の鎖と手錠とで繋がれて、一まとめに座らされているのが松明の火に照らされて見える。鎖で窮屈に密集させられ、横になることすら出来そうにない。どの顔も憔悴しきっている。疲れきった子どもたちがぐずり泣いている声が響いている。

見張りはいないが、天幕は近い。異変があればすぐに人が出てくるだろう。

どうするかニャメが考えている間に、天幕から人間が一人出てくる。

人間は無雑作に、近くにいた泣いている子どもの腹を蹴り上げた。

鎖に繋がれている人々に緊張が走り、泣き声がぴたりと止む。

激しく咳き込む子どもの背に向けて再び足を上げた男に、囚われている猫人の中から必死の声が上がる。

「止めてください！　静かにさせますから！」

ああ、あの子の声だ。おれの愛しい人の声だ。

ニャメは飛び出していきそうな自分を抑えた。

「そうしろ」

そう言い捨てると、男は天幕に戻っていった。

自分の胸の中に湧き上がった感情を、言葉ではなんというのか、ニャメは知らなかった。ただ怒りというだけでは足りない。ニャメは言葉を扱う詩人ではない。狩人だった。

彼はその感情を狩りで示すことにした。

ニャメは音を立てずにそっと、捕らえられている人々に闇の中から近づいていった。

松明の光のふちで、早くもこちらに気付いて目を見開いている子どもたちに手振りで静かにするように知らせると、子どもたちは真剣な顔で口を覆った。そのさまが子どもらしくてニャメの心臓がまた締め付けられる。

ニャメが幼馴染の元に忍び寄ると、彼女はそっとささやいた。

「来てくれたのね」

その震える小さな声に喜びがにじんでいるのを感じて、状況も忘れてニャメの頬が火照る。

ニャメは気の利いた返事をしたかったがなにも思いつかなかったので、今言うべきことを小声で口早に言った。

「鎖をすぐに外すのは難しそうだ。それに、子どもたちを一斉に逃がすのは危険だと思う。だれかを人質に取られたりしても大変だ」

「どうするの？」

「周りを安全にしてくるよ。すぐに戻る」

それだけ言って離れていこうとしたニャメの袖を、幼馴染がそっと摑んだ。

「大丈夫だ、絶対に戻るから」

「本当に戻る？」

「ああ、当たり前だよ。心配いらない」

ニャメはまた静かに闇の中に這っていった。

人間たちは天幕の中で祝杯をあげていた。

遠征は大成果を上げた。危険を冒して未知の地域に挑んだかいがあったというものだ。

「こりゃあボロい商売だぜ。猫どもはバラバラに住んでやがるから捕らえるのも簡単だ」

「その上、犬や猪どもとは売り値が一桁は違うと来てるからな。まったくいい獲物だよ」

「ガキどもを売りサバいたら人を増やしてすぐに戻ってこよう！　他のやつらに荒らされる前にガンガン狩ろうや！」

「明日、はぐれたマヌケが追いついてきたら、すぐ出発だ！　あんまり遅れるようなら置いていっちまおう！」

一応、酒は一杯だけに留めていたが、浮かれた気分は抑えようがなかった。山脈を越えた冒険の果てに手付かずの金鉱を掘り当てたのだ。これから忙しくなる。一財産作るのだ。

人間たちは活力に満ちていた。

一人の男が席を立つ。

「どこへ？」

「ションベンだよ」

「アタシにフラれたからって猫を口説く気じゃないでしょうね？」

「冗談じゃねえ！　あんな毛深いのはゴメンだね！」

下卑た笑いの響く天幕の中から男が一人出ていく。

天幕から離れた暗がりで立ち止まりズボンを下ろす。

それとほぼ同時に、暗闇から男の首目がけて投げ縄が飛んでくる。

突然のことに声を上げようとした男の喉を縄が締め上げ、ズボンを下ろした脚がもつれて地面に倒れる。縄が引かれてさらに男の首に食い込み、男はそのまま闇の中に引きずり込まれていった。

「…長いションベンだな」

「クソしてるんじゃない？」

「まさか本当に猫と？」

「ちょっと見てくるよ」

天幕を出た男は仲間を探してウロウロと周囲を見て回る。

チラリと捕らえた猫人たちの方も見てみたが仲間の姿はなかった。猫人たちは大人しくしている。疲れているのだろう。

もう一つの天幕を覗いてみたがだれもいなかったので、少し警戒的な気持ちになってもう一度周囲を見回してみると、少し森に入った明かりが届くギリギリの辺りに立っている仲間が見えた。

フンと不満と安堵がない交ぜになった息を吐いてそちらに近づいていく。

「おーい、どうした？」

相手はなにか頭上に興味深いものでもあるのか、熱心に上を見たまま動かない。

「おいっ、お…」

相手の肩に手を置くと、それがブラリと前方に揺れる。それが木にぶら下がった首吊り死体であることはすぐにわかった。が、その直後に男の首には短剣が突きたてられていた。

さすがに二人目が帰ってこなかったことが人間たちに警戒を呼んだらしい。

天幕からぞろぞろと人間たちが武器を持って表に出てきた。

口々に仲間の名前を呼びながら、天幕の周りをうろついている。

ニャメはその様子を闇の中の樹上から、小弓に矢をつがえてじっと見ている。

そのうちに、ニャメがちょうど見下ろせるかがり火近くの少し開けた場所に、男の一人がやってくる。

ニャメの引く弓でも十分に届く。理想的な位置だ。

ニャメは静かに弓を絞って、相手の脚を正確に射る。

「うがっ!」

狙い違わず、矢は相手の太ももに深々と突き刺さった。

相手がバランスを取るために無傷の脚を大きく踏み出す。その間にニャメは次の矢を素早くつがえている。素早くもう片方の脚も射抜く。再び高く叫び声が上がって、両脚の自由を失った男が投げ出されるように倒れる。

「うがが…助け、助けてくれ!」

のたうつ男が喚いている間に、ニャメは夜の中の木の上を飛び移って位置を変える。

仲間の叫びに、周囲から人間たちが一斉に駆けてくる。ニャメは獲物の数を確認する。地面でのたうっているのを含めて、人間が六匹。

血まみれの仲間を助け起こそうと真っ先に近づいてきた女が照明の灯りの中に入ってきたところを、ニャメは正確に射る。

腹に矢を受けた女が叫びを上げながら地面に転がる。その他の連中が慌てて身を伏せたり天幕の陰に隠れたりし、口々に喚く。

「どこからだ！」

「森だ！　森の中から！」

「何人っ！」

「わからねえ！」

地に伏せただけの相手は木の上にいるニャメからはいい的だった。一人の男の頭を射抜く。そしてまた位置を変える。

「いるぞ！　いる！」

「どこに！」

「知らねえよ！」

物陰に潜んだ人間全員が息を呑む。突然に場は静かになり、ただ怪我人たちの小さな呻きと火のはぜる音だけが響いた。両脚を射られた男が荒い息を吐きながら痛みを堪え、恐る恐る匍匐前進を試みると、また矢が飛んできて今度は深々と尻に突き刺さった。

「ギャアアッ！」

男の叫びが響く中、人間たちは矢の飛んできた方角を凝視するが、そこには森の闇があるばかりで、なんの影も見えない。

「野郎、おれたちが助けに飛び出てくるのを待ってやがる…」

そう人間たちのリーダーが呟く。

ニャメは獲物の様子を観察する。腹を射た女は動かなくなった。周囲に流れた血の量を見るに、まだ息があったとしてももう助かるまい。脚と尻を射ってやった男はまだ蠢いている。もう一矢、肩の辺りを射ってやる。また高く悲鳴が上がる。

「クッソ、我慢ならねえ！」

「行くぞ！」

物陰から頭を丸楯で守りながら人間が二人飛び出してくる。全身を守るには小さすぎる楯だ。一人の太ももの辺りを射る。射られた相手は一瞬、バランスを崩したが地面には倒れず、傷ついた脚を引きずるようにして血まみれの仲間の元にたどり着いた。無傷な方が楯を放り出して仲間のわきの下に腕を差し込み物陰へ引きずり込もうとするのを、もう一人が楯を構えてかばう。

それをニャメは容赦なく射る。

楯を構えている人間の無傷の方の脚を射ると、男が呻きながらくずおれる。

怪我人を引きずっていた人間の頭がむき出しになったのを素早く射抜く。

両脚を射抜かれた人間二人が並んで呻いているのをまた観察する。

最初に射た方はもう血を失いすぎている。もう動いていない。じきに死ぬだろう。

もう一人の方はまだ元気だが、傷は十分に深い。しばらくは放っておいていい。

ニャメはまた素早く木の上を動く。

残った人間は子どもたちを人質にするだろう。猫人たちが囚われている場所を見下ろせる位置に動く。狙撃にはうってつけだ。人間の数が減った今、人質作戦はもう上策ではなかった。

案の定、残された人間のリーダーは天幕の陰から捕虜たちの元に這っていくと、刃物を子どもに突きつけて大声で喚きだす。

「見ろ！　てめえらっ、見ろ！」

薄汚い要求を喚きだす前に頭を射抜く。

リーダーの後ろを這ってきていた男――残された唯一無傷の人間が叫び声を上げて、また天幕の陰に引っ込む。

ニャメはもう隠れる必要はないと判断した。木から飛び降りると、堂々と大またに天幕へと近づいていく。

両脚を射られて地面を必死に這っていた男が荒い息を吐きながらこちらを見返して、無言のまま弓で喉を射抜き止めを刺した。

その間に天幕の中へと逃げ込んだ無傷の男を追って、ニャメも天幕に入る。

「待て！　待ってくれ！」

狭い天幕の中、男が身をかばうように手を突き出すのに、ニャメは吠え立てる。

「怯えろ！」

怒鳴りながらニャメは短剣を振るう。相手の突き出していた手から指が二本飛んだ。

男は叫びながら手足をかばって地べたへ身を丸めた。相手の震える背中を見下ろして、ニャメは告げた。

「帰って貴様の薄汚い同族に伝えろ。この森で狩られるのは貴様らの方だ。この森に近づくな！」

それからニャメはきびすを返し天幕を出ると、子どもたちと幼馴染の鎖を解き、全員で森へと帰っていった。

猫人たちは帰ってきた子どもたちの興奮した口からニャメの戦いぶりを聞き目を丸くした。

ニャメの殺戮の伝説の始まりだった。

この一件以降も、人間の大森林への侵入は後を絶たなかった。猫人の多くが森を捨てて西へと逃れていった。ニャメの家族も西へと移動することを決めた。

ニャメは残った。

あの襲撃のあった日に両親を失っていた幼馴染も残った。

周囲は一緒に暮らすことをそれとなく勧めたが、ニャメはそうしなかった。

ニャメはひどく忙しく、また危険な日々を送っていたからだ。

獲物は次々に押し寄せてきていた。

この時期にニャメが殺した冒険者の数は少なくとも二百を超えると言われている。戦う場所が深い森でなければ、こうはいかなかっただろう。樹上への素早い上り下りによる三次元的戦闘が容易な森において、猫人ニャメはまさに無敵だった。森に来る人間の目的が何であろうと、ニャメは容赦なく狩った。たとえただの探索が目的でも、その探索の成果は奴隷狩りや開拓に利用されるのだ。ニャメが躊躇う理由はなかった。

木々の上の死角から弓で射殺し、夜影に紛れて首をかききる。足元に潜む罠にハメて、首縄で木に吊るす。老いも若きも男も女も区別せず、ニャメは大森林中を音もなく駆け回って人間への襲撃を続けた。

その間も亜人側の権力者たちが侵略者に対して、なにか手を打つ気配はなかった。ネクル界における僻地だった大森林は、ほぼ見捨てられていたといっても過言ではなかったのだ。大森林において亜人側の組織的な抵抗はほぼ皆無だったといっていい。

それでも大森林への人間の進攻は遅々として進まなかった。幸運にもニャメの目を逃れて小規模な奴隷狩りに成功するものはあっても、それはそれだけのことだった。驚くべきことに、ニャメはほぼ単身で大森林への人間の本格的な進出を阻んでいたのだった。ニャメの名声は、手を打たない皇帝や諸侯たちへの不満と比例して高まっていった。

ニャメの名は捕らえられた猫人や亜人たちによって人間側にも知られていった。

次第に森の夜に潜むニャメは、人間にとって山脈の西の恐怖と脅威の象徴になっていった。教会にニャメへの対応を求められた当時の聖鍵軍の団長が書き送った『ニャメに鈴でもつけろとおっしゃるのか？』という一節から、実行困難なことを示す言い回し『ニャメに鈴をつける』が生まれた。

草原からの更なる進出が進まないことに業を煮やした教会は思い切った手を打った。潤沢な装備を与えたまとまった数の開拓民を森の近くに送り込み、それなりの規模の集落を作って、そこを大森林攻略の拠点としようという策だった。

なにかあればすぐにも正規の聖鍵軍が駆けつける約束の下、貴族たちから投資が募られ、野心と意欲に燃える開拓民が、この頃から草原の中心都市になっていた植民都市ダルフンカから送り出された。

十分な物資を用意していた開拓民たちは手早く村を築き上げ、一週間とかからずに集落は形を成した。

早くも森を切り開き耕地を増やす作業に取りかかりだした開拓民たちは、ある朝、家の戸に貼り付けられている短い警告の手紙を見て震え上がった。

『三日のうちに森から去るように

そうしなければ夜、私が行くことになる

ニャメ』

同じ文面の手紙が、開拓村のすべての戸口に貼り付けられていた。

それらは一晩のうちに村のだれにも気取られることなく届けられたのだった。

すぐさま聖鍵軍に知らせが走り、翌日の夜には武装した聖鍵の戦士たち百名が村にやってきた。

最初の夜に見張りに立った八名がナイフで首をかききられて音もなく殺された。

翌朝、日が昇ってから周辺の斥候に出た二十名が戻らなかった。その捜索のため、三十名の集団が森に入りいくつかの味方の死体を見つけるも、ニャメについてはなんの手がかりもなく空しく戻った。

その夜、二名以上での行動が見張りに厳命されたが、見張り六名が殺害され、弓により四名が負傷。

翌朝、もう一度、集団で周辺の森を索敵するも空しく帰還。

その夜、兵舎代わりにしていた納屋で火災が発生、三名焼死、二名負傷。その消火活動の混乱の中で五名がいつの間にか殺される。

翌朝、村長が村の放棄を提案するも聖鍵軍指揮官はこれを拒否し、再度、森の索敵に出る。この際、指揮官の指示でそれぞれ四名ほどのチームに散開したらしいことが、後にニャメが語ったことから推察されている。人側で森の中の出来事を証言できたものはいなかった。

森に入った聖鍵軍は全滅した。一人も帰らなかった。

開拓民たちは村を放棄し残った負傷者たちと退去した。

ニャメに山脈越えを依頼したのが何者なのかという点についてはいまだ論争が絶えない。

亜人皇帝の後継者候補たちのだれかだったというのは比較的穏当な説だが、これは依頼者のメリットがよくわからない。仮に後継者候補の内のだれかが山脈を越えた暗殺を指示してニャメがそれに見事成功し、人間のネクル界進攻が止まったとしても、『暗殺を指示した』ということが名声を高めるかというのは甚だ疑問である。

人間側の何者かだったという説はより刺激的で想像力を楽しませる。なにしろ聖鍵軍の成功によって権勢の絶頂にあった当時の教皇に死んでほしかったろうと考えうる人間は数限りない。教会内の派閥争い、不信心宣告乱発により複雑化した貴族勢力図、もっと直截な怨恨関係……陰謀論の種には事欠かないが、いささか突飛過ぎる嫌いもある。

皇帝自身による秘密の勅令説は劇的かつ説得力があり、一般的にはこれが妥当な真実だとされている。

ある夜、突然、狩人ニャメの質素な小屋の戸をだれかが叩く。フードを目深に被った男が、訝しげに見つめるニャメに、マントをめくって胸に飾られた皇帝の紋章を黙って示す。驚きに目を瞠ったニャメがその場にひざまずき、勅令の記された手紙を恭しく受け取る。そういった情景を人々は好んで思い浮かべる。聖戦を指揮する教皇の暗殺は、後継者候補たちのだれにも肩入れせずに済み、それでいて人間の進攻を止める、あるいは鈍らせる、皇帝にとって意味ある一手と言えそうだ。

だれが頼んだにしろ、ニャメはその依頼を受けた。

使者の訪れた夜が明けたばかりの早朝に、ニャメは幼馴染の家を訪ね、しばらく旅に出ることを告げた。

「ひょっとしたら長くなるかもしれないんだ」

「それはとても長いの？」

「ひょっとしたら、だよ」

沈黙を恐れてニャメは言い足す。

「君のために行くんだ」

「それはウソね」

即座にそう言って、彼女はニャメに口を挟む間を与えず続けた。

「あなたが私を人狩りから助けてくれた時、私、あなたに『本当に戻る？』って聞いたわね。自分でもわかっていなかったけど、あの時、私が『戻る』か聞いたのは、場所のことじゃなかったんだわ。あなたが変わってしまって、もう元に戻らないいんじゃないかと思ったのよ。あなたはなにか、とても大きな獲物に憑りつかれてしまった。そういう狩人は森の奥に行ってしまって帰らない」

「…待たなくてもいいんだ。それを言いに来た。長くなったら、待たなくてもいい。私が森の奥に行ってしまったと感じたら、もう待たなくていい」

「あなたはどっちがいいの？」

「え？」

「あなたは私に待っていてほしいの、待たないでほしいの？」

彼女の大きなルビー色の瞳が朝日を受けて輝いていた。森の木々は息を呑んで静まり返っている。風はそよとも吹かず、鳥たちも二人に遠慮してさえずり一つ上げはしない。瞳の端から大粒の涙がこぼれ落ちても、彼女は瞬き一つしなかった。

ニャメは彼女に屈服した。

「待っていてくれ、絶対に帰る」

「そう、じゃあ待つわ、ずっと」

ニャメは玄関にも入らずに足早に去った。

恋人はその背が森の中に見えなくなるまで見送った。

短い別れだった。


この頃、山脈唯一の出入り口である黒い塔の砦跡は、そのまま聖鍵軍が拠点として利用していた。

その砦をある奴隷商が通過した。檻を載せた馬車には、大森林で捕まったという夜のように黒い見事な毛並みの美しい猫人が乗っていた。

「ほお、こりゃ高く売れそうだな」

そう呟いたものもいたが、この頃、猫人を連れた奴隷商は珍しくもない。さして注意も払われずに砦を越えていった。


山脈の東にニャメの殺戮が広がった。

ワウリ界に暗殺の嵐が吹き荒れた。

その標的は、教会関係者、各国要人、富豪に貴族と手当たり次第にも思われたが、一応は聖鍵軍に関係していたことは間違いないようだった。

この時期、ニャメは山脈越えを手引きした奴隷商の男を通してもたらされる指令に従って暗殺を続けていたという。普段はどこかで使われている猫人奴隷のような顔をして町に潜伏し、仕事の指示が来れば夜に紛れて狩りに出る。狙う相手の素性はよくわからなかった。ただ、それが森を守ることに繋がると信じて殺しを続けた。

孤独の中で恋人のことを思わない日はなかった。ニャメのいなくなった山脈の西では脅威の殺戮は止まっていたが、森とは逆の方角の南の砂漠地帯への展望がこの頃に開けたこともあって、大森林への人間の大規模な進攻はほぼ放棄されていた。それでも奴隷狩りはいまだに続いていると聞く。

山の西で殺戮が止まったのと時を同じくして山の東で暗殺が始まったことから、人間はニャメが山脈を越えたと噂しあっていた。夜に紛れて幼い子ども以外の人間ならだれでも殺すニャメは、いまや山の向こうの妖怪ではなく現実の恐怖だった。

こうして死をばら撒きながら数年を山の東で過ごしたニャメに、とうとう最後の指令が来た。

教皇暗殺。

ニャメにもようやくわかる指令だった。聖鍵軍の親玉を討てというのだ。これこそ待ち望んでいた獲物だ。

ニャメは何度か聖都にある教皇庁への夜間侵入を試みたが上手くいかなかった。

教皇庁の警備は厳重で、その内部に入っての暗殺は難しい。

ニャメは機会を待つことにし、それに向けて淡々と準備を進めた。

その年も暮れた。

教皇は新年には一日町に出て一般の人々に祝福を授けて回るのが通例だった。各地で頻発した暗殺を恐れて聖鍵軍の警備は厳重だったが、教皇は慣習を守って新年の祝福を授けに町に出た。

黒い塔の砦の陥落という輝かしい業績を成し、西方への進出で好景気までもたらした現教皇の人気は凄まじく、新年気分も手伝って教皇の顔を一目見ようと都の大通りは大変な人出となった。

警備は難しくなる側面もあったが、逆に人の目はいたるところにあった。今は日中だ。夜に紛れて現れるはずのニャメならば、ずいぶんと目立つはずだった。

「お慈悲を！　お慈悲を！」

祝福を受けようと貧民の群れが教皇の元へと群がる。その汚れた姿を避けるように人々が道を開けた。教皇が寛大さを見せるために順々に病人たちの手を取って祝福を祈ってやり始める。

その群れの中に、ニャメはいた。しかし、だれにも気付かれなかった。

特徴的な耳だけはボロきれをターバンのように巻いて隠していたが、顔はむき出しなのにもかかわらず、彼がニャメだとは、いや、それどころか猫人だとすら人々は気付かなかった。

美しかった黒い毛並みははげ、ところどころ醜い疥癬に蝕まれている。右目は腫れあがり頭の大きさの均等を崩すほどだ。膠で顔の肌をはぎ、病人たちの群れに交じり皮膚病を受けて、汚れた針で目を傷つけた。ニャメは都市に呼吸を合わせた。貧民たちこそ都市の風景の一部、視界に入ってもだれの気も引かない存在だった。

「お慈悲を！　お慈悲を！」

そう叫びながら人ごみをかき分けて、ニャメは進んだ。懐には毒を仕込んだ短剣が仕込まれている。教皇が手を取った瞬間、ついと引き寄せて一突きにしてやる。

教皇まであと数歩。ニャメは群衆の中から必死で手を伸ばす。教皇と目が合う。教皇は特別に哀れな様子の病人に釘付けになる。そして、ニャメに向かって手をかざそうと向き直った。

懐の中で短剣を握り締め、一躍獲物に向けて進もうとしたニャメは、しかし、なにかに引っ張られてつんのめった。

ニャメは鋭く振り向く。

そこで彼の汚れたボロの下から尻尾を引っ張り出し、驚きに目を見張っているのが薄汚れた少女でなかったら——男でも女でも老人でもいい、とにかく幼い生き物でなかったなら、ニャメは容赦なくその指を短剣で切り飛ばして駆け出していたことだろう。

「猫！」

少女が甲高い声で叫ぶ。

ニャメは子どもを殺さない。この事実がニャメの伝説の中で特別な象徴になったのは、この多くの人に目撃された暗殺失敗による。

ニャメの一瞬の躊躇いの間に、護衛たちが貧民を撥ね除け刺客目がけて殺到する。体当たりでニャメを地面に引き倒した護衛兵たちは、そのままニャメを圧殺しようとするかのように次々に折り重なってのしかかった。

重くなっていく絶望の中のニャメに、祖父のささやきが蘇る。

「狩りと殺しは別だ。どんな大物も家に持って帰れなけりゃダメだ」

この祖父の教えを忘れていた。

自分は彼女の傍を離れるべきではなかったのだ。

なにが「君のため」だ。

思えば人間と戦い始めてからずっと、自分は獲物を殺すばかりで、その成果を何一つ家に持ち帰っていないではないか。いつの間にかうまく殺すことだけに夢中になって、その結果、ああ、おれはもう狩人ではなくなった、ただの使いっぱしりの殺し屋に成り下がった。彼女が待つと言ってくれたのは、おれをこの間違いから助けるためだったんだ。おれを狩人に戻そうとしてくれていたのだ。帰ることを思い出させようとしてくれたんだ。この汚れた肌、醜い顔、おれはなんて姿に成り果てたのだ。もう森にも夜にも溶け込むことは出来ないだろう。

今、心底、おれは彼女の元へ帰りたい。

嘆いても遅い。

捕らえられたニャメには厳しい詮議が待っていた。彼の犯した暗殺の詳細を教会は知りたがった。そして、ある日、唐突にニャメが処刑されたことが発表された。教会が知りたいことを十分に知ったためとも、知られてはまずいと思っただれかによる毒殺だったとも言われる。

ニャメに天空の一座が与えられ、狩人座が観測された。

ニャメの処刑の知らせは人間を安堵させ、亜人の心を燃え立たせた。

権力者たちが利害関係で汲々としている間に、子どもを守るために戦った森の狩人が、最後にはたった一人で敵陣に乗り込んで死んだ。これが戦士の誉れでなくてなんなのか。

この感情の波紋こそが、後の亜人義勇軍の結成とそれに続く歴史の波涛の最初のさざなみだったのだ。

「おれがニャメならそんな真似は許さないだろうよ！」

それは亜人種の少年たちが勇気を出すための合言葉だった。

「ニャメならどうする？」

大きくなった亜人の戦士たちは迷うたびに考えた。

ニャメの内心がどうだったにしろ、ニャメは亜人の英雄だった。

イデルの少年時代

イデルが少年時代の思い出を手繰る時、大抵最初に思い出すのは、子どもたちだけで集まってした怪談話のことだ。

教会の鐘が鳴って学校の授業が終わると、イデルは友達の何人かと目配せして教室を出た。山脈の裾野の草原の村に、ようやく出来た小さな学校の裏庭、校舎の陰に隠れて輪になって、だれからともなく話は始まる。夏の強い日は少し傾いて、影は濃く、だれの顔も真剣だ。遠くに見える山脈の上に広がる青空に大きな雲がかぶさって、裾野の緑は鮮やかだ。みんなしゃべりたい話で口の中をいっぱいにしてくるのに、だれかが話し始めると夢中で聞いた。ベッドの下に潜んでいるニャメ、クローゼットからこちらを見ているニャメ、物乞いのフリをして家の戸を叩くニャメ…しゃべりたいのと同じくらい聞きたかった。とにかく子どもたちは、森から夜に紛れてやってくる恐ろしく黒いニャメのことで頭が一杯だった。

「窓の外に金色の光が二つ浮かんで見えた。それがスッーと窓のそばまで近づいてきて、風に押されたようにそっと窓が開く。そこから音もなくニャメが入ってきたのさ。真っ黒な毛並みで闇の中に溶け込んで、夜のニャメは目玉だけ宙に残してまるで透明みたいに見えるんだ。男の子は怖くて怖くて、声も出せずにベッドの中で震えてた。そしたら突然、その金色の目がギョロッと動いて目が合った！」

ここで話し手が言葉を切って周囲の目を見回す。

唾を飲み込んだ子どもの一人が不安に耐えかねて言う。

「ニャメは子どもは殺さないんだぜ」

「そうだよ。だから、その子は翌朝無事に目を覚ました。それでホッとして、あれは夢だったのかなんて思いながらベッドから出たら、自分以外の家族みんなの生首が、キレイに床に並んでたのさ！」

そこで大人の怒鳴り声が響いたのでみんな飛び上がった。

「やめなさい！」

子どもたちはクモの子を散らすみたいに逃げ出した。

その背中を追って教師の声が響いた。

「本当にニャメに家族を殺された人だっているのよ！」

学校ではニャメの話は禁止されている。怖がって家から出られなくなる子がいるからだとか。でも本当は、あそこの村ではニャメの話が盛んにされていると噂が立つと、そこに本物のニャメが来るからではないかとイデルは考えていた。それでイデルはその考えをみんなに話した。

友達の一人がそういえば自分はそんなようなことを親が話し合っているのを聞いたことがあると言いだした。それ以来、子どもたちは大人がニャメの話を禁じるのは、ニャメを呼び寄せないためなのだと心のどこかで思っている。

「驚いたな！」

「ああ怖かった」

学校から駆け出すと、自然に帰り道が同じ幼馴染の女の子と二人になる。

「ニャメは子どもは殺さないって知ってるのに、臆病だなあ」

イデルが笑うと、幼馴染は不満げに言う。

「ニャメに家族が襲われたら、ある朝、いきなり孤児になっちゃうのよ。イデルは怖くないの?」

「あんな話はウソだよ。男の子がいつの間にか寝てたなんて変さ、あんなに怖がってたのに」

「…そういえばそうね」

「それにわざわざ首を床に並べるなんておかしいよ。意味がなさ過ぎる」

「それは、男の子を怖がらせるためじゃないの?」

「怖がらせてどうするのさ」

「わかんないけど…」

「なにより、ニャメは捕まったんだから」

「でも逃げ出したって噂もあるわ。ニャメに話されたくないことがある人が牢屋から逃がして、それで恋人の魔女が待ってる森の奥へ帰ったって。それで今でもたまに深い森の中から人を殺しにやってくるのよ」

「話されたくない人が殺したって言うならまだしも、なんで牢からわざわざ逃がすのさ。得がないよ」

「イデルは夢がないわ」

「なんだよ、怖がってたくせに！」

「…あたしが怖がってたからウソだって言ってくれたの？」

イデルは照れ隠しに肩をすくめてみせる。

少し強い風が吹いて二人の歩く道を囲む草原を揺らした。

「ねえ、明日の夏祭り、行く？」

幼馴染の問いかけに、先ほどの照れを引きずっているイデルは少しぶっきらぼうに返す。

「そりゃね」

「今年の人形劇はなにかな？」

「どうせまたバラドの黒い塔だよ」

「毎年じゃ飽きるよね。今年は別のとこを覗こうか？」

「いや、おれは観に行くよ」

「どうして？　だれかと約束？」

「そうじゃないけど、行かないと父さんがガッカリするんだ」

「なにそれ？」

「ま、家にはそれぞれ色々あるんだよ。それに妹たちも連れて行かなきゃいけないし」

「ふーん、変なの」

「一緒に行こうよ」

突然に真っ直ぐ誘われて幼馴染は少し焦る。

「うん、行く」

その返事にイデルはにっこり笑う。

イデルはこういうところがずるいな、と彼女は思う。不意に真っ直ぐ好意をぶつけてくる。うまくかわすことも、受け流すことも出来ない。真に受けてしまう。

幼馴染の家に着くと、表には彼女の母親が待っている。

明日、一緒に夏祭りに行く旨をイデルが伝えると、幼馴染の母親はうれしそうに礼を言ってくる。

彼女の家は自分の家より貧しい。そんなことがチラリと頭をよぎるのを、イデルは苦々しく思う。こんなことを考えるなんて恥ずべきことだ。

イデルは明日の昼過ぎに迎えに来ることを早口で伝えると、駆けるようにその場を去った。

村のはずれの小さな丘の上にある家に向かって、イデルは坂道を駆け上がった。

呼吸が速くなる。

自分はいつまで彼女といられるだろう？　急にそういう疑問が湧いてくる。『いられる』だって？　何故そんな風に思うのだろう。まるで離れていくのが自然なことのように。

丘の上の家では、イデルの思っていた通り、農場を見渡せる庭先に父と兄がテーブルとイスを持ち出して腰掛けていた。父の両膝にはそれぞれ幼い妹が座って、並んで夕方の東の空をじっと見つめている。

その横に並ぶように自分のイスを並べてイデルは腰掛ける。

「おかえり」

「ただいま。もう来る？」

「さあどうだろうな。まだだろうが」

父は返事する間にちょっとだけイデルを見て、すぐに視線を上に戻す。兄と妹たちはイデルに一瞥もくれない。じっと山脈の見える東の空を見続けている。

母とばあやが外のテーブルに食事を並べると、みんなようやく空から視線を外して一旦食事に向き合った。

「ちゃんと夏祭りに誘えた？」

食事の席での母親の問いにイデルは素っ気なく答える。

「うん」

「今年も人形劇はバラドかしらね。流石に飽きた？」

「そんなことないよ、バラドの話は好き」

父の顔が少しうれしそうにほころぶ。イデルはそれを意識していないフリをする。

食事が終わると、母とばあやが片づけをしている間に、父と子どもたちはじゃれ合って遊んだ。父が山脈を一跨ぎで越える巨人になって、その脚を子どもたちが力を合わせてひっくり返す。父は草地にひっくり返る度に違った転び方を見せて子どもたちを笑わせた。父はいつも陽気だった。少なくともイデルの前では。

片づけを終えた母とばあやが戻ると、またみんなでイスを並べて東の空を見上げた。

夏の空はとっぷり暮れて、遠くに見えた山脈ももう見えない。

大きな月の見事な星空だ。

「ああ、来たな」

その夏の夜空を一匹の竜が飛んでくる。

毎年、夏祭りの前夜にイデルの家の農場には竜が挨拶に来る。挨拶といっても空から農場に下りてくるわけではないが、毎年同じ日にイデルの家の上空にやって来て、農場をじっくり眺めるように何度か旋回して、最後に少し火を噴いてみせてくれる。子どもたちはその火炎が一番の楽しみだ。

火を噴き終えると竜は高く咆哮を上げて、また東の空へと帰って行った。

「さあ坊ちゃんたち、もう寝ましょう」

ばあやに促されてイデルと兄は家に入った。妹たちもばあやに手を引かれて続いてくる。

庭にはイスに座った父と母だけが並んで残る。これも毎年のことだ。

子どもたちとばあやが家に入って二人きりになると、夫は視線を東の空に向けたまま言った。

「毎年毎年、律儀なことだ」

妻も空を見たまま言う。

「昔の相棒の家族を見て、微笑ましく思ってくれているのかしら」

「地べたに張り付いてブクブク太っていくおれを笑っているのかもしれんよ」

「笑われるような暮らしだと思うの？」

夫は空から妻に目を移し、ニヤリ笑って応じる。

「竜に見られていると思うと、人間でいるのも恥ずかしくなる。竜騎兵ってのはそういう人種なのさ。悪かったよ」

肩をすくめて妻は返す。

「あなたの竜狂いには呆れるわ」

「そんな男をその美貌で竜の背から降ろしたんだ、誇っていいよ」

「あなたが欲しかったのは貴族の血筋でしょ」

夫はわざとらしく大きなため息を吐いてみせる。

「いいかげん、夫を卑しい傭兵出と見下すのをやめてくれないか？」

「ごめんあそばせ、生憎と持参金もなかった借金まみれの没落貴族の娘には、人に誇れるものが古い聖王家に繋がる血くらいしかございませんの」

「初対面のおれに、ウチの借金を返してくれるなら今すぐ寝床に入ってやるって啖呵切った君は最高にイカしてたよ。おれの生涯最高の美人だ」

「毎晩両親に送り出されて金持ちにフラれて帰るパーティーにうんざりしてたのよ。それに、お酒も入ってたし。ヤケだったのよ。そうでなきゃだれが傭兵となんか」

「照れ隠すねえ」

「ああいやだ、どうしたらあなたの鼻をへし折れるのかしら」

「おれは運が良かった」

そう言って夫はカラカラと笑った。

聖鍵軍で稼いで使う間もなく貯まっていた自分の金と、使う気はなかったはずの友人の残した金は、嫁の実家の負債を払ってもまだ残った。その金で始めた農場は楽ではなかったが、折からの好景気もあって順調だ。働き手を増やしたいがどこも人手不足で、いい小作人はそう見つからない。日々の悩みは尽きないが、その程度の悩みともいえる。

妻がここに来た日を、昨日のことのように思い出す。実家から付いてきた唯一の召使であるばあやと一緒に、広いばかりで何もないがらんどうの新居の玄関に立ち尽くし、そのみすぼらしさに目を丸くして、必死に動揺を抑えていた彼女。自分も妻も、あれからよく働いた。子宝にも恵まれた。

不意に、かつて竜の乗り手だった男は目頭を押さえ、顔を覆った。相棒の竜を見送った後にはいつも、まず満ち足りた気分が広がって、色々な思い出が胸に去来して、それから最後に、あの日のことを思い出す。もう遠くの、自分の手には届かない伝説になってしまった友人が死んだ日のことを。だれよりも速く空を駆けた男を。決してだれにも追いつかせなかった背中を。竜の背に乗って空を駆けながら、この風と火に祝福された破壊の快感以上にいいものなど自分の人生にありはしないと信じていた日々のことを。

「バラドに見せたかったよ、おれの家族を。あそこから助け出してやりたかった。同じ日に、同じ国を出たのに…並んで竜に乗って…なんて哀れで見事な男だったろう…おれはあいつを傷つけて、戦場に見捨てて…」

丸まった夫の背を、妻が優しくなでた。

「運が良かったのは私よ」

彼女もこの日はいつも過去を思い出す。

不信心戦争の中で家勢を傾かせた貴族の父は、教会に勧められるまま元よりジリ貧気味だった財産をネクル界の開拓に投資し始めた。当初は小銭を稼いで父も上機嫌だったが、調子に乗っていたところに大森林地帯への大規模開発事業の話が舞い込んだ。父は大きく金をつぎ込んだ。

ニャメの百人殺しでなにもかもおじゃんだ。

家の命運は一人娘の縁談頼みになった。血筋だけはいい父の投資失敗は社交界では有名で、その娘が夜毎どこかのパーティーに紛れ込んでは必死に自分を売り込んでいるとなれば笑いの種にされないはずもない。そんな場に出ていくのは心底イヤだったが、ただオドオドと困った顔をしてこちらをうかがっている父母を見れば、出かけないわけにもいかなかった。他の客たちの視線に耐えるために酒を飲んだ。酩酊しないと耐えられない。それがまた笑いの種になる。招待状はよく来た。笑うために呼ぶのだろう。飽きられるまでは呼んでもらえるわけだ。呼ばれる夜会のレベルは落ちていった。酒量は増えていった。もう死んでしまいたい。

ある夜のパーティー、酒でフラつく足がもつれて、なにか硬いものにぶつかった。

「酔っ払いはずいぶん見てきたが」

声がしたので顔を上げると、ぶつかったのは男の胸だとわかった。

「こんな美人は初めてだね」

細く硬く鍛え上げられた、針金のような男だった。こんな人間は初めて見た。

そういう運のいい二人から、イデルは生まれることになった。

さて、人間が聖なる鍵をワウリ神にもらったと聞いた亜人たちは小高い丘に登ると、天に向かって声を合わせて嘆きました。

「ネクル様、ネクル様！　これじゃあ、あんまりひどい！」

天から顔を覗かせてネクル神は問い返します。

「どうした？　どうした？　一体なにがひどいのか？」

「人間どもはあんなにいい鍵をもらって、私らにはなんにもなしとは、これがひどくなくってなんなのです？」

ネクルは、それは確かに一理あると考えてまた問い返しました。

「ふうん、そんなら君らはなにが欲しい？」

しかし、その答えがてんでんばらばら、亜人たちが口々に勝手なことを喚きたてるので、ネクルは思わず耳を塞いでしまいました。

そして、みんながまるで黙ろうとしないのに我慢できなくなると、雲をさっと一つかみ、それを稲妻の針で結わえ、そこに星々を振りかけて、この世に二つとないような宝冠を作り上げて、それをみんなの前に掲げました。

「ではひとまずこの宝冠を与えておこう。そして、人間に勝利した後には、この宝冠と交換で望むものをなんでも与えようではないか」

この申し出に亜人たちはみな同意しました。

いつまでももめていても仕方がないし、それにこの宝冠もなかなか素敵でしたから、ひとまずこれを貰っておこうとも思えました。

でもそれでどうなったでしょう。

亜人たちはその宝冠を巡って争い始めてしまったのです。

（創世神話――宝冠受領）

戦豚ボルゴー

——港で姫に出会う

森や都市における立体的戦闘に適した種族が猫人ならば、平面の戦闘において最強の種は猪人であるといえよう。

分厚く頑強な肉体は鉄の鎧を軽々と着こなす、その下の硬い毛皮も半端なナイフ程度では傷もつかない、太い首は騎兵と衝突しようとビクともしない、体に比した脚の短さゆえに騎乗には向かないが、屈強な下半身は長い行軍をいとわない。まさに理想の重装歩兵である。

猪人は男も女も老いも若きも自分たちを戦士だと思っている。今日の自分は炊事洗濯しかしていなかったとしても、明日戦うべき戦場があるならば、自分はそこに立ち、そこで立派に働く覚悟があるのだと考えている。そして、その際に、自分の損得などを勘定してうまく立ち回ろうとする態度を軽蔑する。そこで戦うべきだと感じたらその先は余計だ、単純明解猪突猛進、突っ走る姿こそ粋なのだ。それが彼らの文化だった。

そういう猪人を揶揄して、他の亜人種は彼らを戦豚と呼ぶ。

そう呼ばれることを猪人は誇るべきことだと信じている。

ボルゴーもまたそういう猪人の一人だった。

ボルゴーのそもそもの生まれがネクル界のどこなのかは知られていない。

もう少しボルゴーが長く歴史の舞台に留まっていれば、それを彼自身が語る機会もあったかもしれない。しかしボルゴーは表舞台に現れるや否や自らの持てる芸を全力で披露して、それが終わると一言の自己紹介もなしに袖へとはけていってしまった。

まさに戦豚の誉れである。

ボルゴーはネクル界の内海の東の端に面した港町モガウルの若き港湾労働者として歴史に現れる。内海の西の端には帝都マゴニアがあるので、モガウルは海を挟んだちょうど反対側といえる。モガウルは活発な内海貿易で栄えた町であった。

港での彼はよく働く並外れた怪力男として有名だった。ワインがなみなみと詰まった大樽を両腕に一つずつ担いで軽々と運んだ。また面倒見のいい性格で、港の日雇いや酒場の下働き、娼婦やゴロツキ、物乞いにまで慕われていたという。そういう頼る先のない連中に請われて面倒ごとや荒ごとを引き受けるのも始終だったらしい。そうして自然に人望を集めていた。

正式な記録としては、港湾労働者の賃金改善を求めるボイコットの代表をしたことが港の記録に残っている。荷の上げ下ろしの最低賃金を定めた書類にボルゴーの署名があるが、そこにはなんの肩書も書かれていない。ただ『猪人ボルゴー』の名前があるだけだ。役職こそないが日雇い港湾労働者の顔役のような存在だったことがうかがえる。

こういう事実や後の働きを考えれば、ボルゴーがある程度の教育を受けた猪人だったのではないかという考えはそう的外れでもないように思われる。放校になった元士官学校生、閑職を嫌って家を捨てた田舎騎士、陰謀で職を追われた元将軍…ボルゴーの死後、いくつかの可能性が取りざたされたが確証はない。

とにもかくにも、いかに港周辺の庶民たちに慕われていたとはいえ名目的にはただの一労働者でしかなかったボルゴーに、運命は一つの出会いを用意した。ある夜、モガウルから内海を挟んだ向こう側の帝都の宮殿から、一つの小さな影が抜け出した。その影は完全に寝静まることのない夜の帝都をすり抜けて港へ向かうと、東に向かう船へ忍び込んだ。その船がモガウルに着いた朝、ボルゴーの生活は一変した。

その朝、ボルゴーの頭は重かった。

仕事を終えた休日前の夜にハメを外すのは珍しくもないが、それにしても飲みすぎた。港の荷揚げ仕事を終えて近くの酒場にくり出して気付けば夜半過ぎ、フラつく足でなんとか帰り着いた安宿の寝床はさして温かくも柔らかくもないが酔った身体には関係ない。ばったり転がって高鼾をかいていた。

そこを突然、重たい頭をかき回されるような不快に目を覚ますと、見慣れた顔の犬人が、乱暴に自分を揺す振っているのが見えたのだった。

「うぅ…」

「なあ起きてくれよぉ、ボルゴーの兄貴よぉ」

「うるっせぇなあ、おれは今日は休みだぞ」

「困ってんだよ、なあ、頼むって」

「困ってんのはこっちだ。休日にも二日酔いで寝てられないんじゃあ、いつ深酒したらいいんだよ」

そういいながらしぶしぶ寝床から起き上がったボルゴーに犬人の若僧が言う。

「深酒はいつだって止めた方がいいぜ」

「皮肉で言ったんだよ、アホ」

ボルゴーは弟分の頭を軽くはたく。

「あてっ」

「で？　しょうもねえ用事じゃねえだろうな？」

「それがよぉ、なんていうかよぉ、説明が難しいんだよなあ」

「なーにがどー難しいんだよ」

「どう難しいって…なんだよ、難しいこと聞くなあ。来てもらえりゃどう難しいかもわかってもらえると思うんだけどよお」

「まったく、お前の頭ははたきやすい以外にいいとこがねえなあ」

またボルゴーは頭をはたく。

「あてっ、いや、もうとにかく困ってんだって！　いいから港まで来てくれよお」

しかたなく薄汚い宿から表に出てみると、見事に晴れ渡った空は朝日が昇ったばかり、町はまだ目を覚ましておらず、カモメの声と港からの波音が響いている。下着一枚で寝ていたところにズボンだけはいて出てきたボルゴーの毛並みを潮風が優しく撫でていって、ボルゴーの頭痛が弱まる。

ボルゴーは波の音に誘われるようにして思考の中に沈んでいった。

まったく、自分は今のままでいいのだろうか。この町のほんの少し東で侵略者どもが我が物顔でのさばっているってのに、おれときたら安酒かっくらってひっくり返っていやがる。たった一人で挑んだニャメは大したやつだ。英雄だ。星になって当然の男だ。猪人なら戦豚の手本として世の続く限り語られ続けたことだろうに。猫で残念だ。おれも槍をひっつかんで一人で敵さんの町に突撃でもするか？　いや、ただ死ぬのはバカのすることだ、自分の慰めにしかならん……

このまま散歩に出たいような気分になったが、弟分に先導されてボルゴーは港へと下りていった。港は町よりも少し先に目を覚ましているのが常だ。いつもならばもう港ではこれから始まる取引や運搬に備えて荷の移動が始まっていてもいいはずだった。

しかし、そこでは見慣れぬ光景が待っていた。

柔らかな朝日に包まれた船着場で、皇帝の親族にだけ許された真紅のマントを皇帝の印章で留め、腰まで伸びた白金色の髪を潮風になびかせて、頭には羊を思わせるねじれた角、青ざめたような白い肌をした十をいくつか越えた程度の美貌の角人の少女が、低い背に似合わぬ堂々たる態度で踏ん反りかえり、大声で演説をぶっている。それを薄汚れた格好の多様な亜人種の労働者たちが物珍しそうに遠巻きにして囲んでいる。そして、少女の正面では見事な体軀の半裸の猪人ボルゴーが困ったような呆れたような顔をして頭をかく。

ネクル界で思わぬ遭遇や奇妙な出来事の発端を意味する『港で姫に出会う』という言い回しはこの故事に由来する。この場面を描いた『港での出会い』は名画として知られ、歌舞伎演目『猪人奔走』序盤の見せ場でもある。

皇女イリミアーシェが出会ったのがボルゴーのような面倒見のいい男でなかったなら、後の歴史は大きく変わったことだろう。そしてまた、この皇女に少しでも計画性というものがあったならば、ボルゴーが星座に上げられるほどの働きをすることもなかっただろう。

皇女イリミアーシェのアジ演説上手は歴史上よく知られているが、この日が彼女にとって初めての大衆を前にした演説だったと言われている。それで多くの港湾労働者たちの足を止めさせ、耳を傾けさせたのだから大したものだといえよう。もちろん、港に似つかわしくない高貴な身なりの美少女が、その身体からは想像できない大音声で権力者批判をしていればだれもが物珍しさを覚えずにはおれまい。

それでも、彼女の演説は巧みだったといえるだろう。

それは辛辣かつ小気味よく展開された。皇位継承候補たちや王宮の大臣たちや亜人族の有力者から選ばれる元老議員たちが聖戦への義務を怠っていることへの痛烈な批判から始まり、そのような私利私欲のことしか考えていない卑劣漢どもと処刑されたニャメの勇気とを対比賞賛し、そこから自らが皇帝の末の娘である皇女イリミアーシェであることを明かし、その証明に皇帝の印章を掲げて見せ聴衆に衝撃を与えた後、自らの皇女という立場からおのずと生まれる責任と義憤に基づき義勇軍の結成のためにこの地にたった一人でやってきたのだと宣言し、

「さあ、今こそはニャメに倣おうではないか！　今ここで、私は英雄ニャメの遺志を継ぎ、卑劣漢どものために身動きできぬ皇帝閣下に畏れながら成り代わって、聖戦を宣言する！　さあ諸君も今すぐ義勇軍に参加したまえ！」

と彼女がようやく話を結んだ時、聴衆は止めていた息を吐くように感嘆の声を上げた。

一人の労働者がみなの興奮を代表するように大声で質問を放った。

「で、その義勇軍ってのは、今どれくらいの数が集まってるんで？」

「なにを言う、そんなものは決まっておろうが」

「と、言いますと？」

「ゼロである。なぜなら私がこの義勇軍の構想を口外したのは、まさに今朝、たった今の演説がはじめてであるからだ。諸君らは光栄に思うがいい、誉れの聖戦士になる機会を真っ先に得たのだからな」

群衆はパラパラと散っていった。演説には熱が入っていてなかなか良かったが、どうも真面

目な話ではなかったようだ。身を入れて聞いていただけに失望した。話しぶりや身なりからこの少女が高貴な人であることは間違いないようだが、自分たちの知ったことではない。後はボルゴーが面倒見て片付けてくれるだろう。

聴衆は仕事に戻った。

桟橋に残ったのは、皇女とボルゴーと弟分の犬人だけだった。

ボルゴーはそれから皇女に詳しく話を聞いた。

「ひょっとして、皇帝陛下の指示か意向がある？」

「ない。ただ我が義憤があるのみだ」

「どなたか皇女殿下の義勇軍に賛同している有力者がおられる？」

「いない。これはさっきも言ったが、私が義勇軍の構想を口にしたのは今朝がはじめてである」

「では、皇女殿下は、なにか、こう、個人的な財産のようなものをお持ちで？」

「ない。我が身は若年なれば、当然であろうな」

「つまり、なんの計画も目算もないということで？」

「そうであるな、今のところは」

ボルゴーは鼻を鳴らし唸った。

思わず弟分の犬人が言う。

「こりゃ話になりませんぜ」

そこで突然に皇女はボルゴーを指差して決然と言った。

「貴様が立つに、ニャメの死だけでは足らんというのかっ！」

ボルゴーはその場に跪き、そのまま義勇軍に志願した。バカな話だとはわかっていた。この小さな皇女殿下は情熱に任せて計画もなく船にとび乗ってやってきた。その高貴な身一つ持っていけば世間が揺れ動いてなにかが起きると信じて。世間知らずで、社会を舐め腐り、自分を過大評価していて、事態を客観視していない。こんな話に乗るのは愚か者のすることだ。

しかし、猪人はそれが美徳だと信じてもいる。小賢しく思われるくらいならば戦豚であれ、というのが彼らの文化である。戦うと決めてそこから先は余計なことと切り捨てて動く。猫人に後れをとり、その上、こんな少女にまで後れては戦豚の名折れ。ボルゴーにとって皇女の無謀さはすなわち自分に対する挑戦に等しかった。

発起人の皇帝の末子であるところの皇女は年若く、後ろ盾もなく、自分の領地もない。おおよそ、組織と呼べるようなものはなにもなかった。ただ高貴な血筋と青ざめた美貌と異様な熱意があるばかりだ。

ボルゴーの腹は決まった。

自分ですべてやるしかないのだ。

ボルゴーの最初の仕事はスポンサー探しだ。

ボルゴーが知人の伝手を頼って取り付けたある豪商との資金援助の相談の場には、当然皇女も同席することになる。

本物の皇女の発案であることを示さねばならないのだから皇女本人が同席するのは仕方がないが、皇女が具体的にはなにも考えていないことを隠したいボルゴーは、交渉の席に行く前の馬車の中で皇女にこう念を押した。

「大方の説明はこっちでしますんで」

皇女殿下は黙っていてください、とはボルゴーも流石に口にはしなかった。

「よきに計らえ」

そうこだわりなく応じた皇女だったが、商人の屋敷の前に馬車がやってくると、席からたたずにこう言った。

「私は少し遅れていく」

「なんでまた？」

さきほどの言葉にヘソを曲げたのかとボルゴーは思ったが、皇女はいつもと変わらぬ尊大な調子で言った。

「そうした方がいい場合もある。なに、馬車でそこらを一周してくるだけだ。心配はいらん」

ボルゴーにはわけがわからなかったが、皇女がそうしたいと言えば逆らえない。

商人の屋敷の応接間でボルゴーが義勇軍についての説明を一通り終え、断る前に礼儀として差し挟まれていることが明白な商人からの熱のない二、三の質問に応じている場に、メイドに案内された皇女が現れた瞬間、その意味がわかった。

身なりを整え、豪商の応接間という光溢れる場に立った時、皇女は圧倒的に皇女だった。白金色の髪が屋敷の大きな窓から差す光を受けて透けるようだ、不健康に見えた青白い肌はこの相応しい場で見ればまさに絹の如く見える、整いすぎて少し不気味なくらいに思えた顔はなるほど見合った調度品に周囲を飾られてこそのものなのだ、大きな赤い瞳はなにも注視していないが虚ろにも見えず鷹揚さを思わせる、戸口からボルゴーたちへと近づく間に真紅のマントの皇帝の印章が窓からの日差しを受けてきらりと光った。

「遅れました」

「い、いえ、そのようなこと…」

「ボルゴー、お話はまとまって？」

皇女が発したその二語で、交渉は決着した。

商人は自らが金を出し渋っていたことをなんとか悟られまいと必死であった。

「そういえば、お茶もお出しせずに…」

そう言って商人が席を立った間に、ボルゴーは隣に座った皇女にささやいた。

「なにをしてきたんで？」

「髪をとかし、顔を洗って、少々化粧してきた。見れる顔になったろう？」

「口調まで変えて」

「ああいう方が受ける場面もある」

ボルゴーは少し皇女を見直した。そういう知恵は回るらしい。自分の靴の履き方もろくに知らないというのに、どうにも偏った生き物だ、王族というのは。

「して、この後はどうする？」

「こういうのは一度どっかで成功すれば、他は案外すんなりいくもんなんで、これからまた何軒か回ろうと思います」

ボルゴーの答えに満足そうに肯きながら、皇女は言った。

「ボルゴー、貴様はなかなか働くようだ。特別に、貴様には私と差し向かいで話す際には気安い口を利くことを許す。今後は話しやすい口調で話せ。しかし、人前では差し控えるように」

ボルゴーはお言葉に甘えて口調を改めた。

「…お前さんは四六時中休みなく、そんなに偉そうなのか？」

「偉そうなのではない。真の王族は事実偉大なのだ。生まれた時から死ぬまでな」

王族か、呆れた生き物だな！

ボルゴーはそう口にする代わりに鼻を鳴らした。

資金集めはボルゴーからすれば驚くほど実にスムーズに進んだ。

もちろん皇帝の紋章のついた真紅のマントの威光は大きかったが、それ以上に皇女自身の行き届いた立ち居振る舞いと見事な容姿には、いかな金持ちも圧倒され、最後にはいくらかの援助を約束しているのだった。だれかが金を払ったと聞けば、彼らはすぐに平気で金を出す。それどころか自ら金を持ってやってくるものすらもあった。もちろん、それぞれの額は大したものではなかったが、チリも積もればなんとやら、ボルゴーが思ってもみなかった金が集まった。

説明できる計画らしい計画などまるでなくとも、堂々たる押し出し一つでこうなるのだから王族とは恐ろしいものだとボルゴーは驚き呆れたのだった。

金が出来れば人集めだ。

ボルゴーは港の仕事を一切やめて、義勇軍の人手集めに奔走した。

ボルゴーと皇女にとって追い風になった出来事は、この頃にモガウルの港の荷降ろし仕事が減ったことであった。山脈の裾野の草原での人間の展開が予想よりも急激だったことを受けて、商人たちの間に内海の東の端に位置するモガウルの町へのリスク意識が高まったためだった。

おかげで食い詰めた港湾労働者たちが、ボルゴーを頼って次々に義勇軍へと応募してきた。まず数だけはそろったわけだ。

義勇軍は港町モガウルを拠点としながら数を増やし、訓練を続け、時に人間の野盗や海賊を退治したり農場を略奪から保護したりしていた。皇女は乗馬だけは達者であったが、荒事はからっきしであったし軍事教練のことなど何一つ知らなかったので、そういった実務はすべてボルゴーが取り仕切った。

ボルゴーはもっぱら彼らを重装槍歩兵として訓練した。厚い鎧で身を固め、長い槍と全身を覆い隠すほどの楯を持ち、隊列を組んで行動する。大楯の半分で自分の半身を守り、もう半分で隊列隣の味方を守る。それが連なって一体の巨大ハリネズミとなるのが猪人の生み出した密集槍歩兵陣形――ファランクスだ。ボルゴーはどうしても重装備に向かない兎人や小柄な猫人以外はみな槍歩兵として訓練した。

ニャメの処刑以来、人間と戦いたがっている亜人の若者は多く、行動を起こさない権力者への不満は高まる一方であった。その中にあって一応は具体的に活動している義勇軍は庶民からの人気はあった。数も千に届こうかという規模にまで大きくなった。ボルゴーの指導の下、高い意欲で訓練も積み、いくらかの実戦で成果を上げもした。が、しかし、それだけのことでもあった。

千人という兵力は守る側なら意味もあろうが、いかに士気高く練度を高めようと町や砦をまともに攻めるというのは現実的でない。

そこはまさに義勇軍、志の部隊であって、なにか主体的に状況を動かすことが出来る存在ではない。なるほど、まだまだ子どもの皇女が考えそうなものだ。子どもにしてはよくやっているようだ（いい副官を見つけたのだろう）。まあ目の端には入れておくが、注目すべきは義勇軍ではない。亜人側の皇帝候補たちも人間側の聖鍵軍も、そんな風に考えていたのだった。

事態が大きく動いたのは、皇女が砂漠の『蜃気楼の市』を通して、飛空挺を手に入れようとしたことが発端だった。

飛空挺からの『ゴブリンの火』による焼夷攻撃を、人間は非常に恐れている。実は飛空挺を買うことよりも、それなりの量の『ゴブリンの火』を調達することの方がずっと難しいことだったのだが、人間たちにはそんなことはわからない。彼らにすれば飛空挺配備＝『ゴブリンの火』による都市攻撃準備である。

一体どこから噂が漏れたものか、これまで亜人義勇軍をさほどの脅威と考えていなかった聖鍵軍はこれに激しく反応した。義勇軍が拠点としていた港町モガウルに近い人間の植民都市ダルフンカは山の西における人間側の首都ともいうべき最重要都市である。そこを襲われる可能性を見過ごすわけにはいかなかった。義勇軍が飛空挺を手にする前にモガウルを攻め取らねばならない。聖鍵軍は焦った。

それと同時に、聖鍵軍は増えすぎた人員の行き先を求めてもいた。黒い塔の陥落以降、聖鍵軍に参加したがる者は後を絶たず、教会は嬉々としてそれを受け入れたが、現場はそれを十分に組織できているとはいえない状況であった。

どこかの神官が勝手に儀式を行って聖鍵を与えたものの、組織にはまるで紐づいていない『野良聖鍵軍』がそこらにあふれ、勝手に冒険したり亜人狩りに精を出したりしていた。こういう人々に「聖鍵の戦士であれば、とにかく一度ダルフンカの危機に集まれ」と呼びかけられることは現場組織にとっては意味あることに思われたのだった。

かくして植民都市ダルフンカには黒い塔攻略の時を超える、かつてない数の聖鍵の戦士が集結し、魔王討伐の第一歩としての港町モガウル攻略の指示を今や遅しと待つこととなったのだ。ダルフンカの町には兵がひしめき、派手に金を使い、酒に酔い、これからいかに自分が名声を得るか声高に語った。辻々でエセ神官による説法とアジ演説が行われ、酒場は四六時中陽気な音楽を奏で、ケンカは常にどこでも起こり、聖鍵軍首脳部は頭を抱えた。

戦士の数の把握すらままならず、とても組織化どころではなかった。そもそもやってきた自称聖戦士たちが、今ではそう珍しいものでもなくなった聖鍵を持っているのかすらわからなかった。

おそらく数万にはなったろう。膨大なことだけはたしかだった。

えい、どうせならモガウル攻めで勝利してから数えても遅くはあるまい！　どうせ兵の数は減るのだし！

首脳部がそう思うほどには、聖鍵軍は戦力にあふれていた。

聖鍵軍がダルフンカに集結しているという情報を得た港町モガウルの行政官は慌てて市庁舎に義勇軍を呼び出した。

その会議の場で、行政官が他所からの援軍を待つ籠城を前提に話を進めようとするのを遮って、皇女は即座に言った。

「籠城だと？　守るは好かん。打って出るぞ」

「し、しかし……」

「黙れ、タワケがっ！　なにが守るだ、我らはこれまですでに十分に攻められておれば、これからのこちらの行動はすべからく反攻であるべきだ！」

この一見なんの理屈にもなっていない無謀に思える決断が、後の視点で見れば義勇軍唯一の勝ち筋であったのだが、果たしてこの狂える若年の皇女がどれほど状況を理解してこの決断をしたのかはわからない。

少なくともボルゴーは、皇女はなにも考えていなかったと確信している。

会談の後に二人だけで話し合った際、ボルゴーは前置きなしにこう皇女に尋ねた。

「なにか隠している腹案があるのか？　実はすでに飛空挺と『ゴブリンの火』の買い付けに成功しているとか、援軍の当てがあるとか？」

「ない。ちなみに戦の経験もない。さきほど私がしゃべったのは精神に関する話だ。それに基づけば結論はああなる。戦場の話は知らん、知らん以上は出来ん。それは貴様に任せる」

皇女はボルゴーを指差して言った。

「勝てよ」

指示は以上だった。

ボルゴーは呻く代わりに鼻を鳴らした。

植民都市ダルフンカと港町モガウルの間には平原が広がっているが、そのちょうど中間辺りに小高い丘がある。その名を呼び声の丘という。

かつてネクル神に向かって亜人たちが呼びかけた場所がここだといわれているからだ。

会戦の舞台はそこになった。

義勇軍が籠城ではなく打って出てきたという知らせを受けた聖鍵軍はダルフンカを素早く進発した。その大軍のほとんどが騎兵であった。その後ろには聖戦の大勝利を見届けて土産話にしようという見物人も多く続いた。

黒い塔の戦いからずっと人間は勝ちっぱなしであった。

それに、聖鍵軍の負けを考えるなんて不信心じゃないか。

まあ万一雲行きが怪しくなったら逃げればいいさ、まさかこの大軍が我々が逃げる間もなく溶けてなくなってしまうわけでもあるまい？

その場で捕虜を奴隷として買い付けるのはさすがに難しいかね？口々に言い合いながら、見物人たちは聖鍵の紋章の後に付いていった。

先んじて呼び声の丘に陣を張り、高地を確保した聖鍵軍は勝利を確信した。

圧倒的戦力差、地の利、高い士気。疑いようがなかった。

勝つとわかっていれば心がはやる。

戦を前にした聖鍵の戦士たちの頭にあるのは敵を圧倒することだけだった。いや、それだけではなかった。彼らはほとんどこう考えてすらいた。『勝利するのは当然だ。しかし、その中で、自分は活躍して名を上げることができるだろうか？　あの竜騎兵バラドが星座に上がったように？』

戦場を夢見る戦士の多くは、敵陣を縦横に引き裂く壮麗な騎兵突撃や、敵兵の群れを一人で切り伏せていく華麗な踊りのごとき立ち回りを思い描いている。しかし、覚悟の決まった規律ある一体のファランクス——重装槍歩兵部隊にこそ、戦の真の良い部分——勇気、献身、忍従、そして蹂躙の快感——が凝縮されていると教養ある猪人は知っている。

義勇軍は小高い丘を見上げる、青々とした平野に陣取った。

丘の上を埋めつくすように聖鍵の騎士たちの大群が見える。その数、およそ五万。

その見下す視線を真正面から受け止めるように、義勇軍のファランクスは横並びに四列隊形、長方形に展開した。長方形の辺に当たる外側を、体格に優れた猪人が固め、それに囲まれるようにして犬人や猫人、角人たちが位置する。距離を置いた後方に皇女率いる少数の騎兵部隊が控えるが、その数は百に届かない。劣勢となれば歩兵部隊を置いて逃げるように皇女殿下には言ってある。皇女は二つ返事で請け負った。まったく、王族というヤツは！

ファランクスの先頭からボルゴーは抜け出して振り返る。訓練の行き届いた兵たちが槍を立てて整然と並んでいる姿を見るだけで、ボルゴーの気持ちは高ぶる。

その高ぶりそのままに、ボルゴーは丘の上の敵方を指して怒鳴った。

「見ろ！　前方に敵は百万、上等の聖鍵兵どもが地平線を埋め尽くしていやがる！」

丘を見上げる義勇兵の瞳が死の恐怖と名誉の高揚の間に揺れる。その揺れを高ぶりの側に振り切るのが指揮官の仕事だ。

「そして後方に怯えて震える亜人の町、これが一千万の見物だ！　皇女イリミアーシェ殿下の用意してくださった、テメェら戦豚には過ぎた舞台だ！　ありがたく戦って、血まみれになって死にやがれ！　一人が逃げれば、そいつの代わりに五人死ぬ！　お前が逃げずに戦えば、代わりに五人が生き残る！　戦豚の死に所はどこだあ！」

全体が声を合わせて絶叫する。

「ここだ！　ここだ！　ここだ！」

ボルゴーも絶叫を返す。

「皇女殿下もネクル神もご照覧あれ！　我ら義勇軍、血の誉れ！」

ほとばしるように怒号が広がり、最後には全隊合わせての咆哮になる。

その声に分け入るようにして、ボルゴーは槍隊最前列中央に収まった。

それから、唐突に周囲は静かになった。

場が変わった。風の音がはっきりと聞こえる。空気がチリチリと肌に痛い。ボルゴーにはわかる。戦場になった。

これから死人が出る。たくさん。

敵方にもこちらにもまとまった弓隊はない。

戦は即座に肉弾戦になるだろう。

ボルゴーの内臓がざわついて口元がひきつる。恐怖の表情にも見える、喜悦の表情にも見える。

これから暴力が起こる。

おれはこれに魅せられるのが恐ろしくて労働の日々に埋没していたというのに！

あの皇女殿下に掘り出されてしまったというわけか！

角笛が聞こえる。丘に広がった敵の騎兵が歩を進めだす。敵方に指示が出たのだ。騎兵は徐々に加速し、それに合わせて蹄の音が大きくなっていく。速度を上げながら丘を駆け下りてくる多数の騎兵が沈黙を踏み砕いていく。

騎兵突撃が槍隊最前列の眼前に迫る。地を震わす蹄の音が、待ち受ける槍兵たちの身中の血も震わす。

ボルゴーは大地を踏みしめる。手に持った大楯を強烈な衝撃が襲う。思わず浮きそうになった前列の身体を二列目が身体で押し返す。そこに敵の騎兵の第二波が襲い掛かってくる。さらに押し込まれた隊列を三列目が支える。

騎兵の突進と後列からの押し返しで潰れそうになりながらも覗いた大楯の隙間から、敵の更なる後続の騎兵が突撃してくるのがボルゴーに見える。浮きかけた脚と恐怖を再び踏みしめ直して叫ぶ。

「支えろぉお！」

隊長の絶叫に最後列が応える。隊列はなんとか崩壊を免れた。

逆落としの騎兵突撃に次ぐ騎兵突撃。

襲い来る馬体の群れの中、瀑布を裂く岩のように、ファランクスの一点だけは動かない。衝撃の隙間を埋めるように上空から弓矢が降り注いでくる。しかし、数は多くない。ボルゴーは楯を上に向けろとは言わない。今、部隊の力の向きを少しでも変えれば、ファランクスは崩壊する。矢が降るに任せる。矢を受けた戦士たちのうめきが響く。それでも怖じけて動く者は犬にも猪にも猫にもいない。

そこに、これまでで最大の突撃が襲ってくる。

意識が飛びそうになったボルゴーを隣の兵の大楯が守る、後列の大楯が支える、持ちこたえたボルゴーの大楯が左隣の兵を守る。衝撃のたびに止まる呼吸で肺が焼けつくようだ。楯を支える腕の感覚がない。いつの間にか肩口に突き刺さっていた矢の傷口から血が溢れる。身体のあらゆる部位から危険信号が送られてくるが、頭はそれらを識別できない。ただ脳内麻薬の興奮で塗りつぶしていく。

一瞬を永遠に分割していく痛みの嵐の中、その瞬間はまったく唐突に訪れた。

止まった。

大楯を襲う衝撃が突如なくなった。

恐る恐る覗いた大楯の隙間から、丘の斜面とファランクスとの間で、ただ滞留している騎兵の群れが見える。

あちらの攻め手が切れたのだ。

敵方に戸惑いが広がっている。その戸惑いがじきに恐怖に変わるのだ。ボルゴーは空気を深く吸い込む。踏ん張る脚が地にめり込む。

おお、この逆襲に転じる時こそが、戦の真髄だ。

数で圧倒することしか頭になかったにわか聖鍵軍は、圧倒的少数のファランクスにその本流を堰き止められて、組織としてほぼ思考停止に陥った。もしも上空から戦場を見渡せば、ファランクスは大量の騎兵に包囲された形にも見えたことだろう。聖鍵軍が素早く包囲殲滅へと戦術を切り替えていれば、戦の展開は変わったかもしれない。しかし、それは腹の中に消化できない怪物を丸呑みしてしまった形とも言えた。

ボルゴーは吼えた。

「槍立てぇぇぇ！」

ボルゴーの声に応じて全隊が痺れる腕を持ち上げる。攻めるための槍を構え直す。

「突撃、前進、前進！　蹂躙せよ！」

ボルゴーは怒号と共に突進を開始する。その身体の一部であるかのごとく、全隊が一斉に動き出す。前へ、前へ、ひたすらに前方へ。大地を踏みにじって。

一度、突撃を止められた騎兵は驚くほど脆い。坂を背にした地形も災いした。そして乱れた騎兵が素早く規律を取り戻すには高い練度と落ち着いた指揮官を必要とする。

そのどちらも、この日の聖鍵軍は持ち合わせていなかった。

ファランクス突撃は聖鍵軍の薄く張ってしまった腹のような中央を突破し、一気に丘の上の本陣へと駆け上がった。

そして敵本陣へ乗り込んだ義勇軍は、予想もしなかった大敗の現実に驚愕する聖鍵の将校たちと見物人どもに襲い掛かった。

その混乱の戦場へ、皇女率いる騎兵部隊が突撃をしかける。後詰の騎兵は極少数だったが、薄く広がった聖鍵軍はその勢いを止められない。ファランクスが開いた突破口にねじりこむように騎兵は丘を駆け上がった。

義勇軍が切り殺し、突き殺し、殴り殺し、踏み殺す。本陣は一気に虐殺の様相を呈し始めた。

一方、丘の上の惨状を見た聖鍵の戦士たちは狼狽し、助けに戻るどころか散り散りに逃げ出し、それを止めるべき指揮官たちすら遠目に呆然としている有様。勇を起こして馳せ戻った少数のものも、個人の武勇でなにができよう。殺戮の血の彩りを少し増やすだけに終わった。

本陣での殺戮を一通り終えると、休む間もなく義勇軍は敗走する敵の追撃に移り、これも散々に打ち負かした。

敵方の死体で大地は埋まり、呼び声の丘と荒れ果てた草原は血によって赤く染まった。

この一戦で、聖鍵軍側は参加した兵の実に七割近くを失ったと伝えられている。そもそもの元の数もわからず、敗走してから軍に戻ってこない脱走者も続出したために正確な戦死者数はわからないが、とにかく聖鍵軍の前線は組織的軍事行動が取れないレベルまで崩壊した。これを一般に全滅という。

数だけではない。戦死者の中には聖鍵軍の将軍、多くの将校、物見遊山でやってきていたダルフンカの有力商人貴族たちが含まれていた。

まさに大勝利であった。

追撃を終え、敵方の死体で埋め尽くされた丘の上に戻ってきた義勇軍を、馬上の皇女イリミアーシェが待っていた。

夕日を背に、白銀の長い髪と王家の真紅のマントが風を受けてなびく。髪の色に合わせた白銀の鎧と、その青ざめた肌の色の顔に鮮やかな返り血が散っている。見事な体躯の黒馬の左右に無残な死体をいくつも侍らせ、なんと見上げた勇姿であったことか。

「イリミアーシェ殿下万歳！　次期皇帝陛下万歳！」

だれからともなく、義勇軍は丘の下からそう叫んでいた。

イリミアーシェが少し胸をそらし、片手を高々と掲げてその歓声に応えると、全軍は勝ち鬨を上げた。

この時ばかりは、ボルゴーも皇女を大声で称えずにはいられなかった。

実際、イリミアーシェが聖鍵の戦士の一人でも切り伏せたのかは疑わしい。いい馬には乗っていたから踏み殺すくらいのことはしたかもしれないが、基本的にはただ戦場を馬で駆け回っただけだろうとボルゴーは思った。

しかし、そんなことはどうでもいい。義勇軍は勝利したのだ。それを作って率いたのは皇女殿下なのだ。

（まったく、大してなにも出来ないくせに、押し出しだけは見事なやつだ！）

ボルゴーは大声で笑わずにはいられなかった。

この義勇軍の大勝利が世界に与えた衝撃はあまりに大きなものだった。

西の帝都の玉座で知らせを聞いた亜人皇帝は、勝敗の取り違えがないか三度確認し、それから掛かりつけの魔術医を呼んで己が正気を確かめた。

東の聖都においては人間の教皇が思わず口走った。

「全滅？　…少し大げさに言っているのかね？」

ダルフンカの民衆は恐慌をきたし、指導者を軒並み失った聖鍵軍の残党は都市を包囲される前に黒い塔の砦へ避難することを決めた。

ほとんど着の身着のままのダルフンカの住民が逃げ出した無人の町に、義勇軍は乗り込んだ。まさに無血開城であった。

都市にはあらゆる富が残されていた。義勇軍の戦士たちはこれまで見たこともない、そして義勇軍に参加しなければこの後も舐めることすらなかっただろう高級酒を浴びるように飲み、たらふく食べ、大声で歌い、見事な都市を自分たちだけで独占している夜に笑いが止まらなかった。

町の中心にある広場を見下ろす市庁舎のバルコニーに、皇女が姿を現す。いかにも満足という微笑を浮かべて、自らが占領した町を眺めている。

義勇軍は皇女を称えて万歳せずにはいられなかった。

「皇女殿下万歳！　次期皇帝陛下万歳！」

これがほぼ毎夜のことであった。

これがまずかった。

ダルフンカ入城の後の義勇軍には以前にも増して志願者が殺到し、ボルゴーが把握できないままに勝手にダルフンカに入り込んで一員のような顔をしているもので溢れていた。その中には他の皇帝候補たちのスパイがいたのである。

劇的勝利を挙げた皇女イリミアーシェはすでに自らを次期皇帝と呼ばせている！

この知らせはすぐさま後継者候補たちの元へ届けられ、皇帝の耳にも入った。

義勇軍はダルフンカを解放した（人間の作った町にこの語を用いるのはおかしいような気もするが、そもそもここは亜人の土地なのだから占領ではなく解放だというのが義勇軍の理屈である）が、それを自分たちだけで維持するのは難しかった。

皇女は皇帝や他の後継者候補、将軍、大臣、元老議員、知っている名前の有力者に次々に援軍を請う使者を出したが、それに応える者はいなかった。

あの万歳斉唱さえなければ、皇女に協力してダルフンカ確保に動いた者もあったかもしれない。あるいは皇帝が正式に軍の召集をかけるいいきっかけになったかもしれない。しかし、皇女の野心がこうも露骨になってしまっては他の後継者候補たちが協力するわけがなかったし、どの後継者候補にも肩入れしない方針の皇帝も助け舟を出すわけにはいかなくなった。

援軍の来ぬ間に、敵方の聖鍵軍は素早く態勢を立て直した。黒い塔の砦には不信心戦争の頃から戦い続けている古参の聖鍵軍本隊と鯨級飛空挺が控えていた。彼らはダルフンカの難民たちを保護し、敗走してきたにわか聖鍵軍の残党を組織に組み入れた。それからダルフンカに居座っている義勇軍が少数のまま支援を受けられていないことを察知すると、すぐさま反攻に転じた。義勇軍は包囲され、そのまま都市の中に閉じ込められてしまったのである。

拠点防衛において飛空挺がないということは決定的な欠如である。人間側には『ゴブリンの火』のような焼夷兵器こそなかったものの、城壁を越えての弓矢や投石による攻撃、ロープを使っての城内侵入、さらに竜騎兵による火炎攻撃に対して義勇軍はまったくの無力であった。

義勇軍は解放したはずの都市で孤立し、毎日手の届かない上空からの攻撃にさらされながら城門を守り、易々と潜入してくる聖鍵の工作兵を追い回して排除し、竜騎兵が吐き出していく火球が巻き起こす火災を消し止めた。一方的な攻撃にさらされる日々に士気は下がり、夜影に乗じて町を抜け出す脱走兵が相次いだ。

「援軍は来んな」

ある夜、昼間の防戦でくたびれ切ったボルゴーに、皇女は唐突に言った。

「いつまで保つ?」

皇女の問いにボルゴーは短く答える。

「もう保たん」

「なら明日、ここを出よう。ダルフンカは放棄だ」

「出ようって…包囲されてるんだが？」

「突破するしかあるまい」

そして他人事のように続ける。

「ことここに至っては大将の身一つ持ち出せれば上出来であろう。その他の損害においては考慮しなくてもよい。それでなお厳しい要求ではあろうが、しかと頼むぞ」

つまりは兵がいくら死んでもよいので自らの命だけなんとかこの死地から運び出せというのであった。

ボルゴーは鼻を鳴らした。

一ヶ月に満たない『ダルフンカ解放』であった。


翌日早朝、義勇軍は城門前で栄光の日と同じファランクス隊形を組んだ。

あの日より少なく、より選抜された精鋭百名ほどのファランクスであったが、その隊形を見れば全軍にあの呼び声の丘での勝利が思い出された。

ボルゴーは先頭にいない。今回はファランクスのまさに中央に陣取って、その背に皇女イリミアーシェをくくりつけて背負っている。外側の兵を文字通りの肉の楯にして皇女を運び出す作戦である。

「いいか！　開門と同時に打って出る！　最初の奇襲で相手が怯む間に、ファランクスが突撃して、そのまま包囲を突破する！　もう町を守る必要はない！　皇女殿下の御身を運び出せればおれたちの勝ちだ！」

勝ち、という言葉の空しさを埋めるために、ボルゴーは言い足す。

「次期皇帝陛下の御前だ！　ご記憶にとどめていただけるよう存分に働け！」

全軍が怒鳴る。

「次期皇帝陛下万歳！」

同時に門が音を立てて開きだす。

開ききる前の隙間から滑り出すように、犬人たちが雄たけびと共に駆け出していく。

それに続いて猪人が、猫人が、兎人が、角人たちが、義勇軍たちが……

「構えぇっ！」

ボルゴーの絶叫に応じてファランクスが楯を構える。その楯に早くも弓矢が音高く突き刺さってくる。

恐怖と未練を振り切るために、ボルゴーは怒号を上げ、ファランクスは待ち構える敵の群れへと突進していった。

その時、ボルゴーは自分の背に生温かい液体が流れるのを感じて、瞬間、恐怖を忘れた。

皇女殿下、漏らしていやがる！

ボルゴーは鼻を鳴らして笑った。

数日後のある朝、ズタボロになった一人の見事な体躯の猪人が、王族にのみ許された真紅のマントに身を包んだ少女を背負って、夜明けと共に砂漠の市の入り口にあるオアシスに現れた。

満身創痍、毛皮はところどころ剝げ、血にまみれ、耳は片方なく、装備は脚絆を残すのみ、仲間は他にいなかった。

呆気にとられた行商人たちが見守る中、猪人はオアシスの泉の縁までノシノシと歩いていくと、そこでばったり前のめりに倒れた。

消えそうな意識の中で、ボルゴーは皇女の声を聞いた。

「ボルゴー、立て」

暗い視界の中で、ボルゴーは思う。

勝手なことを言う。立てるならば言われなくても立っている。

「…立てんか」

声が細くなった気がした。

ひょっとしたら泣くかもしれんぞ。この生意気なガキが泣くところは見たことがない。

ボルゴーは耳をそばだてた。

待ち構えていたボルゴーの耳に、皇女ははっきりと言い渡した。

「ご苦労、働き見事であったぞ」

（ビビリあがってションベン漏らしていたくせに、王族とはこれほどのものか！）

ボルゴーは笑おうとしたが、もう声は出なかった。代わりに鼻から出た空気が乾いた砂を少しばかり宙に舞わせた。閉じつつあった重い目蓋を今一度上げると、その砂煙越しに横に並んで転がった皇女と目が合う。その瞳はまるで揺らがない。自分のために死にゆくものへの後ろめたさはまるでなく、それでいて労いの情を湛えてもいる。

（こいつは、ことによると本当に皇帝になるかもしれん）

初めてボルゴーは真面目にそう思った。

そうなれば自分は皇帝陛下が小便を漏らした秘密を知っていることになるわけだ、と考えてボルゴーは悪い気もしなかった。ただ、どうせなら水を一口飲んでから逝きたいのだが、もう体が動かない。そういうことを察してもよさそうなもんだが、皇女殿下はそういう気がまるで働かないからな…そんな気分のまま目の前は暗くなっていった。

皇女を保護した砂漠の市の人々の手厚い看護も空しく、ボルゴーの意識は戻らないまま翌日に死んだ。

ボルゴーに天空の一座が与えられ、占星術師によりファランクス座が観測された。

さて、鍵を与えられた少年は都に着くと真っ直ぐその地の王の元へと向かいました。

少年は城の門を開き、案内も請わずに玉座の間へと進みました。

そして驚く玉座の王に告げました。

「今日より王は私です。この鍵がその証拠です。どうか、その座を明け渡してください」

王が叫びます。

「この者を捕らえよ！」

少年は捕らえられ牢獄に入れられました。

しかし、少年はただの戸を開けるかのようにその牢を出ると、再び玉座の間へと進み告げました。

「今日より王は私です。この鍵がその証拠です。どうか、その座を明け渡してください」

王が叫びます。

「この者を捕らえよ！」

少年は再び捕らえられましたが、また牢から出ると、三度玉座の間へと進み告げました。

「今日より王は私です。この鍵がその証拠です。どうか、その座を明け渡してください」

王が叫びます。

「この者の首をはねよ！」

少年は叫び返しました。

「この者の首をはねよ！」

近くにいた兵がばっさりと王の首をはねました。

だれもが驚きながら跪き、少年に言いました。

「どうぞ玉座に！　この席はあなたのものです！　ですから、どうかその力を我らに振るうのはおやめください！」

少年は答えました。

「どうか怯えないでください。私が今のような力を振るうのは、自らを王だと思いこんでいる人間にだけです。覚えておいてください。ワウリ神から鍵を与えられた正しい王は私だけです。他のなんびとも王ではありえません。鍵を持たぬ偽の王より悪いものはありません。王を騙るもの、王を気取るものは許されない」

（創世神話——偽王断首）

砂漠の大商人シーシヒ

――このナツメヤシからは
金が育ちそうだ

人間の商人シーシヒは砂漠に人も亜人も区別なく商売できる市を作り、ワウリ界にもネクル界にも属さない一大中立地帯を作り上げた。

彼はその生涯の中で多くの悪事を重ねたが、その中で最も邪悪な所業がどれであるかの見解は人によって異なる。

それまでのシーシヒの人生がまったくの潔白だったかはわからないが、よく知られた彼の最初の悪事は商業都市エタラカにおける金塊横領である。

不信心宣告を受けた自由都市エタラカが竜騎兵バラドの伝説的攻撃で陥落する最中の混乱に乗じて、シーシヒは奉公先の商家から金塊を盗んだとされている。それどころかその商家の主人を撲殺して奪ったという疑惑まである。少なくとも、奉公先の商家の遺族たちはそう主張している。

それは誤解だと彼は言う。

「金塊を持って逃げたのは旦那様の指示だ。緊急時に財産を運び出すために事前に取り決めてあった行動だよ。旦那様とご家族とは別ルートで町を抜け出し、外で落ち合ってお渡しする手はずだったが、その前に旦那様は陥落した町の混乱の中で不信心者として殺されてしまった。持ち出した金塊を聖鍵軍に奪われてしまったのは残念だし私の落ち度かもしれないが、あの頃のエタラカが不信心な町だったことは否定できない。そうだろう？」

こうして自分を非難してきている遺族がエタラカの不信心者であったことを思い出させて論点を有耶無耶にする。自分に向けられる批判に対してこういう論法を取るのが彼の常だった。彼はゲームのルールをよく把握していた。人との議論において重要なのは善悪や正誤という絶対的極点ではない。相手との相対的立ち位置がキモなのだ。

もちろん、これは議論を建設的話し合いではなく勝ち負けのゲームと割り切る場合においてのみ有効な考え方だが、シーシヒに躊躇いはない。

ちなみにシーシヒが主人に金塊を託されたというのは真っ赤なウソだ。町が不信心宣告を受けた当初からシーシヒは陥落時の行動を考え詰めていた。表面的な人当たりの良さと実利を見失わない頭の回転との両立で仕事は出来ても、その能力が逆に祟って心からは信用されない人柄。仕事自体はそれなりに評価されつつも、あくまで財産なき使用人。独立して一勝負できるような金が出来る頃には老いさらばえているだろう自分。そこでいくらか財を成したところでなにになる？　自分に似たブサイクなガキに小金を残してやるのか？　おれみたいなつまらない人生にならないでくれと祈りながら？　くだらん。もっとマシな生き方はないのか。

二十歳そこそこで自分の行く末が見えたと感じていたシーシヒは、自分の住む町が教会から不信心宣告を受けて戦争が始まってからずっと、来る日も来る日も町の城門が陥落するのを夢見ていた。主人に言いつけられた退屈なお使い並みの仕事をこなす中で目にする、自分が入ることも許されない壮麗な建物、自分には手に入らない煌びやかな商品、自分に一瞥もくれない金持ちたち、それらがみなズタズタにされる姿を想像しては、その日を待ち焦がれていた。

しかし、町の守りは堅く、聖鍵軍なる教会の傭兵どもはだらしがなく、シーシヒの未来は暗かった。聖鍵軍の脱走兵から大枚叩いて手に入れた聖鍵のシンボルだという鍵を模した安っぽいアクセサリーを懐に隠し持って過ごす日々が続いた。

それがたったの一日、たった一騎の竜騎兵、バラドの勇躍によって急変した。

燃えさかる火炎、叫びながら逃げ惑う住民、荒れ狂う聖鍵軍の兵士、夢見た以上の光景の合間を縫って、シーシヒは駆けた。昨日まであんなにも冷たく堅固に見えた町の建物が、なんと哀れな有様か。昨日まで自分と同じ人間とは思えなかった金持ちたちが、なんと惨めな有様か。

悲惨の中を駆けながら、シーシヒは思わず声を上げて笑った。

「見ろ、おれの運が開けていく！」

そう叫びながら走っていく男をだれもが放っておく。

非常事態に気がふれたのだろう男に構っている余裕など、敗者にも勝者にもなかった。

勤め先の商家の港の蔵にシーシヒが駆けつけると、そこではまさに主人が金庫に取り付いて鍵を開けようとしていたのであった。

シーシヒは近くにあった異国の壷をひっ摑むと、容赦なく主人の頭に振り下ろした。

シーシヒに頭を殴られた主人は地を這いながら叫んだ。

「シーシヒ！　何故だ！」

何故だ？　意外なことを言う。考えてもみなかった。

「『お前の側に理由はない。この私がお前に目を留めたからだ』」

神話からワウリ神の言葉を引いて見せて、シーシヒは高らかに笑った。

それから主人の頭に止めの一撃を振り下ろすと、シーシヒはその懐から金庫の鍵を引っ張り出し、一人呟いた。

「『あなたはただこの鍵を取ってなすべきことを成せ』、か！」

金庫から金塊をつかみ出し、懐に隠せるだけ詰め込むと、シーシヒは再び混乱する町に駆け出したのだった。その首に下げられた聖鍵が町を焼く火炎に照らされて光った。

シーシヒはそれから続いた不信心戦争の期間を慎重に過ごした。

身軽な行商人という体で大きな町を転々としながら潜伏した。

シーシヒがエタラカの混乱で得た財産はなかなかのものといえたが、派手に使えば足がつくかもしれないし、名を上げて顔が売れればどこで素性がばれるかわからない。エタラカでの所業に証拠はないだろうが、疑惑一つで破滅させられるのが商売の世界だ。スネに傷持つ身の上でやっていくのは難しい。

どこかもっと、細かいことは気にしない自由で野蛮な開けた世界はないのか？

シーシヒの運命を好転させたのはまたも竜騎兵バラドだった。

バラドが黒い塔を落とした知らせを聞いて沸き立つ群衆の中で、シーシヒはだれよりも大きな歓呼を上げた。

シーシヒが山脈を越えて西へ向かったのは当然の成り行きだった。


山脈を越えた人々のほとんどが緑豊かな北へと視線を向ける中、シーシヒはネクル界南の砂漠に現れる。

植民都市ダルフンカから一人、少しばかりの荷をラバに載せて、奴隷の亜人種から聞いただけのオアシス目指して、シーシヒは強烈な日差しにジリジリと焦がされながら広大な砂漠を黙々と進んだ。

当時の砂漠は、犬人のサルーキ族がオアシスを頼りにいくらか暮らしている程度で、町どころか村らしいものも存在しない不毛の地であった。

いくつもの夜を経てオアシスは見つからず、手持ちの水が底をつき、いよいよラバを殺して血でもすすろうかと思いつめていたシーシヒを砂嵐が襲った。

砂丘の影に逃れ、ラバを倒し、耐え忍ぶこと一時間、砂塵が過ぎ去った後の砂丘の上に、幻のように一騎のラクダ騎兵が立っていた。

ターバンを巻き、布で口元を覆っているが、その口元が前方に突き出た頭部の形と軽装の鎧の隙間からうかがえる長い体毛で犬人とわかる。腰に下げた抜き身の半月刀が太陽の光を受けてシーシヒの目に痛かった。

布の下から犬人は単刀直入に聞いてきた。

「人間の物見か、侵略の下調べか」

渇いた喉から声を絞り出し、シーシヒはあえぎあえぎ応える。

「ち、違う」

「まあ肯定するわけもなかろうが」

嘲るように笑うと、サルーキの戦士は続けた。

「その身で味わいよくわかったであろう。この地では我ら以外が食べていく余地はない。我らを殺しにこの熱砂へ軍を送るだけ徒労だ。人間が来たところでなんの得るものもない。戻れるなら戻って同族にそう伝えよ。追放者で戻れぬというなら乾き死ぬ苦しみよりは楽な死を与えてやらぬでもない」

「おのれの分のメシの種くらいはここにある」

シーシヒはそう言って自分の頭をコツコツと拳で打ってみせた。

そういう芝居がかった所作が一部の人をひきつけるとシーシヒは信じているが、それが鼻につく相手については考慮しない。なにかをしないことで十人に無関心でいられるより、それをして九人に嫌われても一人に好かれる方がずっと得であると考えている。実際、損得だけでいえばそれは一面の真実である。さらに言えば、彼はだれかに嫌われることが必ずしも損だとは思っていない。だれかに嫌われていることで、また他のだれかに好かれやすくなることもあると考えているからだ。

サルーキ族は数こそ少ないが誇り高い戦士の一族で、戦場では苛烈かつ勇猛でありながらも、それ以外の場では慈悲深く温和であるべきだと考えている。サルーキ族がこのみすぼらしい客を、人間であるという理由で即座に殺さなかったことが歴史に与えた影響は大きい。あるいは、その頃、サルーキ族にとって人間がまだ物珍しい存在だったことも影響したかもしれない。

サルーキの戦士はその乾ききった男に水を与えて生きながらえさせた。

それからオアシスまで彼を案内し、族長のテントへと彼を招きいれた。

サルーキ族とシーシヒの長い因縁の始まりであった。

砂漠からダルフンカに戻ってきたシーシヒはサルーキ族から仕入れた少量のナツメヤシを市場で売りに出した。

当時の人間たちにとってナツメヤシは未知の果物であったので、物珍しさから耳目を集めた。シーシヒは集まった人々に自分の冒険を語った。その話に聴衆は感嘆し、ナツメヤシはリンゴの五倍の値で売り切れはしたが、それでも大した額にはならなかった。

それを見ていた隣の露天の商売人が皮肉な笑いに口を歪ませながら言った。

「どうだい、あんたの大層な冒険に見合った稼ぎだったかね？」

肩をすくめた余裕の態度でシーシヒは応じる。

「一度、売買が成立すれば、次も次もとしたくなるのが商売だ。いずれこのナツメヤシを金の生る木に育ててやるさ」

稼げそうな商売を見つけた商人が『このナツメヤシからは金が育ちそうだ』と口にするのはこの故事に由来する。

季節が過ぎ、ちょうど猫人ニャメが大森林での殺戮に精を出している頃、山脈の裾野の肥えた土地に急激に広がった農地から穫れた豊かな農産物とその加工品はダルフンカからあふれ出すほどになり、その行き先を求めだした。東のワウリ界に続く山脈を越える道は輸送路として良いとはいえず、かといって飛空挺による空輸は高くついた。

多くの商人たちが仕入れを渋る中、シーシヒだけはその物産を大いに引き受けた。シーシヒはここぞとエタラカの富を使った大商いに打って出た。

シーシヒが砂漠のサルーキ族を通して亜人に物を売っていることが、いつごろからダルフンカの他の商人たちに知られていたのかはわからない。シーシヒはその商売先を独占しようとはしなかった。少なくとも教会がそのことを知り慌てて確認して回った時には、周知の事実となっていた。

その頃にはシーシヒの確立した交易路は、山脈の西のネクル界に住む人間経済にとって、なくてはならないものになっていた。安価で豊富な農産品を砂漠の市で亜人国産の高級品という山脈を越えて運ぶかいのあるものに変えるのが、ネクル界の人間の商売の基本になった。教会は商人たちからの多額の献金に口を閉ざし、山の東の王侯貴族たちは亜人たちの国からやってくる陶器宝飾珍品奴隷を楽しみ、西の亜人たちはほとんどなんでも相場の倍のような値で買っていく人間の商人たちに驚いた。

教会と聖鍵軍はその倫理的に複雑な存在を感知しないことに決めた。

だれでもなんでも売っていい砂漠の市は確かにあるのにないものとされ、いつしかこう呼ばれた。『蜃気楼の市』。

『蜃気楼の市』の名がついた頃、すでにシーシヒはその暮らしの拠点を砂漠のオアシスに移していた。資材の乏しい砂漠にあっては家一つ建てるのも一財産であったが、シーシヒは金に糸目をつけず城と呼んでもいいような豪邸を建てさせた。その周囲に群がるように露店が立ち、立ち去り、入れ替わり、蜃気楼の市は夜毎に蠢きながら広がったり縮んだりした。いくつか出来た動かぬ建造物は、一夜の蜃気楼に相応しいギャンブル場と娼館だけ。そこでは人も亜人も区別なく酒と色の悪徳に耽った。

シーシヒは大商人であれば人でも亜人でも豪邸に招待しては饗応し、いくらかのショバ代で商売の安全を保証する契約を結んだ。砂漠の市の始まりの時期においては他の商人といくつかの衝突があったが、サルーキ族の戦士がそれらを始末していった。

この時期のシーシヒとサルーキ族は蜜月の関係にあった。シーシヒは商売で凄まじい富をサルーキ族にもたらし、サルーキ族はシーシヒの商売をその恐るべき武力で守る。

サルーキ族のラクダ騎兵は砂漠の戦い方を熟知していた。シーシヒのルールに従わない商人は砂漠を渡る間に、砂漠で最も速くかつ最も長く駆けられるこの戦士に襲われて命を落とすハメになる。

シーシヒはその見返りを渡す際、サルーキ族の内部に微妙な差をつけることを忘れなかった。

その格差はサルーキ族の中にいつの間にか小さな不和を生んだ。

少なく貰ったものは自分の貰いが少ない理由がないと考え不満に思うが、得したものは自分が他より多く貰う理由を勝手に見つけて正当化する。そうなるとどうなるか。少なく貰ったものがシーシヒについてなにか非難すると、多く貰っていたものは自分が内心考えていた正当化の論理が非難されたと感じて、勝手にシーシヒを擁護し始める。たまに多く貰っているものがなにかシーシヒに非難を漏らせば、少なく貰っているものはあんなに貰ってまだ不満があるらしいと皮肉に笑う。それが報酬についての非難でなくてもだ。

サルーキ族はシーシヒに対して、まとまった意見を持つことが出来なくなった。彼らは複雑な問題に背を向けて、酒と賭博と色でその不満を晴らしていくようになった。

集団を支配しようとする際、上に大きな不満を向けさせないためのコツは、横にとっつきやすい諍いをおいてやることだ。シーシヒはそう考えている。

『砂漠における恐るべき悪徳について』というある聖職者による報告書というか旅行記のような文書が教会に送りつけられたのもこの頃である。熱に浮かされたような興奮の筆致でこの文書は語る。

「あのような、軽薄かつ破廉恥な娯楽にあふれ、道徳を軽視し、亜人と馴れ合うような地を捨て置いていいものでしょうか？」

この文書は教会には無視されたが山脈の東の貴族たちに熱心に読まれ、蜃気楼の市は観光業でも潤うこととなった。

ニャメを山脈の東に送り込んだのはシーシヒだという噂もある。

少なくとも、ニャメを奴隷として山脈の東に運んだのは彼の子飼いの奴隷商だったし、山脈を越えた後のニャメに暗殺の指令を届けていたのも彼だった。

だからといって暗殺を取り仕切っていたと思われるのは心外だと彼は言う。

「自分は仲介者とすらいえない、ただの郵便配達だ。猫人の奴隷を一人、ワウリ界に送りたいという注文を受けて実行し、それからは言付けられた手紙を彼に届けていただけだよ。あれが伝説のニャメだったと知っていたら、私などは恐ろしくて近づけもしないさ。名を口にするだけでも震えが来る。もちろん、商人の誇りにかけて依頼者は明かせないよ」

山脈の西の砂漠の蜃気楼へ、それなりの金額と殺してほしい相手の名前を届ければ、ニャメがそいつを殺してくれる。こういう話がちょっと不気味なおまじないとして、当時の貴族たちに流行っていたのは事実だった。


亜人義勇軍の皇女イリミアーシェに鯨級飛空挺を買わないか持ちかけたのもシーシヒだ。義勇軍が規模を拡大していた頃、シーシヒはゴブリンたちとの商売を模索し始めており、そのとっかかりとして皇女に目をつけていた。ゴブリンたちは一流の科学者で技術者で職人であった。彼らの作る飛空挺は山脈の東の人間製のものよりずっと性能がいい。ゴブリンと商売が出来るようになれば、それこそどれほどの富を得られるかわからない。

しかし、ゴブリンは亜人種の中でも閉鎖的で、その大多数が神別れの山脈の中の複雑に入り組んだ洞窟に潜んで暮らしている秘密主義の謎多き種族だ。彼らに食い込むには大きな商談とそれに見合う権威がいる。

そこで亜人の皇女だ。

鯨級飛空挺と『ゴブリンの火』に、義勇軍の皇女。勝算は十分だとシーシヒは考えていた。

皇女の方は大いに乗り気で、シーシヒは砂漠の市でも珍しいゴブリンをサルーキ族の協力でなんとか見つけ出すと、なだめすかして接待漬けにし、ゴブリンの国と連絡を取った。

ゴブリンたちは慎重ながらも、飛空挺を使うのが亜人側の義勇軍であることを確認すると、売らないでもないというような態度を示してきた。しかし、『ゴブリンの火』については人間を介しての売買はしたくないという返事であった。

シーシヒにすれば最初の取引として十分な反応だ。いずれ商売の味を覚えさせてやれば物の使われ方など作り手はどうでもよくなる。そうなれば、おれを通して人に渡ろうが亜人に渡ろうが構わなくなるだろうさ。最初の一歩を越えさせてやるだけだ。シーシヒはそう信じている。

どっこい、ここでシーシヒには思わぬことが起きた。

皇女イリミアーシェがこう返事を寄越したのだ。

「こちらとしては飛空挺に『ゴブリンの火』が揃って初めて買う気が起きるというものである。当初の話と違う話を持ってきた以上はそのまま受け取るわけにはいかぬ。こちらの信用のため、飛空挺の払いはまずそちらでしてもらい、『ゴブリンの火』が揃った後、義勇軍から金を出すということにする」

無茶苦茶である。

シーシヒは思い上がった皇女を相手にすることをやめ、方針を変えた。

シーシヒは義勇軍が飛空挺を買おうとしているという情報を、スパイという体でギャンブル場に入り浸っているだけの聖鍵軍関係者に囁いた。

皇女には戦争を起こしてもらう。起きるとわかっている戦争ほど商人を儲けさせるものはない。

シーシヒはニヤリ笑って神話を呟く。

「『王を気取るものは許されない』ってわけさ、皇女様」

義勇軍が勝つと予想していたものはだれ一人いなかったと言って過言ではないだろう。

シーシヒとて例外ではない。

そのボルゴーなる猪人の恐るべき大勝利の報せを聞いた時、シーシヒは真剣に山脈の東への即座の逃亡を考えた。ダルフンカが陥落し、もしも黒い塔の砦の長期封鎖などという事態に至れば、人はワウリ界への道を失う。そうなれば亜人はもう人と対等に商売する気などなくなるだろう。砂漠でなにが起こるか。虐殺と略奪だ。

しかし、シーシヒはそう出来なかった。サルーキ族の戦士の目が常に彼を見張っていたからだ。サルーキ族の長たち年長者はもうシーシヒのもたらす甘い汁にどっぷりと浸かって批判意識もなにもあったものではなかったが、若者たちの間には特に奴隷商の片棒を担がされていることへの不満が渦巻いていた。シーシヒはそういう批判を、自分は市を仕切っているだけで直接には奴隷貿易には手を出していないし、人の奴隷を亜人に売ることも同様に許可している、あくまで自分たちは（「君たちサルーキ族も含めての話だよ！」）商売の内容には責任はない、あくまで買う個人と売る個人の問題だと誤魔化している。だがここで自分が逃げ出せばどうなるだろう。サルーキの若者たちは自分を殺す口実を得たと意気揚々とラクダに跨り半月刀を振るうだろう。

シーシヒは平静を装いつつ生きた心地のしないまま、草原の成り行きを注視した。

結果、砦は封鎖されず、ダルフンカの義勇軍はあっという間に包囲され、どうやら亜人皇帝はその救援に乗り出さないようだった。

シーシヒは胸をなで下ろした。

が、ホッとしたのも束の間、皇女を担いで包囲を突破した上に砂漠を越えてきた血まみれの猪人が、サルーキ族によって邸宅に運び込まれてきたと聞いた時には、驚きに開いた口が塞がらなかった。

亜人の皇女が自分の手の内に転がり込むとは！

これは幸運の星か、厄介ごとの到来か。

シーシヒは思わず神話の一節を口走った。

「『なんという巡り合わせであろう！　私が鍵を与えられたためにこのような日が来たのだ。この上、ワウリ神は私にまだなにか「成せ」とおっしゃるのか？』」

蜃気楼の市が出来てから十年の日――シーシヒがサルーキ族からナツメヤシを買った日から数えて十年の日に、蜃気楼の市で記念の祭りが行われた。

華やかな音楽が奏でられ、商人に限らず、非公式ながら聖鍵軍や教会から、亜人国の宮廷や各地の諸侯から列席者が集い、シーシヒの邸宅の前に開けた目抜き通りを仮面をつけた多様な亜人と人の交じった仮装パレードが通り、亜人も人も振る舞い酒で乾杯しあった。

夜にはそれらの人がそれぞれに色とりどりのランタンの灯を、シーシヒの邸宅のバルコニーに向けて掲げて見せて行列した。

それを見下ろして、今ではでっぷりと太ったシーシヒは叫んだ。

「見ろ、我が魔術だ！　比類なき錬金術だ！　エタラカを襲った竜の炎は、おれの欲望を熱く焦がし、おれはその行き所ない熱を不毛の砂漠に吐き出して、この光の海が生まれたのだ！　天上の神々英雄も、この地上の星空を楽しんでおられよう！」

その叫びに応えて歓声が上がりランタンの波が揺れる。

シーシヒは声高に笑った。

この夜こそが彼の絶頂だった。

それからシーシヒは寝室に引っ込むと、寝床に静かに控えている女に言った。

「特殊なコミュニティなど存在しないね」

彼はいつからか酒で泥酔しないと寝付けなくなっていた。酒に酔うとシーシヒは好き勝手にしゃべる癖があった。彼はそのために無口かつ無教養な女が自分の傍に必要だと考えていた。自分が油断してバカなことをしゃべっても問題ない女が。

「どこのやつらも同じさ。場所も人種も関係ない。町のゴロツキどもだろうが、市場の商人どもだろうが、戦場の聖鍵軍だろうが教会の秘密結社だろうが砂漠の亜人の部族だろうが家庭の夫婦だろうが、神が泥を捏ねて創ったやつらが群れたら同じ力学が働く。とにかく隣のヤツより指先一個分でも上に立ちたくて仕方なくなるんだ。他人が無価値無能だと証明してやることが、おれの価値と有能の反証だ。勝利を味わいたければだれかを負かすしかないんだ。おれたちはそういう風に作られた。それなら、それをやるだけだ。おれは何万人も踏みつけにしてやっていい気分だぜ」

シーシヒは口の利けない女を好んで囲った。

口の利けない女は質問してこないところがいい。

そういう女は耳も遠いことがほとんどだったが、シーシヒは構わなかった。

夜毎、邸宅で高い酒に酔っては寝床の女に講釈を垂れた。

女たちはそのよく動く口を見ながらたまに感心したような顔を作った。

紆余曲折を経て、蜃気楼の市はまた砂漠の中に掻き消えることになる。

この後もシーシヒは悪事を重ね陰謀を巡らしたが、目覚ましい活躍はもう行えなかった。

皇女イリミアーシェ率いる軍勢により蜃気楼の市が焼き滅ぼされた日に、シーシヒの首級を挙げたのがサルーキの戦士であったのはよく出来た運命の結末だと亜人種も人間もみな肯きあう。

シーシヒが死んだ後も、砂漠の闇夜にランタンの灯をかざす蜃気楼の星空の祭りだけは残った。

シーシヒは星座に上げられ、占星術師により悪貨座が観測された。

さて、空の宝冠をもらってからというもの互いに争ってばかりいた亜人たちでしたが、聖なる鍵を持った人間の王が大軍を率いて山脈へと向かっていると聞いて、ようやく大森林の最も大きな木の下に集まって、腹を割って話し合うことを決めたのでした。

暗く深い森の奥、森で最も大きな木の下で、すべての亜人が車座になり、輝く宝冠を囲みました。

みな難しい顔で腕組みして、だれもが横目で人の表情をうかがいます。

しかし、困ったことにだれも口を利こうとするものがありません。

月が一度満ちてまたすべて欠けるほどの長い沈黙がありました。

「ああ……」

そして、ようやく一人の兎人が大きなため息を吐いて言ったのです。

「どうにもしようがないや。ぼくは宝冠はいらないよ。もちろんぼくも宝冠が欲しかったけれど、どの道、人間に負けてしまえば元も子もない。だれかが宝冠を持っていればいいさ」

みんな思わず声を合わせて言いました。

「なんて立派なことを言う兎だろう！　この人ならば宝冠を独り占めしないに違いない！　こ

の人こそ宝冠を預かるに相応しい！」

この兎人こそが最初の亜人皇帝で、この車座の集まりが元老院の始まりなのです。

これ以来、宝冠を持ったものが元老院の可決をもって皇帝になるのが亜人の国の慣わしになりました。

亜人たちはこの兎人を先頭に推したてて、勇んで山脈へと突き進んで行きました。

（創世神話——皇帝選定）

パタと流れ武者ニスリーン

——嵐を乗りこなす

『犬死』という語は犬人に由来するとされる。犬人の戦士が戦場において、強い闘争本能を抑えられずに前後の見境なく敵に襲い掛かった結果、無意味に命を散らす様から生まれたという。

犬人はその闘争への衝動を抑えつつも消さず、戦士としての力を鍛錬し研ぎ澄ますと同時にそれを制御し正しく用いることを美徳とする『武道』思想を生み出した種族でもある。

犬人は多くの部族に分かれた多様な種で、その武道文化も部族により微妙に異なって様々だが、共通して言えるのは高い身体能力、突き出た口元に大きな耳、柔らかな毛並みと鋭い牙を持つことだろう。一般に自分の部族や暮らす町、国や軍、家族など帰属集団への仲間意識が強いともされる。

犬人パタは砂漠の犬人サルーキ族の父と流れ者の母との間に生まれた娘で、勇者ニスリーンが産んだ七人の異父姉妹の一人である。七人という数は多産かつ安産の犬人の中では取り立てて多いというわけではない。パタの母であるニスリーンは最初に双子を産み、次に一つ、次も一つ、続いて二つ、最後に一つ子を産んだ。この最後の一人がパタである。合わせて七人の娘を産んだことになる。

亜人の子どもたちがなにかをランダムに選ぶ際に対象を順に指差しながら、

「ゆーしゃのニッスリンは

にー産んでいーち産んでいちにーいちの
親父のたーねは全部で五つ！」
と唱えて当たったものに「パタ！」と叫ぶのはこれに由来する。七人のニスリーンの子どもたちはみな優れた武者だったが、その中でもパタは特別視されている。

パタの母のニスリーンはサルーキ族ではなく、砂漠の外からやって来た流れ武芸者であった。ある日、ふらりと族長の天幕を訪れてサルーキの武術の教えを請い、しばらくの間、砂漠で修行を積んだ。その間にパタの父であるサルーキの戦士と恋仲になった。そして、パタを産むとすぐに砂漠を出ていった。男はそれを止めなかった。

「そういうところが好きだったからな…」

と母の思い出を語るとき、普段は寡黙で厳格な父の頬が少しばかり緩むのが、パタには哀れに思えた。が、特に自分としては寂しくも思わず、母を恨みもしなかった。父と一族はよく自分の面倒を見てくれたのだなと、後になってパタは幾度となく思い返したのだった。

亜人たちが父母それぞれの特徴を子どもがあわせて持っていることを指して、『毛並みの長さは父譲り、毛色の白さは母譲り』と言い慣わすのはパタに由来する。

砂漠の乾いた風にサルーキ族特有の長い体毛を吹かせるがままにするのがパタは好きだった。

自分の二本の脚で歩けるようになってからは、始終砂丘の上に登っては、砂を渡る風に身を任せた。砂まみれになるからやめろと父親にはよく言われたが、彼女はかまわなかった。この砂漠に暮らしていればどこでどうしていたって砂はどこからかやってきて自分にまとわりつく。それならば強い風の中で砂に撫でられている方がいい。

パタが武芸に打ち込んだのは他に大した娯楽もなかったからかもしれない。

幼い頃から、深い反りの入った曲刀を使うサルーキ族伝統の剣術とラクダ騎馬術を熱心に学んだ。その情熱に見合う才能が彼女にはあった。

稽古を終えると、パタはほぼ毎日砂丘に登った。雪のように白い毛並みを風になびかせて、ただ砂丘の上に突っ立って地平線を見つめているパタは幼い頃からすでに美しかった。同世代のサルーキ族の男はみなその姿を砂丘の下から仰ぎ見て胸を焦がした。

一方、砂丘の上のパタはオアシスや人々にはまるで目を向けず、ただ砂漠の方を眺めた。一面の砂とそれを焼く凶暴な太陽の景色は時に退屈で、時に美しかった。どんな大きな砂丘の位置もいつの間にか変わってあまりに多彩だと思う日もあれば、結局のところ砂しかないのだからなにも代わり映えしないと思う日もあった。

そのままそれが彼女の人生観になった。過酷でもあり退屈でもあり、時に美しく思えることもある。そういうものなのだろう。

そして、そこを渡っていく砂嵐を特別に好んだ。あれが砂漠で最も魅力的なものだと感じた。時には近づきすぎて風にもみくちゃにされることもあった。父親が言うように、砂まみれになった後の始末はいつも面倒だった。

そんな日々は、ある一人の男の来訪で変わった。

砂丘の向こうからやってきた一人の人間の商人が戦士の一族を変えた。シーシヒと名乗るそのみすぼらしい男は少しばかりのナツメヤシを買っていって、その見返りにあまりに多くのものをサルーキ族にもたらした。

目まぐるしくパタの周囲の景色は変わり、パタが少女から一人前の戦士になろうとする頃には、悪徳の蜃気楼はオアシスのほとりで栄華を極めていた。かつて精悍だった族長はブクブクに太ってラクダにも乗れなくなった。同族たちの太刀筋は繊細さを失い、ただ砂漠で雑魚を一方的に屠る効率だけが良くなっていった。武の高みを目指すものはいなくなった。酒に酔った彼らは、かつて自分たちが必死に武芸に打ち込んでいたことを遠い昔のことのようにぼんやり思い返しては、こんな風に言いあった。

「なんだってあんな風に自分たちを追い込んでいたのだろう？　サルーキのラクダ騎兵に砂漠で勝てるものはいないのだから、それ以上の研鑽になんの意味があるんだ？」

一族がこんな風に、卑近なにかと比較して自分の方が強いから十分だなどという風に武について考え出したのは、あの人間が来てからだ。一族はどんどんおかしくなっていく。ラクダで砂漠を駆ける際に、奴隷商の下から逃げ出したが砂漠を越えられずに死んだ年端も行かぬ子どもの乾いた亡骸を見れば、そんな考えが浮かんできて、パタの心はイラだち乱れる時もある。

しかし、その後に砂丘の上に登って遠くを眺めれば、やはり砂漠は相変わらずだ。そういうものなのだろう。なにか自分の周りで大きなことが起きている気がしても、落ち着いて距離をとって見れば騒ぎ立てるほどのことではないのだ。なにより、一介の戦士に過ぎぬ私ごときになにが出来る。パタはそう考えることにしていた。

だが、誉れの戦豚ボルゴーによって砂漠に運ばれてきた皇女の考えは違った。

いつも通りの朝のはずであった。

早朝、パタは自宅の天幕を出て、いつものようにシーシヒの邸宅へと向かっていた。毎朝一日の初めに、シーシヒの邸宅に一室を与えられて暮らしている族長の元を訪れて、その日の用事をおおせつかるのが、その頃のパタたちサルーキ族の戦士たちの日常になっていた。

パタは着れば全身を覆う白いトーガを畳んで肩にかけ、布の下着に脚絆と小手だけを着けた軽装。明け切る前の砂漠はまだ涼しく、日差しも弱くて、太陽の下に皮膚を晒していても問題ない特別な時間だ。サルーキ族の長い体毛は他の種族のそれよりは日差しを防いでくれるが、それでも昼間に肌を長く晒せばひどい日焼けの痛みに苦しむことになる。短く貴重な朝の空気を全身で味わいながら、市場の目抜き通り目指してパタはのんびりと歩いていく。その歩調に合わせて腰に下げた曲刀ものんびりと揺れる。

蜃気楼の市の夜は深く朝は比較的遅い。夜は喧騒に包まれている通りも、この時間にはひっそりと静まり返って人影もないのが常である。

それがこの朝は様子が違った。

パタが通りに出てみると、市の入り口に当たるオアシスの方角から、なにやら人の群れが大騒ぎしながら進んでくる。どうやら集団はサルーキ族の者たちらしい。パタは眉根をよせ、その一団がやってくるのを待った。

なにゆえか、パタの肌はあわ立ち、毛並みがゾワゾワと蠢いた。

通りにはそよ風すら吹いていなかったが、パタは思った。

嵐の予感がする。

目の前までやって来た一族の集団はパタと歳の近い若者たちが主で、なにを喚いているのかはうるさすぎてわからないが、とにかくみな口々に怒鳴りあっている。大変な興奮と熱気である。通りの端に立っていたパタにだれも気づかず、一瞥もくれず、みな集団の内側を向いたまま足早に進んでいく。

だれかを囲んでいる？　怪我人を運んでいるのだろうか。事故かなにかか。

パタは集団の端っこに追いついて、友人の女の肩を叩いた。

「おうっ、パタ！」

興奮を隠す気もない相手の大声に負けじと、パタも大声で返す。

「何の騒ぎだ！」

返事の代わりに女は少し身体をよけて、パタに集団の輪の中を見せた。

そこには王族にだけ許された真紅のマントに身を包んだ、ねじれた角に青ざめた肌、白銀色の髪の美しい角人の少女が、その辺のテントから引っ張り出してきたのだろう絨毯を担架代わりに運ばれていた。ぐったりとして意識はないらしい。

「だれだ？」

驚きに真っ白になったパタの頭から出てきた間抜けな問いに、先ほどの女が相変わらず音量調節が壊れたままの怒鳴り声で言う。

「皇女だよ！　義勇軍の皇女イリミアーシェだ！　ダルフンカの包囲を突破してきたんだ！」

少し目を移せば、隣に並んで巨体の猪人が運ばれている。別の絨毯に載せられこちらは八人がかりだ。満身創痍、身体のあちこちに応急処置としてあてがわれた布キレが血に染まっている。かすかに胸が上下しているのが見えなければ、パタは死体だと思ったことだろう。

「おい、医者はもう呼んだのか！」

「なにっ！」

「医者だよ！　だれか使いに行ったのかって！」

パタも大声で喚きだしていた。

集団は目抜き通りを上りつつ登城中のサルーキ族や騒ぎに目を覚ました野次馬たちを吸収し、その規模を大きくしながら突き進み、そのままシーシヒの邸宅へなだれ込んでいった。

シーシヒの邸宅に担ぎ込まれほぼ丸一日が経った早暁、邸宅内の客室のベッドの上で疲労の昏睡から薄っすら目を開けた皇女は、開口一番、こう言った。

「ボルゴーは？」

その時、寝床のそばに控えていたのは偶然にもパタ一人であった。

この少し前に、猪人ボルゴーが死んでいたためだった。シーシヒや医者を含む邸宅のもののほとんどは、英雄の最後を看取るため別室のボルゴーの枕元に集まっていたのである。それからそのままその枕元で、ボルゴーの遺体をどうするべきかの論争がだれからともなく始まって、議論は大揉めに揉めて紛糾し、みなそれに夢中になっていたために、このパタと皇女二人きりの瞬間は訪れた。

パタは枕元に駆け寄り、抑えた声で皇女に告げた。

「夜明け前に、お亡くなりになりました。…つい先ほどのことです」

「そうか」

短く言うと、皇女は一瞬目を閉じ、またすぐに開いて、落ち着いた口調で続けた。

「お前はサルーキのものか？」

「はっ」

「奴隷売りの人間に顎で使われる飼い犬でいる気分はどうだ？」

唐突な侮辱に絶句するパタの顔を首だけ起こしてしばし眺めた後、皇女はやはり変わらぬ落ち着いた口調で言う。

「蜃気楼の市の噂は聞いている。この恥知らずの地に私が来ることになったのも巡り合わせであろうな」

寝床に上半身を起こしつつ、皇女は指示を飛ばした。

「腹が減った。食事をもて。上等な肉でも貪りたいところだが、まあまずは粥が良かろう」

呆れと驚きに口を曲げているパタに、皇女はさらに言う。

「どうした？　まさか客に粥一杯出すにも飼い主様にお伺いを立てないといかぬのか？」

怒りに震えつつ挨拶もなく部屋を出て、パタは肩をいからせ大またで、皇女が目覚めたことを屋敷中に怒鳴って触れ回りながら、それでも炊事場に粥を作りに向かったのだった。

ネクル界で不満を抱きながらも指示に従う様を『怒鳴りつつも粥は作る』というのはこの故事に由来する。

一方、パタの母ニスリーンは生涯にわたって各地を旅して回り、あちこちの騒動に首を突っ込んで回ったようだ。

名を成した後に、各地で「あの時の犬人の剣士はニスリーンだったのではないか」と語り直されるように逸話がいくつも生まれたが、それら全てがニスリーンの活躍だったかは定かでない。すべてが本当にニスリーンの仕業だったのかもしれないし、ネクル界の色々な場所で見事な働きをしたまた別の犬人の剣士たちがいたのかもしれない。

しかし、語る人はみなあれがニスリーンだったのだろうと思って語った。星座の英雄とはそういうものだ。

ニスリーンは荒事の実地の中で武を磨き、その騒動ごとに恋人を作った。そうして時には娘が出来たわけだ。

そういう放浪の末に、どういう経緯で彼女が皇女の義勇軍に参加したのか。彼女もまたニャメの死に奮い立った一人だったのか、あるいは単に食い詰めたのか、それともほんの気まぐれか。

名高い『呼び声の丘の会戦』においては猪人ボルゴー率いるファランクス部隊ではなく、皇女の率いる少数の騎兵部隊の中に彼女はいた。

ニスリーンはその後のダルフンカ入城から地獄の防衛戦までも戦い抜き、その脱出戦においては真っ先に城門を飛び出して聖鍵軍に襲い掛かった犬人たちの一人でもあった。

ダルフンカの攻防において打ちのめされた義勇軍の敗残兵は散り散りになったが、皇女とボルゴーを追って砂漠の蜃気楼の市に向かったものも多い。「次期皇帝陛下万歳斉唱」の一件のために後継者候補たちからにらまれ、皇帝からもどう扱われるかわからないと考えていた義勇軍の兵としては、ひとまずは中立地帯と目されている砂漠を目指すのは自然でもあった。

皇女が運び込まれて数日も経つと、市にはボロボロの敗残兵たちが三々五々到着しだした。

ニスリーンもそのうちの一人であった。

彼女は三人の娘と共にオアシスにたどり着いた。

渇ききった喉を潤そうと子どもたちがオアシスに首を突っ込み、音を立てて水をがっつく横で、ニスリーンは市の目抜き通りの正面にそびえるシーシヒの居城をしばし眺め、それからオアシスのほとりへ近づき、水を手ですくって飲むと、ポツリ呟いた。

「水は変わらないね、うまい」

一息ついた娘の一人が水面から顔を上げて聞く。

「なんか感傷的な口ぶりじゃん」

「ここには思い出がある」

「どうせ男でしょ」

「よくわかったね」

返事の代わりに娘は舌を出して白目をむいてみせた。

母の男の思い出の多さにはうんざりだ。

皇女はしばらく砂漠にとどまることになる。

本来なら聖鍵軍は容赦なく皇女とその義勇軍の残党を追撃したいところだったかもしれない。魔王の娘を討ち取ったとなれば聖戦の大戦果だというだけではない。開戦からずっと西の帝都に潜んだままの魔王と違い、ニャメの刑死以降、人間にとって具体的な脅威であり続けた亜人義勇軍と皇女イリミアーシェは、人間内において最も高い知名度を持ったまさに『聖戦の敵』の象徴であった。魔王の娘イリミアーシェ打倒は人間たちにとって聖戦の重要なマイルストーンの一つとなっていた。

しかし、蜃気楼の市はもはやワウリ界の人間経済にとって大きすぎる存在になっていた。教会にとってもまさに金のなる木でありながら倫理的に複雑な問題を有する蜃気楼の市に、聖鍵軍がいきなり進軍することは躊躇われた。代わりに教会は蜃気楼の市を仕切っている大商人シーシヒへ、皇女の引き渡しを迫った。

困ったのはシーシヒだ。

不毛の砂漠を舞台に、亜人と人間の間で危うい綱渡りを演じてきたシーシヒだったが、皇女の処遇についてはほとほと頭を悩ませた。彼の立場からすれば、皇女をどちらに引き渡したのでも、それが命取りになりかねない。

先に述べたように人間たちの皇女に対する要求は強い。これを有耶無耶にするのは至難の業だ。事態が長引けば業を煮やした教会から不信心宣告を受ける可能性すらあるかもしれない。

それが出されれば一巻の終わり。人間の商人たちは蜃気楼の市から一斉に手を引き、そうなれば亜人の商人にとってもシーシヒの市は守る価値がなくなり、見捨てられた市には聖鍵軍の大軍がなだれ込んで来て、皇女共々なすすべなく砂の中に沈むことになるだろう。

一方の亜人側の権力者たちは皇女の身柄について目立った動きを見せなかったが、シーシヒが恐れたのは身近で接しているサルーキ族の若者たちの反応だ。義勇軍の英雄たる皇女への処遇を間違えば、以前からシーシヒへの不満を募らせている彼らが爆発する契機になりかねない。それに、アレはなんと言っても亜人の皇女なのだ。皇女を引き渡してなお、自分の蜃気楼はネクル界に存在を許されるだろうか?

シーシヒはひとまず、それとなくサルーキ族以外の私兵を増やしていくことにした。しかし、それに気づかないサルーキ族ではない。シーシヒの居城内の緊張は高まっていった。

やってきたときと同じように、ある日突然皇女が出て行ってくれないものか。時にシーシヒはイライラとそんなことを考えた。

しかし、皇女はそんな周囲の事情をわかっているのかいないのか、この砂漠の市にゆったり腰を落ち着けて、自ら動く気はないようである。

シーシヒとの交渉に当たっていた教会の神官は、砂漠に逃げ込んだ皇女について、報告書の中でイライラ立ちもあらわに『彼女は世界的大迷惑である』と書き記している。

『世界的大迷惑』。これがワウリ界におけるこの頃の皇女の二つ名である。

パタが皇女の身辺警護に当てられた理由は、同性で年が近かったということもあるが、それ以上にパタは逆らう心配がないと族長に思われていたことが大きい。

サルーキの族長はシーシヒが自分たちから少し距離を置こうとしていることに不満で、その原因になっている反抗的な若者たちを苦々しく思っていた。シーシヒは確かに聖戦の敵である人間ではあるが、この貧しい砂漠に富をもたらした恩人でもあるはずではないか。その恩を忘れ、キレイごとを並べ不平ばかりの若僧らには困ったものだ。そのような連中に義勇軍の英雄である皇女は刺激が強すぎる。どんな突拍子もないことをしでかすかわからない。このような考え方は族長だけのものではなく、サルーキの年嵩の連中の主流でもあった。

その点、パタは年が若くとも妙な考えを起こす心配がない。そう思われていた。

パタに皇女の護衛の任を申し付けた際、族長は白々しくも何気ない調子でこう付け加えた。

「パタ、父の具合はどうか？」

「は、最近は落ち着いております。ひとえに族長とシーシヒ殿のおかげでございます」

「うむ、大事にしてやれよ」

一年ほど前に重い病に倒れたパタの父を生きながらえさせているのは、遠く大森林地帯の奥深くから交易で砂漠の市へと運ばれてくる魔女の秘薬であった。本来なら一介の戦士に過ぎないパタの手に届く品物ではない。その品を、族長はシーシヒに頼んで用立ててくれている。パタは族長に恩義がある。恩義には報うべきだ。

　パタは父にそう教わった。

　皇女の居室となった城内で最も広い客室に、族長に連れられ挨拶にやってきたパタを見て、皇女イリミアーシェはニヤリと笑った。

「そうか、お前が私に付くか」

　それから皇女は族長を下がらせ、パタと二人きりになると言った。

「特別に差し向かいで話す際には気安い口調で話すことを許す。しかし、人前では差し控えるように」

　皇女は小さく笑いを漏らして続けた。

「ふふふ、この許可をするのは我が生涯で貴様が二人目だ。誇ってよいぞ」

　パタは心を殺したつもりでただ頭を下げる。

「身に余る光栄」

「よく躾けられている」

　早くも耐えられずパタは歯をむき呻くように呟いた。

「…黙れ」

「気は短いらしいな」

　イリミアーシェは満足げにそう言った。

パタは皇女が蜃気楼の市に滞在する間、その身辺に張り付き続け、皇女が寝室から出てそこにまた引っ込むまで見守ることになった。

パタにとって皇女は不快な女だった。

無礼で、わがままで、尊大で、非力で、武の心得はまるでなく、世間知らずで学識も浅く、その癖に口ばかり達者で、浪費や贅沢に無頓着であり、さらにそれらに輪をかけて不快なのは彼女自身はそういった自らの欠点を問題だとはまるで感じていないらしい態度である。それでも初めのうちパタは人間の侵略に立ち向かった義勇軍への尊崇の念から、少なくともその創設者である分くらいの敬意は払おうと努めたが、じきにそれにも限界が来た。

結局、こいつは突飛な思い付きを口にしてみただけのお姫様で、義勇軍の実態はすべてあの戦豚が作り上げたものだったのだろう。パタが皇女に対しそういう評価を下すのに時間はかからなかった。

砂漠にいる間、皇女はとにかく出歩きたがり、毎日パタは付き合わされた。

真紅のマントを外し、それなりの身なりに口元をベールで隠して、護衛にサルーキの犬人を従えた皇女はいかにも蜃気楼の市の観光に訪れた放蕩貴族の子女の典型であった。

市場で見慣れぬ食い物を見れば値など聞きもせず手に取り、一口かじって好みでなければまだ払いをしている最中のパタに放って寄越す。

パタに言わせればガラクタに過ぎない珍品を商人の言い値で買って、次の日には興味を失っている。

ギャンブル場のルーレットで呆れるほどの大敗をして、一言「つまらん」といい捨てて帰り、翌日また負けに行く。

新しいサーカスや見世物小屋が市に現れれば欠かさず訪れる。

売春宿の酒場に潜り込んで、出し物の舞台で踊る男娼を無遠慮に品評したりもした。

そういう放蕩三昧の合間に、皇女はパタに不意に言う。

「シーシヒという人間、どう思う？」

返事をしないパタの顔をしばらく見つめて、皇女は続けた。

「醜い男だと思わんか？」

パタは誘いに乗らない。

「世話になってる相手に言うことじゃないだろう」

「王族は相手と自分個人との関係で評価や判断を変えたりはせん。そうでなければ王のかいがなかろう。真の王族とは恩だの借りだのという、この世の法則を超越していなければならん。並の因果から自由でなければならんのだ」

「あたしの感覚から言わせてもらえば、そういうやつはイカレてるって言う。少なくとも友達には欲しくない」

皇女はパタの言葉に満足げに肯いて応じる。

「楽な生き方ではない。強く芯を持たねばな。今通った犬人の男、なかなかお前好みだったんじゃないか？」

パタは皇女の話題の切り替えについていけずに黙る。

まるで嵐のようだ。そう思ってしまってから、パタは自分の感想が不愉快で一人歯をむいた。

こんな女を嵐に喩えてしまうとは！


どうしてこの女は自分の手に負えないことにちょっかいをかけ、その始末を他人に放り投げて平気な顔をしていられるのだろう。これが王族というものなのか。

散々遊び歩いた帰り道、夜の市場の暗い路地の一角で、数人の人間に囲まれ激しく鞭打たれている猫人の子どもと、奴隷商が振るう鞭の間に、皇女が飛び込んでいくのを、パタは止めることが出来ない。

まさに今、子どもの小さな身体に振り下ろされんとしていた鞭の一撃を、皇女は代わりにその背に受け止め、痛みに顔をしかめて言う。

「奴隷売りの蛆虫ども！」

人間たちは割って入ってきた相手の高貴な雰囲気に一瞬うろたえたが、すぐに怒りを取り戻し、逃げ出そうとした自分の持ち物の奴隷を鞭打ってなにが悪いと喚くのに、皇女はただ軽蔑の視線で応じる。

「てめえはサルーキだろうが！　商売守んのが仕事だろうよ！　なんとか言えや！」

こちらにも詰め寄ってきたチンピラに、短くパタは返す。

「そうだ」

皇女と奴隷商が揉めている間に、パタは路地を塞ぐ位置に移動している。だれも逃がさないために。

「だから一人も生かして帰すわけにいかない……」

チンピラが驚きに目を見開く。

その目が小さく戻る間もなく、パタの抜き打ちは相手の命を奪っている。

パタは居合わせた人間を皆殺しにし、皇女は亜人の子どもを連れ帰った。

こんなことが幾度かあった。パタにはもちろん危ない橋を渡っている自覚はある。皇女にあったかはわからない。

目撃者のいない奴隷商殺しは義勇軍残党の仕業と見なされたが証拠はない。人間亜人種を問わず、商人たちはシーシヒとサルーキ族に治安の改善を求めた。

連れ帰った奴隷の子どもを、皇女は金を握らせた亜人の行商人に託し、砂漠から逃がしてやるのだが、それらの金は結局シーシヒから出ているのだった。波風の立たない皇女の処遇を思いつけないシーシヒは、用途も聞かずに皇女のせびってくる金をダラダラと支出する。しかし、そのシーシヒの金はそもそも奴隷売買から出た金でもある。

　そういう矛盾に耐えかねてパタが論難してくるのを、皇女は余裕の態度で迎え撃つ。

「しかし、私がなにもしなければあの子はどうなった？」

「奴隷の子どもを全員逃がしてやることはできない。数人の子どもを気まぐれに助けてやって、お前は気分がいいだろうが、お前のしていることは場当たり的で身勝手な独善の自己満足だ！　その上、お前はその自己満足の中ですら実質なにもしていない！　戦ったのはアタシだし、金を出したのはシーシヒだ！」

「話をそらすなよ、パタ。私は他の子の話はしていない。奴隷の子ども一般などという曖昧な観念上の存在の話はしていないのだ。私とお前の目の前にいた、あの子どもの話をしている。あの緑色の目をした幼い猫人の子が鞭打たれているのを、私が見ないふりをしてただ行き過ぎたらどうなったのだ？　あの幼子が散々に鞭で打たれて山脈の向こうへ売られていくことが正しかったのか？」

　言葉に詰まったパタへ、勝ち誇っていることを隠しもしない尊大な態度で皇女は重ねる。

「他人を見捨てる代わりに、現状に服従し文句を言わないことで責任を回避するのが砂漠の戦士の習いなのか」

「詭弁だ！」

　詭弁だ、詭弁だ、やつの言うことはすべて詭弁だ。自分は口が上手くないから言い負かされてしまうが、詭弁であることはわかる。

パタは家の寝床で皇女との会話を思い出し、口惜しくて涙することさえあった。

やつの言うことは無責任な戯言に過ぎないのに。

嵐の予感がするのだ。

蜃気楼の市に義勇軍の残党が徐々に増えてくることで、事態はより切迫したものになっていった。

義勇軍残党は砂漠の城に『囚われている』皇女（これがネクル界の亜人一般の理解であった）を救い出すために決起するのではないか？　そんな噂がネクル界に広がった。蜃気楼の市の人々は情勢を緊迫させる貧しい義勇軍残党を白眼視し、手ひどく扱われる残党側も商人たちやその手先となっているサルーキ族たちへ憎悪を募らせた。残党たちは皇女を捕らえ、汚い商売を続ける商人やサルーキ族を軽蔑し、窃盗や強盗を正当化して考えるようになった。

同時に市では聖鍵軍の息のかかった者もじわじわとその数を増やしていた。彼らは商人やその配下という体で砂漠の市へと入り込んできた。サルーキ族にすればこれも不愉快な出来事だったが、シーシヒは聖鍵軍らしき人間には絶対に手を出すなと命じる。聖鍵軍の兵たちはサルーキ族が自分たちに手出しできないのをいいことに、酒場やギャンブル場で派手に振る舞い、残党たちを挑発してはケンカを引き起こした。

だれもがピリピリとイラだち、市には不穏な雰囲気が漂った。

そんな中、パタの父に、かつての恋人ニスリーンが蜃気楼の市にいることを知らせるものがあった。彼は父と同世代のサルーキ族で、かつて修行に来たニスリーンを覚えており、父との関係も知っていたのだ。

病床の父は勤めから戻った娘に、母が今、この砂漠に来ていることを伝え、病気のために小さくはなったが低く落ち着いているところは昔と変わらない声で問うた。

「パタ、会ってみたいか」

「いいえ、私は特に」

これは強がりではなくパタの本心であった。

少しだけ考えるように目を閉じた後、父は言った。

「おれはやはり会いたいようだ」

翌日、パタは朝のうちに同族たちに話を聞いて回り、夜に勤めを終えた後、ある売春宿に母を訪ねた。

「わざわざお訪ねいただいてすみませんが、ニスリーンは娼ではないんでさ、サルーキのお嬢サマ。あれはウチの用心棒で」

受付の犬人がからかうのにパタは素っ気なく応じる。

「女を買う趣味はない」

受付は肩をすくめると、サルーキ族とのトラブルを避けるためだろう、素直にパタをニスリーンへと取り次いだ。

パタは宿の奥まった一室に通され、そこにはニスリーンと三人の娘がたむろしていた。

狭い室内に、簡素な木製ベッド一つ、ハンモックが二つ、床にも寝床らしきものが一つ、それぞれに犬人の女が陣取っている。みなだらけているように見えて、それとなく得物を手近に寄せ、ことが起これぱすぐにも動ける姿勢である。それを察知して、パタは部屋に踏み込む前に腰の刀を外して、利き腕である右手へゆっくりと持ち直す。抜き打ちを取らないことの意思表示である。

「礼儀を知ってるようじゃないか」

そうベッドに腰掛けていた一番年嵩の女が言った。

女は自らも刀を右手に持ち替え、他の連中もそれぞれに得物を遠ざける。その武器を扱いなれた所作に凄みがにじんだ。

父に聞いていた通り、確かに手練れではあるらしい。

そう感じて悪い気もしないらしい自分に、パタは少し驚いた。

「あなたがニスリーンか？」

パタが問うのにニスリーンは軽い口調で応じる。

「名を聞く前に名乗るのも礼儀じゃないか、お嬢ちゃん？」

「私の名はパタだ」

「…知っている名だね」

　これが母子の交わした初めての会話であった。

　自分が娘であること、父は病身で具合はかなり悪いこと、父がかつての恋人にもう一度会いたがっていることを手短に伝え、周囲で興味深そうにこちらをうかがっている犬人たちが自分の姉であることも知らずにその視線を無視して、パタはこう言った。

「私が会いに来たのは父上が知らせてくれと頼んだからだ。死ぬ前に一目会いたいとな」

　それまで顎をなでつつただ話を聞いていたニスリーンはやっと口を開いた。

「自分は呼んでいないことを強調しておきたいわけか？」

「そちらが妙な期待をしたら悪いと思っただけだ」

「堂々としたもんだ。娘の成長を目の当たりにして胸がいっぱいだわね」

　それからベッドから立ち上がると、突然に抱きつこうとしてきたので、パタは眉をひそめ身を引き、それをかわした。

「いい身のこなしだ！」

　ニスリーンが大げさに言い、周囲の女たちが笑った。

　なんだか知らないが不快な連中だ。

パタはさらに眉間のしわを深くした。

ニスリーンは気安い口調で言う。

「知らせは確かに受け取った。気が向いたら行くよ」

パタはその軽さと父の病状の重さの差にイラ立ちを覚えたが、無言で通した。

それから幾日も経たない夜のことであった。

いつもの放蕩の帰り道、深夜の寂しく暗い裏通り、パタと皇女の行く手を亜人の集団が塞いだ。どれもみすぼらしいなりである。

パタは素早く皇女を背に庇う。

「もの盗りであれば相手が悪いぞ」

そう言いながらパタは自分の毛をかき上げてみせた。

蜃気楼の市のチンピラや追いはぎであればサルーキ族の長い毛を見ただけで引き下がるのが普通である。サルーキがみな手練れであるというだけでなく、いわばこの市の公権力であることをよく知っているからだ。

しかし、この輩どもは道を譲るどころか動揺の気配もない。

こいつらは確信を持って現れたのだ。

狙いは皇女だ。

これ以上の警告は要るまい。最初に間合いに入ったものを斬る。

そう腹を決めたパタから殺気が立ち上る。

それを察した相手の頭目らしき犬人の男が、パタの後ろの皇女に向けて言葉を発した。

「皇女殿下、お迎えに上がったのです！」

強い体臭と酒の入り混じった臭いがパタの鼻についた。

「殿下、ご信頼ください！　覚えておられるでしょう、おれはあなたが兄貴と…ボルゴーと初めて会った港でも傍にいた男です！　我らはただの敗残兵の集まりではない。さる有力者の支援を受けております！　きっとご無事に帝都へお送り差し上げます！」

皇女はパタの背に隠れたまま言葉を返さない。

「私の頭越しにしゃべるのはやめろ」

遮ったパタに、男の口臭がまっすぐ向かってくる。

「黙って皇女を渡せ。アンタだって亜人の戦士だろう？　すべきことはわかってるはずだ。おれたちがきっと殿下を砂漠から脱出させてみせる」

この女がそれほどの英雄だろうか？

そう一瞬考えてしまってからパタはまた歯噛みする。

そんなことを考えてみる必要はない。一族を裏切るというのか？　自分に父を捨てる選択肢はないのだ。

「断ると言ったら？」

パタは鯉口を切る。

場の緊張が高まった瞬間、パタに聞き覚えのある声が集団の背後から飛んだ。

「アタシの娘に用か？」

包囲の一角が少し戸惑いつつも割れ、そこにニスリーンが入ってくる。

それを見た酒臭い男が驚きの声を上げた。

「ニスリーン！　生きていたのか！」

どうやら集団の方もニスリーンをよく知っているらしい。

（やはり義勇軍残党か…）

パタが考えている間に、現れた顔とパタの顔を見比べて、男が続けて驚きの声を上げる。

「娘？　アンタ、まだ娘がいたのか？」

ニスリーンは質問を無視して大げさに鼻をヒクつかせ、男に言う。

「ひどいザマだ。死んじまった愛する兄貴のことをウジウジ思い出しながら、一日中いじけた酒を舐めて暮らしてるわけか」

「おれが思ってたのが兄貴のことだけだと思うのかよ？…おれはここにたどり着いてすぐアンタを探したのに、アンタはおれを探してなかったようだ」

「その悲しみを肴に酒を飲んでたわけかい」

掴みかかってきた男を、ニスリーンはあっさりとかわして、すれ違いざまに足払いを喰らわせる。

「ニスリーン…！」

小さく呻いて地に倒れた男の背に、ニスリーンは冷たく告げた。

「酔いを醒まして出直しな。どうせ斬り死ぬにしても素面の方が面目も立つだろう」

男はもつれる足で必死に立ち上がると、一瞬また身構えたが、再び掴みかかるのを堪えた。

ニスリーンが斬ると言ったら斬る女だと知っていたからだ。

男が背を向け、路地の奥へと去っていくと、周囲の輩たちも不満げに悪態を吐きつつそれに従った。

後にはパタと皇女とニスリーンが残った。

「尾けていたのか？」

パタの問いに、ニスリーンは軽く答える。

「いや、尾けてたのはアンタたちじゃない」

「恋人に声をかける勇気が出なかったとでも？」

「声をかけるべきか、このまま会わない方が面倒がないか、測りかねて様子見さ」

一息吐いて、パタは言う。

「あんなのが好みとはな」

娘の皮肉に、ニスリーンは余裕で応じる。

「情けない男を一人飼っておくってのは甲斐性のある女にとって悪いことじゃない。いい加減にイジメてやって、悶えるのを見ると気分が良くなる。覚えておくといい」

これまで黙っていた皇女が、なにか深く肯きながらコメントした。

「悪趣味なことだ…」

「畏れ多くも皇女殿下、男を楽しむことについては私の方が造詣が深いかと愚考いたします。いずれおわかりになる日も来る」

ニスリーンの返答に皇女は小さく笑う。

パタは少し照れる。

何故、私が照れなければならんのだ。

パタの内心にお構いなく、ニスリーンはパタへと言う。

「アンタが噂の皇女の護衛とは知らなかったよ」

「教えていないからな」

「…アンタらの奴隷逃がしは残党の間じゃ、もう評判になっちまってるよ。きっとやってるのは皇女殿下だってね。商人どもが騒ぎ出すのも時間の問題だね」

返事をしないパタに、ニスリーンは続ける。

「あの酔いどれはてめぇが生き残って愛する兄貴だけ死なしちまったことで頭がいっぱいだ。

気の利いた死に場所を探してるやつの企画には乗らないほうがいい。犬死が趣味なら構わないがね」

「今、私に助言したか？」

「あら、気に障った？」

「要らぬ気遣いだ。私は父を捨てない」

あなたと違って、とは口にしなかった。

ニスリーンが牙を見せて笑った。

パタはそれを横目で見て思う。

嵐の予感だ。

パタの胸がざわめく。

シーシヒの邸宅に帰り着き、皇女の寝室に二人で静かに入り戸を閉めると、パタは燭台に灯をともした。

その淡い光の中で皇女は顔を覆っていたベールを取って寝台に放る。

「少し話そう」

そう簡単に言うと、皇女は室内の卓に着き、パタに向かいの席を示した。パタは無言でその指示に従う。

「私はじきに出歩けなくなるだろう。お前と差し向かいになれる日も、これが最後になるかもしれん」

「前置きはいい。ただの感傷のために呼び止めたわけではないだろう」

「そうか？　私はじっくり思い出を語らいたかったのだが、まあ時間もそうはないだろうしな……」

この女は本当に自分をイラだたせる。

歯をむきながらも言葉を抑えたパタの表情を眺め、皇女は薄く笑う。

パタが言うと、皇女は本題に入った。

「なにを笑う」

「シーシヒは私の身柄で休戦を画策しているのではないかと思う」

パタは即座に色めき立った。

「まさか！　聖戦に和平など！」

皇女は落ち着いた声で言う。

「『和平』も『終戦』もありえんだろうが、『休戦』ならば出来るのではないかな。この蜃気楼の市から大きな利益を得ているものは、人間にも亜人にも多くいる。私が逃げ込んだことで思わぬ形で焦点になってしまったこの蜃気楼での激突を避けるために、シーシヒだけでなく色々な人物が動いているのだろう。人間の側でも、亜人の側でもな。期間はわからんが、この蜃気楼からゲームの場を移すのに休戦はいい手だ。私の身一つで合意となるなら、多くの者にとって悪くない取引と言える」

「義勇軍ならお前を砂漠から連れ出せるのではないか?」

「…ずいぶん踏み込んだことを言うのだな」

パタの発した咄嗟の言葉を、皇女は少し困ったような小さな笑みで受け止めた。

パタは恥じ入り、視線を床に落とした。

自分は結局、いつの間にかこの皇女に入れ込んでいるらしい。

その点を深追いせず、皇女は話を続けた。

「残党どもを後ろからけしかけているのは皇帝陛下だろうな」

「そうか! 表立っては派手に動けぬ陛下が、義勇軍残党を使ってお前を助け出そうとしておられるわけか」

わざとらしく深いため息を吐き、大げさに首を振りながら皇女は言う。

「パタ、私はお前のそういう単純さを好ましく思っているが、それは騙されやすさと表裏でもあるな」

「…違うのなら、ただ違うと言え」

気負いなく皇女は言う。

「陛下は私を砂漠で始末するつもりだろう。シーシヒを通して、聖鍵軍と陛下はおそらく共謀している。義勇軍が私をこの蜃気楼から引っ張り出したところを、聖鍵軍が襲う手はずであろう。皇帝の後援を得たと思い込み、なにも知らずにただ息巻いている義勇軍残党に乗っかれば、私は死ぬ。そして休戦がなる」

「バカな！」

パタの驚きを面白がっているのか、皇女は軽い調子で話を続けた。

「人間どもは私をひどく殺したいらしい。おかげで私の身柄には取引の価値が生まれたともいえるな。私の身柄は休戦の落としどころとしては双方にとって悪くない。人間たちにすれば聖戦の大きな課題を片付けて一息つく良い節目だ。亜人側としても妙な形勢になってしまった後継者争いを仕切り直す機会になる。砂漠の蜃気楼はまた棚上げだ。私にしても、『聖戦の休戦』という史上初の事態の主役となれば歴史に名も残るか」

「皇帝陛下がそんな条件を呑むわけがないだろう！　父親が実の娘を差し出して…」

「実の娘？」

皇女は薄く笑う。

「まさか…？」

パタは息を呑んだ。

口の端を持ち上げたまま、皇女は言った。

「我が母は北の森が誇る美貌の魔女、皇帝最後の側室ぞ。すでに老齢だった皇帝に、もうその手の心配はなくなったと他の妃たちが確信していたところに現れて、いかな秘術か秘薬を用いたか、皇帝の過ぎ去ったはずの春を取り戻し、私を産んでみせたのだ。だれも大っぴらに口にはせぬが、疑惑は尽きぬ我が身よ。皇室の末姫として大人しくマスコットに徹し、折を見て適当な家に嫁にでも出るか、それこそ出家でもしておれば醜聞を避けてのお目こぼしもあったかもしれんが、今となってはな。まったく、あの万歳斉唱は致命的だった」

「皇帝が…陛下ご自身が、お前のことを他人の子とお考えなのか？」

「さあな。陛下はどちらでも良かったのではないかな。あの方は私にあまり興味がない。我が母のことはお気に入りだが。しかし、私が身の程を弁えず、分不相応な野心を抱いているとなれば、話は変わってくるわけだ。もとより陛下はまだだれにも権力を渡す気はないが、中でも特に私は論外だ」

押し黙ったパタの固まった表情をじっくりと見つめ、皇女は小さく息を継ぐ。それから沈んでしまった空気を持ち上げるように、皇女はまた口調を軽くして話し出す。

「しかし、まあ一応は私も立場上皇帝の娘であることは確かだ。売り渡して休戦を買うのは非難も多かろう。そこで義勇軍に私を市場から引っ張りださせるわけだ。義勇軍残党に担がれて調子に乗った皇女が、慎重に交渉中だった皇帝のことも思わずに脱走を図ったという筋書きだな。そこを聖鍵軍に襲われたということならば、悲劇ではあっても、ことを焦った皇女自身の落ち度、戦場の習いだ。浅慮ではあるが一応は聖戦における誉れの戦死でもある。ネクルの民は嘆きつつも、皇帝を責めはすまい。陛下からすれば温情ある始末とすらいえるかな。ひょっとしたら、『皇女の喪に服すための休戦』くらい言い出すかもしれんぞ。そうなれば私は国葬だな。聖鍵軍は魔王の娘を討ち取って面目が立ち、蜃気楼は残り、奴隷は売られ続け、皇帝陛下は危険を冒さず聖戦は一時収束、八方丸く収まるわけだ」

パタは呻くように言った。

「…何故城を出たのだ？　何故義勇軍など始めた？」

「わかるだろう」

パタの問いに、イリミアーシェは胸をそらし、自らの心臓を指差して応えた。

「すべての人々と同じように、私の胸にもまた荒ぶる魂が込められているからだ。自分でなにかをしなければ、人生にはなにも起こらない。私は城を出て船に乗った。私は戦うために打って出たのだ」

それから皇女は卓に身を乗り出し腕を伸ばすと、パタの胸を指して続けた。

「そして、お前の胸にも荒ぶる魂が込められている」

なにも答えないまま見返すパタの目をさらに覗き込むように顔を近づけて、イリミアーシェは言う。

「パタ、私を砂漠から生きて連れ出せ。このまま世が治まれば、奴隷は奴隷のまま、貴様は飼い犬のまま、首の鎖は繋がれたままだ。我が王道は乱の内にしか開かぬ。私は嵐は呼ぶ。私と共に聖戦を戦え」

皇女は命令した。

「助けに来い、私を」

翌日、パタがいつものように登城すると、族長はパタの皇女護衛の任を解くことを手短に告げ、それから特になんの説明もなく、市中の見回りの任を命じた。

それからいつかと同じように聞いた。

「パタ、父の具合はどうか？」

パタもいつかと同じように答える。

「は、最近は落ち着いております。ひとえに族長とシーシヒ殿のおかげでございます」

「うむ、労ってやれよ」

パタは命令に従い、市中の見回りに出ていった。

その日の日中、パタが勤めに出ている間に、病床のパタの父を見舞うものがあった。

「来てくれたな」

「正直、アンタに会うには勇気が要ったよ」

ニスリーンは言葉に反した落ち着いた気安い声音で言い、枕元に座した。

横になったまま、十数年ぶりに見る恋人の顔をじっくりと見上げながら、男も落ち着いた声で言う。

「何故？」

「昔、アンタがアタシに行ってほしくないと思っていたことを知ってるからさ」

「言わなかったつもりだがな」

「顔に出てたよ」

「もう来ないかと思った」

そう言ってから少し言葉を探した後、彼は率直に言った。

「いざ来てもらうと、特に言うことはないな」

「呼んでおいて勝手なこと」

ニスリーンが呆れたように言うと、彼は心底うれしそうににんまり微笑んだ。

「あんたが義勇軍に入ったなんて意外な感じもするよ」

肩をすくめてニスリーンは答える。

「ガキどもがね、先に何人か入ったもんだから。最初は連れ戻しに行ったんだが、案外居心地のいいとこだったんでね」

「……」

「なにさ？」

「男だろ？」

「…まあそれもある」

「おれよりもいい男だった？」

「みっともない、よしなよ」

軽くいなして、ニスリーンは続ける。

「なんにせよ、長居し過ぎたのさ。年は取りたくないもんだ」

「そうだな、年を取るのはしんどい。生き長らえるのは…」

一息ついた後、男は言葉を繋ぐ。

「呼び声の丘での一戦は見事だったな」

「だろう？　ガキの一人はあの戦豚のファランクス部隊にいたんだ。三女さ」

「手練れだったんだろう」

「アキタ族との子で、ちょっと鈍かったが体がデカくて丈夫でさ、槍と楯を構えて踏ん張ったら、テコでも動きゃしなかった…」

ニスリーンが黙っても、男は口を挟まない。

風が乾いた砂を撫でる微かな音がした。

「皇女をダルフンカの包囲から脱出させて死んだよ。大した勇者だろう」

ニスリーンはニヤッと笑ってみせた。

男も微かな笑いを返す。

それから、彼はじっとニスリーンを見て言った。

「パタの力になってやってくれ」

「アタシに今さら出来ることがあるか？」

「ある、とてもたくさん」

相手の即答に言葉を詰まらせ、ニスリーンは小さく息を吐いて呼吸を整える。

「…アタシを責めてるのか？」

「いいや、ただ頼んでいる。あれは、おれの娘だ。あれがあんたにとってどういうもんかはわからんが、おれの娘であることは間違いない。おれはあんたを愛した。あんたもおれのことを愛してくれたのなら、その分だけ、おれの娘を助けてやってくれ」

「脅されてるのと変わらないね」

「そう感じてくれるのならうれしい。あんたがおれを愛した証拠だ」

小さく舌打ちしたニスリーンに、男は目を細めた。

ああ、あの頃と変わらない、それどころかさらに磨きがかかった。なんて見事な女だ。おれの生涯の人だ。

彼はしみじみと思う。

また会えてよかった。

日が暮れて砂漠が闇に沈む頃、パタの父は抜き身の愛刀を前に寝床の上で座を正した。蝋燭の灯に冷たく光る刀身を見つめるうちに、掌にも冷たい汗がにじんでくる。行き着くところへの覚悟は決まっているが、そこに至るまでの過程の苦しみを思うと寒気がする。

この期に及んでいまだに痛みを恐れるとは、生き物は弱いものだと思う。

本能を振り切って柄を手に取り、男は自らの腹に愛刀を突き立てた。

音はせず、聞こえたのはただ己が呻きのみ、突き刺さった金属によって裂けた腸の神経を震源地に、全身に凄まじい速度で広がった痛みが脳髄を震わせ、肉体の全細胞が脳の決断を非難して騒ぎ立てる。この刃を横に滑らせ腸ごと腹を裂くなど正気の沙汰ではない。

男は苦痛に悶えて座を崩し、寝床の上で体をくの字に曲げた。

その背に耳慣れた声がかけられた。

「父上！　身体を起こされては…」

返事のない震える背に近づき、寝床に広がる鮮やかな赤を目にして、パタは慌てて父の身体を支える。

その腹に刺さった刀を目にして、パタは父が発作の喀血をしたのではなく、切腹に及んだことを知った。

「ち、血止めを！」

動転したパタの言葉に、父は身を震わせ目を見開く。

「よるなっ！　なにが血止めだ！　浴びろっ！　おれの血を浴びろ！」

痩せ細った腕を振り回し、手に付いた血を言葉通りパタに浴びせかける。

「パタっ！　貴様の父はサルーキぞ！　戦士の一族ぞ！　もはやラクダに乗れず、刀振るえず、肉噛む力失ってもなお、我が魂は戦士だ！　誉れの戦死遂げぬまでも、奴隷売りの飼い犬になり下がった我が子に、そのエサ分けられて生き延びて喜んでいると思うたか！　見くびるなっ！　お前を繋ぐ鎖の重しに成り果てて、おれがよしとすると思うたか！」

喉からせり上がってきた血を吐き、父は喘ぎながら言った。

「かっ…介錯せい…介錯っ！」

「おっ、お見事…お見事！」

パタはようやく言った。娘のその言葉を聞くと、少しだけ父の目は和らいだ。

父は痛みを堪え座を正し、パタに肯く。

「パタ、嵐を乗りこなせ」

嗚咽を漏らしながらもパタは父の首を一刀の下に落とした。

それからパタはサルーキ族の慣習に従って父の首を持って家の表に出て、空の細い月に向けて長く長く吼え、自分の愛しい者が死んだことを砂漠に告げた。

この夜、サルーキ族のものはみなこの声に応えて吼え返さずにいられなかった。

酒場のカウンターで泥のように眠っていたものがガバと身を起こし通りに躍り出る、売春窟で色にふけっていたものが戯れていた娼を放り出して窓から顔を突き出す、自らのテントでせせこましく銭勘定していたものが財布をぶちまけて表に駆け出す、シーシヒの居城の一室でベッドに寝そべり砂糖菓子をつまんでいた族長すらも、そのブクブクに肥えた身体をバルコニーに引きずり出してその響きを迎え撃って吼え返した。

その響きの意味を知らぬ砂漠の他所ものどもは享楽や安眠を妨害されて悪態を吐いたが、それに構う余裕などサルーキにはなかった。血が湧き、内臓がわなないて、骨と筋肉が跳ね回る。パタの古式ゆかしい悲嘆と憤怒の響きに応えて、蜃気楼の市のあちこちの闇からサルーキの咆哮が湧き上がった。

それは偉大な戦士の死の知らせであり、新たな戦いの不穏な予告であり、決闘の宣言だ。サルーキ族はその襲い来る争いを、歓迎するのか威嚇するのか嘆くのか、自分たちでもわからぬままに、ただ吼え返さずにおられない。

嵐の到来だ。

パタは夜明け前に父をオアシスのほとりに埋葬し、墓標として父の愛刀をその地に深く刺して立てると、己が刀に残った父の血をオアシスの水で清めた。

砂の墓標は一月持たずに風で崩れ去るが、この埋葬法こそがサルーキの弔い方である。砂漠に埋められ墓を残さないことは戦死の次に良いと、古いサルーキの戦士は信じている。

パタは水辺に座し、呼吸を整え、朝日を待った。

じきに日はいつもと同じように昇った。自分にとって唯一無二の父が去り、己が胸中がいかに昨日と変わろうとも、天体の運行に変化はない。そのことがパタには不思議に心地よかった。

パタは自らの刀を腰に下げ、オアシスからシーシヒの居城が正面に見える通りへと向かった。

その通りの入り口で、中年の同族が二名、パタを待っていた。近くに乗ってきたのだろうラクダが一頭止められているが、二人とも下馬している。

二人組の間合いの手前で、パタは立ち止まる。

「パタ、昨夜の咆哮について族長が話をしたいそうだ。同行願おう」

「断る」

「…手間取らせるな、パタ。お前の父が死んだことは族長も察している。悪いようにはせん、族長はお前の今後のことを話そうと…」

「寄るな。すでに私は吼えたのだぞ。貴様らも吼え返したはずだ。私はこれより皇女殿下をお迎えに上がり、その足でこの地を去る」

苦笑って男が数歩、歩み寄る。

「パタ…」

その首が苦い笑顔のまま胴から落ちた。

ポカンと口を開けてその光景を見ていた残された男の脳が、崩れ落ちる同輩の身体から噴き出る鮮血でやっと事態を理解する。

パタが、同族を、抜き打ちで斬って捨てたのだ。

「吼えた者に対しあまりに不用意、もはや無礼である」

抜き身を下げて冷たく言ったパタに向け、残された男が慌てて抜刀し叫ぶ。

「血迷うたか！」

「血迷っているのはそちらだ、奴隷売りの飼い犬ども。私は父上の鮮血を浴びて正気に返ったのだ。いや、違うか、猛り狂うのが当然の状況だと気づいたのだとすれば、狂気に返ったと言うべきか…」

相手の構えた刀の先が震えているのを見透かして、パタは続ける。

「正々堂々の立ち合いは久しぶりかな、ご年配」

言葉を返さない相手にパタは挑発を重ねる。

「迷いあれば振るう刃も鈍る。己が所業に恥じる影あれば、その太刀、我が身に届かぬぞ」

「…貴様の母親もただでは済まんぞ」

パタは思わず歯をむいて唸った。

サルーキの戦士が刀を構えて口にすることか！

「語るに落ちたな」

パタの言葉が終わるか終わらないかの瞬間に、相手が刀を撥ね上げ上段から斬りかかってくる。その刃先を懐に潜り込むようにかわして脇をすり抜ける間に、パタは刀で擦るように相手のたるんだわき腹を裂いた。

「貴様ら、正視に堪えん。日々鈍り、錆び、緩んでいく」

振り向き言い捨てたパタに、腹を押さえて地にうずくまった中年は唸る。

「てめぇらガキどもにっ、ただ砂漠でくたばるだけだった、おれたちのことなど……！」

男は歯を食いしばり、残りの恨み言を飲み込んだ。

「介錯……」

パタが願いを聞き入れ、首を落とそうと近づいた瞬間、男はうずくまった姿勢で密かに摑んでいた砂を浴びせかけての目潰しを狙う。

それを読んでいたパタは無情にその砂煙をかわした。

男の姿勢が崩れ、口からは痛みと恨みの呻きが、腹の傷口からは腸がこぼれた。

「戦士最後の意地、お見事」

そう告げてパタは相手の首を落とした。

パタはラクダを奪うと、馬上風を切って目抜き通りを堂々進んだ。

通りは静まり返っていた。なにかの知らせが回ったのか、それとも砂漠の外から来た人々にも今朝のただならぬ気配が感じ取れたのか、通りに人影はない。ただ風が砂をなでている。

市場の中心にあたる広場に近づく。

遠目に三騎のラクダ騎兵が待ち構えているのが見えた。

あちらもパタの影を認めて、年嵩の隊長格が通りを進んでくるパタに向け吼える。

「パタよ、単騎か！　あんな皇女に命かけての義理立てとは！」

パタもラクダを止め、嘲り返す。

「奴隷売りの飼い犬相手であれば、命がけというほどのこともなかろうが！」

「驕るな、小娘っ！」

叫ぶと同時に隊長は抜刀し白刃を肩に担ぐと、ラクダに拍車をかけパタ目指して突進を開始する。

それに手下二騎も続く。

隊長は内心すでに、自らの命を捨てている。パタの腕前は知っている。まともに切り結べば勝てまい。真正面から襲い掛かり自分が斬られても、ラクダごとまともに衝突して砂地に相手を転がせられれば、後続の部下が始末をつけてくれるはずだ。足場の悪い砂漠でラクダ騎兵同士が戦う場合、落馬はそのまま敗北に直結する。

眼前にラクダが迫る。騎上のパタは悠然と構え、避けようとする素振りもない。

隊長騎との衝突のほんの一瞬前、パタは素早く鞍上に脚を上げ、突如騎馬の真上に跳ねた。

「バカな…」

激突した二騎のラクダは地に倒れ、投げ出された隊長が呟きながら砂に落ちる間に、空中に舞い上がったパタの下に、後続のラクダ騎兵がなすすべなく飛び込んでくる。そのラクダの首に跨るように着地すると同時に騎手の脳天に刀を振り下ろす。馬上で向き合うようになって呆気に取られたまま絶命した騎手の身体を突き落とし、そのままパタはラクダを乗っ取った。

「曲芸師がっ！」

残された敵の一騎がそう叫び、追いすがってくるのを、背面乗りのままパタは迎え撃つ。

馬上、相手が大きく薙ぐような横振りで刀を振り回してくるのを、上体を反らしてかわすと、その伸びきった相手の手首から先を鮮やかに切り落とす。砂漠に手首が落ち、バランスを崩した乗り手も落馬して砂地に投げ出される。

パタは背面乗りから向き直って手綱を取ると、先に地に落ちていた隊長に向けてラクダを駆けさせる。ようやく砂の中から起き上がったところだった標的の胸を、ラクダがその太い脚の蹄で正面から踏み抜く。胸骨の砕ける手応えがパタの手綱にまで伝わり、隊長は口から血を吐きながら砂の中に半ば埋まるようにして息絶えた。

そして、パタは片手になりながらもまだ息のある最後の一人に騎馬をめぐらし向き合った。

パタがすぐに向かって来ないのを見ると、砂漠の戦士は断面から血の噴き出る腕を突き上げて吼えた。

「来いっ、パタ！　腕の一本落としたくらいで、このおれに勝った気か！　首だけあれば噛み付くのがサルーキぞ！」

パタは薄く笑う。

「お見事…」

パタはラクダから下りた。騎馬で踏み殺すには惜しい同族であった。

痛みを紛らわす気合の絶叫と共に、サルーキの戦士は残った腕で刀を上段に振りかぶり、不恰好ながらパタへと襲い掛かる。

パタは素早く相手の胴を裂き、膝から崩れた相手の首を返す刀で落として楽にしてやる。首が先に落ち、それから戦士の死体はばったりと地に倒れ、その血を乾いた砂漠が貪欲にすすった。

シーシヒの邸宅前に乗りつけたパタは、その城のごとき正門と対峙する。

門は堅く閉じ、邸は静まり返っている。出入りする者の影もない。

そのまま突撃しそうな勢いのパタへ、声をかけるものがあった。

「しばし待たれい！」

三騎の犬人の女たちである。いずれもどこで手に入れたのか、ラクダに乗っている。パタには見覚えがあった。母ニスリーンと同じ部屋に寝ていた手練れたちである。

「昨夜の咆哮、感じ入った。助太刀を許されたい」

「正気の沙汰ではございませんが、構わなければ」

「望むところ」

そう応じて、女の一人が門を指して続ける。

「もう少しすれば、あちらは門を開いて打って出てこざるをえなくなるはず。そこにねじ込む機会がある…母者が上手くやれば、だが」

「…皆様方は…」

女たちは軽く笑う。

大槍を肩に担いで次女が言う。

「よろしくどうぞ、妹殿」

弓を背負った四女が言う。

「末の妹まで死に所を心得た武士で誇り高い」

大刀を二つ下げた長女が言う。

「元より戦場で轡を並べれば血縁以上の姉妹よ」

その時、邸宅のバルコニーに人影が見えたと同時に、大音声が鳴り響いた。

「パタ！　私はここだ！」

パタには聞き慣れた皇女の声である。

「迎えに来い！　私を！」

遠目にも慌てていることがわかる召使たちが、皇女を取り押さえるようにして室内に引っ張り込んでいく。

「…呆れたお姫様だ、相変わらず」

長女が嘆息した。


パタが姉たちと言葉を交わしているころ、市場の片隅で火の手が上がった。

義勇軍残党が決起したのである。

残党たちは蜃気楼の市でも最大手だった奴隷商の一団を襲い、その周囲の天幕に片っ端から火をつけ、奴隷の鎖を解いて回った。その先頭にニスリーンの姿があった。

これが世に言う『蜃気楼の暴動』の始まりである。

シーシヒの邸宅に知らせが走り、パタたちがにらむ門をくぐって、サルーキ族の出動を請うた。

サルーキも、正門の真正面に四騎の手練れが待ち構えていることはわかっていた。

たったの四騎。

怖ける我らか！

サルーキ族の戦士たちは、口々に吠え立て、族長は開門を指示した。

　この日ほど、サルーキの戦士たちが怠惰の毎日を悔いた日はない。

　まずラクダ騎兵八騎が邸宅の門より飛び出した。

「さきがけはいただく！」

　そう吼えて、パタ側からは次女が真っ先に突っ込んでいった。

　パタたちもそれに続き、向こうの正門からは徒歩の兵がワラワラと続いてくる。

「のけのけぃ！」

　次女は頭上大槍をブン回し、先行の騎兵に構わずその馬体の群れのど真ん中を突っ切ると、そのまま徒歩の兵の中へと躍り込む。

　馬上で斬り合うつもりだった騎兵たちが意表を突かれ、馬体をめぐらそうとしたところへ、四女の放った弓矢が次々飛んできて落馬者が続出する。残った騎兵たちにパタと長女が襲い掛かって、邸宅前はあっという間に乱戦となった。

　敵の群れの中に飛び込んだ次女は、馬上巧みに右に左に槍を振り回し、歩兵たちの命を奪っていく。

　次女の大槍の一撃に刺し抜かれたサルーキの戦士は思う。死ぬのはいい。しかし、今日、この日の自分が、過去一番強い自分でないのが残念だ。ああ、この手練れにめぐり合えると知っていれば、訓練を怠りはしなかったのに！

悔いの内に死んでいくサルーキの戦士の一人が意地を見せた。

大槍に腹を刺された瞬間に、身をそらすのではなく深く槍へと押し込んで、自らの腹に刺さった槍をガッチリと両腕で掴んだ。

槍を抜こうとした次女の腕に、戦士の全体重がのしかかる。

「洒落くせぇ！」

吼えて次女は戦士の身体ごと大槍を振り上げ一本釣り、穂先に戦士を串刺しにしたまま振り回す。周囲の兵が戦士の身体に弾き飛ばされる。ついに絶命した戦士から力が抜けて、死体は戦場を吹っ飛んでいった。

「門が！」

乱戦の中、長女が叫ぶ。

見れば正門が閉まりつつある。

次女はラクダに拍車をかけ、砂埃の中、槍を振り回し、門中に騎馬ごと突っ込む。

門の陰から突き出された槍が、馬上の次女のわき腹を深く刺し通した。

倒れぬまでも憤怒のうめきを上げて動きの止まったところへ、第二、第三の槍が突き立てられ、その槍の勢いに次女の身体が鞍上で持ち上がる。

「姉者！」

「おうっ、よく見さらせぇ、妹ぉ！」

パタの叫びにそう応じると、次女は最後の力を振り絞り、全身の筋肉を引き締めた。突き立てた槍が抜けないことに狼狽したサルーキ戦士が槍から思わず手を放すと、次女は身体に槍の刺さったまま大槍をふるって二人を殺し、退こうとする一人の背に槍を投げつけて、自分を刺した者どもを皆殺してみせた。

それからようやくラクダから下りると、門扉の間にすっくと立つ。

「丸腰で黄泉路は心細い！」

次女は最後にそう吼えると自らの腹から槍を一本引き抜いて、それを構えて立ったまま絶命した。

次女が閉門を阻んだところへ、パタたちが飛び込む。

この先の邸宅内はラクダでは進めない。パタたちはラクダを乗り捨てる。

「妹にさきがけ奪われて生き残るは長姉の恥よ！」

立ち往生の次女の横に並び立ち、長姉は鞘を地に捨てる。

「行けェ、パタぁ！」

門に立ちふさがって、今度は外から襲い来る形になった兵を迎え撃つ体勢である。

皇女目指して通路を駆けだすパタの背後、二刀を構えて仁王立ち、長姉は一兵も抜けさせぬ覚悟で襲い来る敵の群れへ吠え立てる。

「来やれ、雑兵！」

パタは振り返らずに胸中ただ姉たちを拝む、かたじけなし。

この時、長女の立ちふさがる門の通りの向こうからは、暴徒と化した義勇軍残党と解放された奴隷たちが迫っていた。

一方で、事前に市へと潜入していた聖鍵軍の兵たちも、ようやく虚を突かれた状態から立ち直りつつあった。指揮官の下に集まり、ギャンブル場の倉庫に隠してあった武器を装備して、いざ邸宅へ向かおうとしていた。

目標は皇女イリミアーシェ。

勝敗はただその身柄にある。

パタたちも含め、この砂漠の騒動の参加者全員が、皇女目指して動いていた。

監禁されている部屋の外に騒ぎが近づいてくるのを感じて、イリミアーシェは隣に並ぶサルーキ族ではない角人の見張りに言った。

「貴様になんの義理もないが一つ助言してやろう」

見張りの向ける怪訝の視線を顎で受けて、皇女は続ける。

「私に投降しろ。今なら命は許してやる」

皇女の言葉の終わりとほぼ同時に、部屋の戸が音高く開いて、返り血に汚れたパタが踏み込んでくる。

召使たちが泣き叫ぶ中、何人かいた見張りたちは見る間にパタと四女に斬り殺される。

「殿下！　皇女殿下っ！」

「少し遅かったな」

慌ててすがりつこうとした角人の見張りの首が皇女の目の前で落ちた。

首から噴き出る血煙越しに皇女は言う。

「パタ、見事だ」

「来るのが当然みたいな口ぶりだな」

イリミアーシェは腕を広げて笑顔を見せる。

「そんなことはない。通りの先にお前の影が見えたとき、私はとてもうれしかったぞ。抱きしめて構わないか？」

舌打ちを挟んでパタは手短に返す。

「…やめろ」

「照れおって」

何故、こいつはこうなのだ。戦士たちが死んでいるのだぞ？

パタはもう一度舌打ちした。

二人が会話を交わす間に、四女はバルコニーから外をうかがう。

いつの間にか正門前には暴徒たちが雪崩れ込み、恨み骨髄のサルーキ族と血みどろの乱闘を繰り広げている。

「ここがよかろう」

そう短く言うと、四女は矢筒を背から下ろした。

パタにはすぐにわかる。正門前が見下ろせるバルコニーは弓で戦うのに理想の位置だ。しかし、それは城から脱出せずにこの死地に留まることを意味する。

「時間はない。じきに聖鍵軍が来る。乱戦の収まらない内に行け」

数ではサルーキ族に勝っても装備の貧弱な残党と、周到に皇女襲撃の準備を重ねてきただろう聖鍵軍。優劣は明らかである。

ただ、こと勝敗ということに限ればわからない。

「…貴様、絶対に死なさんぞ」

目を見据えて改めて言ったパタに、皇女は鷹揚に応じる。

「良い覚悟だ」

廊下に出ると邸内の混乱はいや増していた。

あちこちに暴徒が入り込み、召使たちが叫び、逃げ惑い、どちらの味方か判別つかない連中がどの部屋でも略奪を行っている。目が合うまで襲ってくるか逃げ出すかもわからない。

背後に皇女を庇いつつ、パタは正門へと急いだ。

たどり着いた正門付近は混乱の極みだ。

数の暴力に圧倒され壁際に追い込まれながらも、まだ戦意を失わないサルーキ族が必死の抵抗を続け刀や槍を振り回すのに、暴徒たちが家具やら石やらを乱暴に投げつけている。打ち身や擦り傷だらけになっている同族の見知った顔に、パタは思わず目をそむけた。

混乱の中でどうすることも出来ずにただ鳴いている鞍をつけたままのラクダが数頭見える。

あれに乗れれば。しかし、この雑踏の中に踏み込むのは……

パタの逡巡の次の瞬間、門の外から叫びが聞こえた。

「人間どもだあ！」

装備を整えた聖鍵軍が来たのだ。

暴徒たちの一部が息巻いて外に飛び出し、残りは恐れて中に逃げ込む。サルーキたちはどうしたものか戸惑ったままへたり込む。

ラクダまでの道が開けた。

皇女の手をしっかり摑むと、パタはラクダ目指して突っ込んでいく。

その姿を認めたサルーキ族の一人が大声を上げた。

「パタぁ！」

「族長…！」

パタは言いつつも足を止めず、ラクダに飛び乗り、皇女を引き上げ後ろに乗せる。

その足元に傷だらけの族長が追いすがる。

「裏切り者めがぁっ！」

「そう口にしてそちらは恥じるところもないのか！」

「おれを斬ってから行けっ！」

「もはや自力ではラクダにも乗れまい？　戦士でない者を斬る剣は持たぬ！」

族長を足蹴にして、パタはラクダに拍車をかけた。

残された族長は別のラクダを捕まえて二人を追おうとしたが、贅肉の付いた自らの身体を馬上に上げることができず、自分が本当に独力ではラクダに乗れなくなっていることを知った。

羞恥に憤怒の声を上げ、族長は自分の腹に刀を突き立てた。慌てた周囲が取り押さえ手当をして、族長は結局一命を取り留めた。腹の脂肪に刃が阻まれたためであったとも伝わる。

ネクル界で訓練を怠って太った戦士を揶揄して「肉が邪魔して馬すら乗れず、自分の腹すら切れやせん」と囃し立てるのはこの故事に由来する。

ラクダで駆け出た正門前では聖鍵軍と残党が早くも戦端を開いていた。見れば、先ほどまで争っていたサルーキ族にも残党側について戦いだす者が現れている。

正門前は前以上の密度の乱戦となり、ラクダを乗り入れる隙間もない。聖鍵軍はすでに邸宅前面を囲んでいるようだ。乱戦を抜け出せたとしても、その包囲も破れるか？

そこにまた敵が増える。

「竜だ！」

強い日差しの空を見上げると、こちらに飛んでくる濃く巨大な影が二体、黒々と見えた。二騎の竜騎兵が迫ってくる。

正門目指して攻め立ててきていた敵兵たちがスッと後方に下がる。

パタは咄嗟にラクダを正門の柱の陰に隠した。

直後、正門前を竜の吐き出した火球が襲った。

火達磨になった亜人が周囲に転げ回り、焦げた臭いが広がった。

火球を吐きかけ終え、もう一度正門から距離を取ろうとした竜騎兵の乗り手が一人、こめかみを弓で撃ち抜かれ地に落ちる。

四女によるバルコニーからの射撃であった。

乗り手を失った竜は一声、悲嘆の咆哮を上げると、高く空へ上っていきそのまま戦場を離脱した。乗り手の死んだ竜に、戦場に止まる義理はない。

恐るべき弓手がいることを察知した残りの一騎は、竜の腹をバルコニーに向けて乗り手を隠しながら距離を取る。四女の素早く射掛けた二の矢が空しく鱗に弾かれた。

竜の乗り手は考える。焦ることはない。火球で始末してやればいい。再度火球が吐けるようになるまで、焦らず数えて百だ。

その間に、四女は乗り手を狙って弓を射る。そのどれもが空を切るか、竜の鱗に阻まれる。その矢がむしろ、四女の位置を正確に竜の乗り手へ知らせる結果になった。

百を数えた乗り手は鞍上姿勢を低くし、バルコニーの見事な弓手へ向け竜を真っ直ぐ落としていく。火球を吐き出そうと竜が口を大きく開く。

その一瞬を四女は待っていた。

四女の黒い矢じりの自慢の矢は、竜の口に飛び込み、深く喉を貫いて、竜の脳髄へ達した。竜の喉まで来ていた火球は弓矢と入れ違うように口から飛び出し、四女の身体を焼き尽くした。四女はこの世に骨も残さず死んだ。

撃ち落とされた竜がバルコニーに激突し、そこから力なく巨体が落下してくると、それを避けようとした人々が大きく動き、その圧力で聖鍵軍の包囲が崩れた。

パタは躊躇いなくラクダを敵兵の群れへ突っ込ませる。

敵軍の包囲態勢が再度整う前に、ここを突破しなければならない。

その判断はおそらく正しかった。

突如、柱の陰から飛び出してきた一騎のラクダ騎兵の突撃を前に、竜の死に気を取られていた聖鍵の戦士たちは左右に身を避けるのが精一杯。割れた兵の隙間にラクダを突っ込み、刀を左右へ乱暴に振って、パタは囲みを一気に抜けるはずであった。

　そのラクダの突撃を、一人の戦士が真正面から受け止めた。

　その人間の戦士はラクダの突進を正面がっぷり摑んで受け止めると、気合一声、そのまま腕を返して騎馬ごとひっくり返した。

　相手の怪力に驚愕しながら、パタと皇女は地に転げ落ちる。

　素早く身を起こして皇女を背に庇ったパタを槍や剣先で囲んで、聖鍵の戦士たちが口々に喚く。

「皇女だ！」

「イリミアーシェだ！」

「魔王の娘だ！」

　パタの膝が初めて震える。こんなにも死が近くに。こんなにも近い未来に。

　その聖鍵軍の背後、一騎のラクダ騎兵が、通りに砂煙を巻き上げながら突っ込んでくる。肩に大刀を担いだニスリーンは、駆けてきた勢いのまま、聖鍵軍の集団のド真ん中にラクダを乗り入れた。

　ラクダを駆けさせながら馬上ニスリーンは右に左に大刀を振り回し、下から突き立てられる槍を切り伏せ、進路を塞ぐ敵兵を踏みつけて、皇女たちの脇すら駆け抜けて、聖鍵軍を真っ二つに割ると、正門前でくるりと騎馬の向きを変え、またも正面から敵軍に躍りこむ。背後から虚を突かれた聖鍵軍はなすすべなく、ラクダに踏み殺されるのだけは避けようと、砂の上を無様に転げ回る。

そして、包囲された皇女たちのところまでまたやってくると、ニスリーンは素早くラクダを下り、パタにささやいた。

「風を感じてるか？」

「うん」

動悸の治まらぬパタは子どもじみた声を出す。

「うまく乗んなよ」

刀構える母の背後で、パタと皇女はニスリーンの乗ってきたラクダに乗る。

そのラクダの脇に荷のごとく括り付けられていたボロボロの長女が呻く。

「母者ぁ…死なせて下され…生き恥じゃあ」

「そう思うなら生きながらえて恥をすすぐ機会を待ちな。今さら死んでも恥の上塗りだよ」

ニスリーンの奇襲から立ち直った聖鍵の戦士たちはすでに包囲を完成している。

「逃さんぞ」

先ほどパタのラクダを引き倒してみせた人間の戦士が低く言った。

ニスリーンは言葉を返さない。

戦士たちの足元の砂がサラサラと鳴った。

その直後、強い砂嵐が蜃気楼の市を襲った。

優れたサルーキの戦士たちは砂嵐を予感し、そして、その嵐を乗りこなすという。

強烈な暴風と襲い来る砂つぶてに、サルーキ以外の人々はみな思わず顔を庇い身を伏せた。

人々が顔を上げた時、そこにいたはずのラクダ騎兵は魔法のように消えていた。


しばし絶句していた人間の戦士が、ニスリーンに言う。

「…あの嵐のための捨て駒であったか」

「捨て駒？　もうアタシを討ち取った気か」

「また嵐が来るとしても、ラクダはいないぞ」

「貴様らすべて斬り殺せば逃げる必要はない」

ニスリーンの挑発にすぐには応じず、男は包囲から一歩進み出て言った。

「気骨ある戦士を多勢で嬲り殺すは趣味に合わんな」

それから男は鞘を払い、幅広の大剣を頭上大きく一回しする。切れ味でなく、重さで殺す剣だ。男の鍛え上げられた太い腕と肩の筋肉が砂漠の強い日差しを受け深い影を作る。強く、しなやかな、理想の戦士の肉体。大剣を身体の一部のように滑らかに振るう。その仕草一つで、ニスリーンは相手の途方もない力量を感じ取っていた。

「他は手出しせん」

戦士は居合わせた双方全軍に聞こえる大声で告げた。

「みな聞け！　正々堂々たる、戦士と戦士の一騎打ちである！　目的の魔王の娘はすでにこの地を逃れ、互いの兵は十分に死んだ！　この一騎打ちをもって、この戦いの治めとしよう！」

この見事な強敵を前にして自分の心臓が奇妙に平静なのは、相手の落ち着いた口調のせいか。

それともすでに身体が死を悟っているせいか。

そう考えてしまった自分をもう一度鼓舞するために、ニスリーンは芝居がかった台詞を口にする。

「人間にも戦の礼節を知る武士がいるらしい」

そんなニスリーンの心を見透かしてかすかに口の端を持ち上げ、人間の戦士は名乗った。

「聖鍵軍筆頭戦士、ニモルド」

ニスリーンも返す。

「ニスリーン、名に足すものはない」

人間の戦士は一瞬息を呑み、そして心底から吐き出すように言った。

「見事だ、犬の戦士」

「参る！」

犬人ニスリーンは吼え、人間ニモルドは砂地を強く踏みしめる。

砂漠で行われたこの一騎打ちこそ、第二次聖戦における武の最高峰であったことは論をまたない。ニスリーンは生涯をかけて培った闘争の技のすべてを、この一戦に出し尽くし、砂漠にその命を散らし、悔いるところはなかった。対する戦士ニモルドも、眉間から左頬にかけて顔面を二つに分ける深い面傷を受け、その傷は消えることはなかった。この後の生涯ずっと、笑いや叫び、あるいは寒さや乾燥で顔の肉が引きつりその傷が疼くたび、ニモルドはこの好敵手を思い出した。

一騎打ちの後、聖鍵軍は宣言通り兵を引いたが、義勇軍残党はすでに多くの犠牲を出しており、そのまま崩壊した。残党を率いていたボルゴーの弟分の犬人も戦死したようである。教会は暴動への関与を否定し、蜃気楼の市のことについてまたも口を閉ざした。

大商人シーシヒはしぶとく生き残り、蜃気楼の市の復興に力を尽くした。

皇女イリミアーシェはパタとその姉と共に砂漠を越え、亜人の国に舞い戻り、世に言う『モガウルの大号令』を行って、聖戦は続くことになった。

この後、砂漠のサルーキ族から皇女の下に走る者はあとを絶たず、砂漠に暮らすサルーキ族は数を急激に減らしていった。砂漠を去った者たちは自分たちこそが正統なサルーキの戦士だと信じ、残ったものは残ったもので自分たちが正統だと信じた。砂漠を出た者たちは他の犬人部族の中へ徐々に溶け込んでいき、砂漠に残った者たちも蜃気楼の市と運命を共にして、サルーキという部族は最後にはこの世からかき消えた。

なお後世にニスリーンやその娘たちの知られざる子から続く血族を名乗る犬人が多く現れたが、その九割以上が偽物であり、残る一割の主張も、ただ彼女たちが放浪を好んだ奔放な英雄だったことに基づく、ありえなくもないというような曖昧なものばかりである。

ニスリーンは星に上げられ、剣客座が観測された。

さて、東から始聖王率いる人間たちが、西からは初代皇帝率いる亜人たちが進んできて、神別れの山脈で対峙したまさにその時です。

そのにらみ合いの間にあった山脈の洞穴から小柄な人らしきものが飛び出してきたのです。

「なんだお前たちは！　ヒトの家の前で騒ぎやがって！」

小さな人の言葉に、人間が答えます。

「おれたちはワウリ神の作った人間だ！　この聖なる鍵こそ、その証拠だ！」

小さな人の言葉に、亜人が答えます。

「おれたちはネクル神の作った亜人だ！　この空の宝冠こそ、その証拠だ！」

人間と亜人が声を合わせて言いました。

「お前こそなんだ！」

小さな人は答えます。

「おれたちはゴブリンだ！　この穴の奥にあるゴブリンの玉座こそ、その証拠だ！」

そう言って小さな人は洞穴の奥を指差しました。

人間と亜人が問い返します。

「それがなんの証拠だって？」

「ゴブリンの証拠だ！」

人間も亜人も困ってしまいました。

ワウリもネクルも首を傾げました。というのも、ゴブリンを作った覚えがどちらにもなかったからです。

仕方なく、ネクルが空から顔をのぞかせて言いました。

「ゴブリンよ、お前たちはあんまり私たちには似ていないようだから、亜人の仲間に入りなさい」

（創世神話――ゴブリン）

冒険男爵アルゴ

——サブゥであり、
ややクラサラササ、
その証拠にいまだカルモンコラン

俗に冒険男爵と呼ばれる人間の貴族アルゴは人にも亜人にもよく知られていなかったゴブリン地下世界を探検して、その風俗を書物にまとめ世に伝えた。

彼の著した『地底の玉座――ゴブリン王国見聞録』は当時の大ベストセラーとなり、人々のゴブリンのイメージを変え、またゴブリン自身の意識も変えた。

数年にわたる地下世界の旅の詳細を記した大著からいくつかの場面の抜粋を交えつつ、その事跡を記す。

以下は冒頭部分からの引用である。

◆

さて、これから語ろうと思う長い冒険について、どこから始めるのが適切であろうか。

我輩の長い地下旅行のそもそもの始まりがいつなのかと考えてみるに、それはやはり助手と出会ったあの日がそれに当たると考える。

であれば、やはりこの本の最初にも、その日のことを記すのがよかろう。

それは聖戦1283年の夏祭りの日であった。

我輩は自らの所領であるところのある村の祭りへ招かれて行った。

お定まりどおりの夕方の式典に出席する前に、我輩は毎年の習慣に従って、昼の間の祭りの準備にイキイキと動き回る人々の合間を一人ゆったりと歩いて回った。幸福な下々の中を歩くのは我輩をよい気分にさせてくれる。よく晴れた気持ちのいい日であった。我輩はだれに呼び止められることもなく、のんびりと満ち足りた気分で会場であるところの村の広場を巡った。

そこで会場の隅に陣取った一つの天幕に出会ったわけだ。

その天幕の入り口には『見世物小屋』の看板がかけられていた。そしてそこには、最大の目玉として「山脈の西から来た最後の怪奇」という文句と共に、ゴブリンが紹介されていたのである。

我輩は亜人種奴隷を持つような趣味は持っていないが、貴族の知り合いの家で使われている犬人や猫人ならば見たことがあった。が、ゴブリンは亜人の中でも特別な変わり種だと聞く。

我輩は心惹かれた。

祭りはまだ始まっていなかったが、我輩は呼び込みらしき男に興行主へ取り次いでもらい、いくらか金を払って特別に天幕の中の檻に待機中のゴブリンを見せてもらうことにしたのだった。

まず、ゴブリンは非常に小さい種であった。おおよそ、十歳くらいの人間の子どもくらいの印象である。違うのは身体のバランスで、かなり頭でっかちだ。その大きな頭に毛は一本もなく、大きな尖った耳がむき出しになっているのが面白い。肌色はかつて絵画や図鑑などで見た通りの暗い紫色、切れ長の目は不気味に赤い。

檻の中でただ腕を組んで簡素なイスに座っているゴブリンは裸に腰巻だけを身につけて、むっつりと押し黙っていた。

「ずいぶん下腹が出ているのだな」

我輩がポツリと呟いた言葉に、それまでただ不満そうにそっぽを向いていたゴブリンがじろりと一瞥をくれた。

それからいかにも不機嫌という口調で、

「これはイモのせいだ」

と言ったのだ。

これが我輩と後に助手となった男との最初の会話になった。

それから彼は、下腹が出ているのは自分個人の特徴であってゴブリン一般のそれではない、自分にしたところでこれはこの国のイモばかり使った食事が身体に合わずやたらと腸内にガスが出るために通常以上に張ってしまっているのであって、尋常の食事さえとっていればこうも腹は膨れていない、というようなことを一気にまくし立ててきた。

我輩が呆気にとられていると、どこからか興行主が飛んできて、その小さな亜人種に向けて、仕事中は口を利くなと怒鳴った。ゴブリンはまた不満げな顔でそっぽを向いた。興行主は我輩に対してひどく卑屈に謝罪をしてきたので、我輩としてはなにも謝ってもらうようなことはない、むしろもう少しこの亜人としゃべってみたい旨を伝え、いくらか謝礼をチラつかせると、相手の態度はさらにも卑屈なものになったので我輩は閉口した。

いわく、ゴブリンの実物などは大変珍しいものであるのに見世物としてはまるで人気がない、昨今の人々は知的好奇心が足りない、その点、旦那はまったく見上げたものだとかなんとか。彼を追い払うのに我輩はもう少し金を使った。

興行主を厄介払いし狭い天幕の中で鉄格子を挟んで差し向かいになると、ゴブリンの方も流石にこちらに視線を向けてきた。

以下はその際に話しながら書き付けた実際のメモからの引用である。

——生まれはどこか？　噂に聞く魔王の帝都マゴニアか？

「ゴブリンの生まれは山脈に決まっている」

——山脈？　神別れの山脈？

「なんの説明もなしに山脈と言ったらそうに決まっている」

──ゴブリンは山に住んでいるのか？

「山の中の洞穴の奥、山脈の地下の世界に住んでいる。そんなことも知らないのか」

──洞窟の生まれとなれば、外の世界で驚くことも多かろう？

「驚くことなどない。呆れることとなれば大いにある」

──呆れるとは？

「ここいらはあまりに遅れており、非常に不便で、人間の知識レベルの低さにも参っている。特に自分を使役しているつもりの、あの興行主の無教養には辟易している」

──山の洞窟に住んでいるような種にしてはずいぶんないい様に思うが。

「『山の洞窟』などと聞けば人間の貧困な想像力にかかるとまさに熊並みの暮らしを思い浮かべるのだろうが、我らはその穴の奥で豊かな暮らしを送っている」

──にわかには信じがたい。

「ゴブリン製作の見事な飛空挺やカラクリ群を知らぬわけではあるまい。あれが何よりの証拠だ。我々は地下世界に我らだけの王国を持っているのだ」

──『王国』と言ったのか？（驚き！）ゴブリンは魔王に従っていないのか？

「それには長い歴史と経緯がある。我らゴブリンは亜人皇帝陛下に完全に仕えているが、我ら独自の玉座もまた頂いているのだ。そしてその玉座は空位である。空位ではあるが失われてはいない」

――創世神話にあるゴブリンの玉座か？　実在するのか？

「知っているのか、人間にしては教養のあることだ。当然、玉座は実在のものである。地下王国最深部、エメラルドで作られたゴブリン宮殿の王の間で、一族の歴史を証し続けておるわ」

この後、助手は問わず語りにゴブリン王国の進んだアレコレについて話した。我輩はメモを取るのも忘れ、夢中で聞いた。洞窟の硬い岩盤を掘り進むための火炎の術、闇の中の奈落に続くかのように深い陥没穴、その上を渡るための機械仕掛けの宙吊りカゴ、鉄の道を進むというトロッコなる装置、光を外から受けずとも自らの内から光を放つという発光クリスタル、人の身の倍はあるという砂蟲たちや肉食モグラの危険、そんな闇の世界を征服し暮らしているゴブリンという驚異の種族…

じきに天幕を離れねばならない時が来た。夏祭りの式典の合間も我輩は上の空であった。頭の中は不可思議な地下世界への夢想でいっぱいであった。

我輩は式典を終えると例の天幕へ駆け戻り、興行主から助手を買い取った。

我輩は老け込むような年でもないが、決して若くもない。にもかかわらず、その時、胸は熱く燃え、全身は未知への冒険に向かう情熱に沸きかえっていた。

何故、そうなったのかはわからぬ。思うに、創世神話にあるとおり、理由は我輩の側にはなかったのであろう。なにかが訪れ、我輩を動かしたのだ。それまでは始まっていなかったが、あの日から冒険は始まった。それだけのことだ。

◆

ここからしばらくは男爵による助手に対する事前の聞き取り調査と、留守の間の家の差配等の身辺整理のあれこれ、冒険に向けた具体的準備、さらに冒険に反対する親族との赤裸々なやり取りの詳細な描写が続くが、割愛する。

すべての準備が整った春先に、男爵は助手と共に地下世界へと旅立った。最終目的地は王国の最深部にあるというエメラルド宮殿の玉座と定めた。

男爵は例のゴブリンを奴隷としてではなく、ガイドとして雇用する契約を結び、以降、彼のことを助手と呼ぶ。助手は奴隷からの解放と引き換えにその珍奇で面倒な仕事を引き受けた。

こうして多くの挿絵や絵本で描かれたヒョロリとした長身に口ひげをたくわえた情熱と夢にあふれる冒険男爵と、チビで下腹ばかり張った無愛想なゴブリン助手のコンビが誕生したのである。

◆

我輩と助手とが山脈内部の地下世界へと足を踏み入れた入り口に当たる洞窟は黒い塔の砦にほど近い山腹にあった。正確な場所については助手との約束に基づいて記さぬが、その砦との意外な近さに、我輩は驚きを禁じえなかった。いまや聖鍵軍の本拠地となっている黒い塔の砦を巡る一戦においてはゴブリンの兵士も多く参戦していたと聞く。聖鍵軍にとってこれは大変危険なのではと当初は思ったものだが、その洞窟を奥に進むにつれて考えは改まった。その道はあまりに細く狭いもので、身の丈の低い助手でようやく立って進める高さであり、我輩は途中から四つん這いになって進まざるをえなかった。こんな道では砦をどうこうするというような軍事行動になど使いようがない。

我輩が四苦八苦しながらもっとマシな道はないのかと尋ねるのに、助手は人間が入るにはこの道がもっとも適していると答えた。もっと広い洞窟もあるが、それはもっと標高の高い危険な場所にしかなく、そこまで徒歩で上るのは大変な困難であり、それはもはやそれだけで一つの挑戦で冒険になってしまう。行くとすれば飛空挺が必要になるだろう。よしんば飛空挺が用意できたとしても、船籍不明の飛空挺が近づけば問答無用で攻撃されるのがオチだ。多少、窮屈でもこの道がベストである。以上のようなことを助手は整然と語った。

我輩としては反論のしようもない。

それからはただ黙々と、先を行く助手の下げるランタンの灯に遅れないようせかせかと這い続けた。

そのようにしてどれほど進んだか、日のない場所では時間の感覚が難しい。地にすり続けた膝の感覚がなくなってきた頃、空間が急に開けた。そこは大きなドーム状の空洞であった。壁には多くの照明がつけられているようであったが、それは火のついた赤い松明の光などではなく、奇妙に青っぽい光を放っていた。これが助手から聞いていた光るクリスタルを利用した灯りかと、我輩は早くも興奮で膝や腰の痛みなどあっという間に忘れてしまったのだった。よく見れば、その灯りの下にはちょうど今しがた我輩と助手が這い出てきたような穴がいくつも開いていた。いく筋かの川が湖に流れ込むかのごとく、いくつもの細い洞穴がこの空洞に繋がっているらしい。そして、さらにも奥へと続いているらしい一際大きな洞穴が一つあり、その地面からは二本の鉄の線が延びていたのだった。

「ここでしばし定期トロッコを待つ」と助手に言われ、我輩の興奮はいや増した。

◆

ここから男爵と助手による長い地下旅行が本格的に始まる。

この大分の著作にはそれまで知られていなかったゴブリンの文化が多く記されている点が読者をひきつけた。その中のいくつかを抜粋する。

◆

ゴブリン地下王国の構造は巨大なアリの巣に似ている。

地下を掘って作られた無数の巨大な部屋が、細いトンネル坑道で繋がっているイメージだ。そして、それが徐々に地下に深く潜っていく。我輩としてはその全体図を記録しながら旅したいところであったが、それは助手に止められてしまった。その構造は我輩のような地下に慣れぬ者にはあまりに複雑で、今思い出そうとしてもうまくいかない。現地に戻ればいくらか記憶が戻るかもしれぬという程度である。

ゴブリンたちはその部屋ごとに、地上でいうところの村のような感覚で集落を作っているようだが、地上のそれと違う点は、その部屋集落ごとに役割が非常にはっきりと分かれている点である。

例えば、ある集落では食糧生産が、別の集落では飛空挺の造船作業が、また別の部屋では錬金術の研究実験が、という具合である。それぞれの部屋は人の通るトンネルとは別に物資が行き交うための管で結ばれており、そこを通して主に食料が配給されている。

そのために食糧生産のための部屋集落がまず大きな中心の恒星としてあり、その周囲を取り巻く衛星のように他の専従部屋が作られていくのが基本形のようである。そういう小さな地下集落銀河がいくつも層を成しているのがゴブリン地下世界の基本イメージであるようだ。集落銀河間の行き来は非常に稀で、物資配給管よりもさらに細い連絡用の管で結ばれているだけだ。その管に手紙を入れ空気を吹き込むことでメッセージを送るのだそうだ。ゴブリンは色々なことを考えるものである。

深層へ進めば進むほど、集落の人口は減り、それに伴って、道は険しく整備されていないものが多くなっていった。そこには陥没穴、野生生物、その他多くの危険が潜み、我輩の旅路を何度となく阻んだ。それらについては後に語ることにしよう。

我々にとっての小麦や米のように、ゴブリンにとっての主食はキノコである。

彼らは実に多彩なキノコを育てており、麺のようにすすって食べるキノコや粉末にして調味料にするキノコ、食用にとどまらず薬にするキノコ、干して繊維として用いるキノコ、建材とするキノコなども育てていた。ゴブリンたちは大抵のものを工作に適した岩石から作り上げているので家具類も石造りであることがほとんどであったが、寝床やソファなどの柔らかさの欲しいものにはこのキノコを用いていた。また、彼らの作り出す精妙なカラクリの多くにも、この特殊な工業用キノコたちは使われているようで、特に飛空挺の高性能の秘密はこの軽く丈夫で伸縮性のある素材が多くを負っているようであった。それらの技術については当然、人間の我輩に明かされることはなかった。まあ技術者でもない我輩は説明されても理解できたとは思えないが。

よくキノコと一緒に調理されているのが土エビである。初めて食べた時には我輩はつまりそれは虫ではないかと怖気づいたのだが、思い切って口にしてみるとたしかにそれはエビといって差し支えない食感風味であった。後に養殖場を見学させてもらったが、くみ上げた地下水で作った泥のプールの中で養殖されているそれはエビというよりはザリガニに近い印象の生き物で、少なくとも、我輩にとって食べるのが恐ろしくなるような生き物でなかったことは確かである。助手によると土エビは丁寧に泥抜きしてからでないと食べられたものではないとのことだが、そのまま食べる機会は幸いにしてなかった。

ゴブリンの地下王国にあって、人間という存在は珍しいものではあるものの、最近では絶対にありえないというほどのものではないらしいことが、まず我輩を驚かせた。地下旅行の間を通して我輩自身が他の人間と行きあったことは一度もなかったが、ゴブリンたちが腰を抜かして大騒ぎになるというようなこともなかった。せいぜいがじろじろ見られる程度のものである。人間がまず来たこともないような深層に至った後に集落に着いた際は、最初にその集落の代表者に挨拶しておくようにしていたが、そこでの反応もほぼ同じで、珍しがられつつも驚愕されるというほどのことはなかった。噂を聞きつけた子どもたちが何人か連れ立って見物にやってくる程度のことはあったが。

しかし、我輩が地下にやってきた目的が商談でないと聞くと、これは大変に興味を持たれた。彼らの元を訪れる人間はどうやら今のところ野心に燃える商人ばかりのようである。

ゴブリンたちにとって地下王国最深部の宮殿を訪れることは聖地巡礼のような意味合いを持つようで、我輩の助手が宮殿を目指しての旅の途中であることを口にすると、それだけで一定の敬意を払われるようであった。「私も時間があれば」とか「一生で一度くらい、とは思っているのだが」とか、そういう言葉を口にするゴブリンも多い。

思うに、彼らにとって魔王はもちろん尊敬の対象でもあり権威も認めているが、それはあくまで世俗的権力であり、山脈地下深くにある玉座に向ける思いはまた別のものなのだろう。

我輩はますますゴブリン宮殿への関心を深めたのであった。

助手は旅の間、何度となく我輩を驚かせた。

まず深く印象に残っているのは我輩たちが旅を始めて最初の大きな地下集落にさしかかった時のことである。

なんと集落に入ったらまずは肌を黄土色に染めたいというのだ。あまり田舎者だと思われて目立つのもいやだから、と。

聞けば、彼らは特殊な染料を塗って肌色を好きな風に変えるのだという。その時々に流行があり、今の流行りはもっぱら黄土色なのだという。他に深い青色や赤銅色や深緑色と、かなりの選択肢があるらしい。しかし、それらの塗料は日光に弱く、地上に出ればすぐに剝げてしまって、地上の我々に見慣れたあの紫色のゴブリンへと戻ってしまう。そのような姿を彼らはいささかみっともない、野暮ったいと感じているようである。

たしかに裕福なゴブリンほど地上に出る必要がないというゴブリン社会の状況と合わせて考えると、そのことはよくわかるようにも思う。我輩としてはあまり鮮やかな色のゴブリンたちは奇抜に見えるばかりなのだが。

必要な金を聞けばさしたる量でもなかったので（ゴブリン王国ではもっぱら金が通貨として使われている）、染めさせてやることにした。集落の入り口すぐの染め屋（我々にとっての床屋のようなものであろう）に意気揚々と入ると、助手は店員に大きめの金だらいの中で、黄色い泥のようなものを頭からつま先まで全身塗りたくられた。そのまま一時間ほど置かれ、すっかり泥が乾いた頃に、店員が金属のヘラのような器具でその泥を剝がしていく。卵の殻をむくように泥を落としていって、最後にさっと水を浴びた彼はすっかり全身黄土色になっていた。まるでレモンの妖怪のようになった彼はいつになくすっかり上機嫌で、ここに書くのもはばかれるような、今の自分ならどんな娘っ子も放っておかないだろうというような軽口（実に品のない表現であった！）を言い募り、我輩を閉口させた。

思うに人も亜人も女性についてそのような冗談を言うべきではない、と我輩がやんわりと伝えると、彼はずいぶんと驚いたようだった。

「旦那は上品だねぇ」と彼は感心したように言った。

ゴブリン世界における法律でもっとも興味深いと我輩が思ったのは、無許可で坑道を掘ることへの重い罰則である。

なんとなく、我輩はこの王国を訪れる前には、それぞれ戸別に穴を掘ってそこを自分と家族の住処として暮らしているゴブリンたちをイメージしていたのであったが、実際の彼らは非常にシステマチックに、いうなれば基地や砦を作る軍隊のように集落を設計して掘っていく。

彼らに言わせれば、地下を掘り進むという行為は常に危険と隣り合わせの繊細な仕事であるのだそうだ。その危険は掘る個人にとってだけのものではない。だれかがちょっと近道を作るつもりで掘った坑道が原因で地盤沈下が起こり集落が丸々潰れてしまうかもしれない。一山当てようと貴金属を求めていい加減に掘り進んだ先に有毒ガスが溜まっていて大量中毒死が起こるかもしれない。大きいものなら鯨ほどのものもあるという凶暴な砂蟲や肉食モグラの巣を掘り当ててしまうかもしれない。

そのような個人で責任を負いようのない事態に対して無頓着に行動することは、つまり内心で他人が死んでも構わないと思って行動したのと同じであるから、すなわち殺人である。以上のような理屈で、ゴブリン地下王国にあっては自身の所属する集落や近隣の集落から許可を取らずに穴を掘ることは完全に禁止である。具体的には、道具を用いてゴブリン一人が入れるほどの大きさの穴を掘った場合、よほど特別な事情のない限り死罪にされるとのことだ。これは罪人を出した親族やその集落までもしばらくは白眼視されるほどの大罪であるのだという。

この『安易な穴掘りは悪行』という意識はゴブリンたちに非常に強く根付いており、それは彼らの美意識にまで影響しているようである。例えば、退屈した子どもがなんとなく地面をつま先でほじったりすると大変な叱責を受ける。彼らはこれを非常に行儀が悪い行為だと考えているらしい。

同時に『穴を掘る』という行為は神聖視もされており、正式な工事や鉱脈現場で掘削を行っているものたちは肉体労働者であるにもかかわらず非常に尊敬され人気があり、中にはスター鉱山掘りとでも呼ぶべき存在もいるようである。

また、外の世界との交易が重要な意味を持っている今日のゴブリン王国にあっては深度の浅いところに住んでいる方が便利なことが多いように思われるのに、深いところに住んでいるゴブリンの方が社会的地位が高く、有り体に言えば素敵な暮らしだと思われていることも、この『掘る』という行為への神聖視と密接に関わっているようである。

そういう彼らの独自文化の文字通り最深部にある宮殿は、まさに彼らの文化の源泉でもあるのだろう。我輩はゴブリン宮殿への興味をさらに深めていった。

地上に現れたゴブリンたちが亜人たちの仲間に入った経緯についての創世神話は人間にも知

られているが、それ以前の地下世界においてゴブリンがいかなる歴史を紡いできたのかについてはだれも知らぬ。

ゴブリン特有の神話歴史について、我輩は助手を含めた多くのゴブリンに尋ねたが、彼らの口は一様に重かった。地下世界における暮らしは楽なものではなく、多くのことを闇に葬ることで自分たちはやってきたのだと、彼らは威嚇するように、誇るように、時には恥じるように口にした。

ただ一つ、我輩が助手から聞き出せた神話のようなものは『闇人』のことだ。

いくつかの集落を越えて、かなりの深度まで進んだある日の食事の席で、助手はいつにない真剣な調子で言った。

「そろそろこういうことがあるかもしれない深さにきたので一応言っておきますがね、もしも、暗闇の中でなにかに手を引かれても、決してついて行ってはいけませんよ」

「なに？」

「まあ、本当に滅多にあることではないので、そんなに怖がることもないのですが、一応頭の隅にいれておいてください」

「どういうことだね？　夜盗のようなものがいるかもしれないと？」

「いや、そういうものとは違います……」

いつもはぶっきら棒ながらも明瞭な物言いをする助手にしては珍しい奥歯になにか挟まった

ような口ぶりに我輩は興味を刺激され、いささかしつこく説明を求めた。

助手はしぶしぶながらも答えた。

「闇人が出るかもしれないから」

「『闇人』？」

「まあ、なに、滅多にあることじゃないですから」

「なんなのだね、それは？」

「闇に潜んでいる人です…」

「うん？　強盗をゴブリンはそう呼ぶのかね？」

「いや、強盗ではない。我々とは違うものです。そもそもは同じでしたが、今では違うものになった人です」

我輩は膝を打って言った。

「幽霊か！」

落盤や陥没穴の事故で死ぬゴブリンが少なくないことは想像に難くない。そういう場合、死体は発見されず、事故にあったものは行方不明者となる。そういう死を確認されなかった存在が、この地下世界の闇の中で奇妙な怪物に変化するという想像は発想としてわからなくはない。そういった迷信ならば地上にも多くある。

しかし、助手は強く頭を振って、我輩の言葉を否定した。

「そういう不確かなものじゃない。大昔に、我々が追放したやつらの生き残りです」

それ以上、なにを聞いても助手は説明しようとはしなかった。

ただこう言うだけだ。

「大昔に、闇に葬った話でさ」

地底旅行における危険の最たるものは、やはり陥没穴である。暗い坑道にゴブリンも知らぬ間に突然口を開けているそれは、夜目の利かない人間には大変な脅威であった。我輩も何度となく足をとられ、膝や足首にいらぬ痛みを抱えることになった。しかし、足をくじく程度のことであればまだ良いのである。もしもその穴が大きく、深さが十分であれば、そのまま死だ。即死であればまだマシかもしれぬ。闇の中で孤独に衰弱死するよりは。

野生生物もまた恐ろしい。砂蟲と呼ばれる巨大なミミズに似た生き物がゴブリンに最も警戒されている存在だ。砂蟲は肉食でゴブリンを襲うこともあるようだが、恐れられている点はその食性よりもむしろやたらとそこらに穴を開けるその習性にあるようである。一度、我輩が行き合った砂蟲は小柄なゴブリンなら丸呑みに出来そうな大きさであった。その際は助手が例の発光クリスタルを用いた閃光爆弾でそいつを追っ払ってくれた。砂蟲に限らず地下の野生生物はみな光を恐れる。

ついで危険なのが肉食モグラであろう。我輩が見たのは鉱山掘りが倒したという死骸だけであるが、それはモグラというよりは熊に似た印象の生き物であった。熊に比べると極端に前腕が発達してバランスが悪く思われたが、地下道を掘り進むには適した身体なのだろう。個体の危険性でいえば肉食モグラは砂蟲以上といえるそうだが、こちらはあまり数は多くないらしい。余談ではあるがこの生き物の肉は大変にうまいとのことである。

そういったいわば突発的危険を除くと、地下世界旅行はもっぱらその悪路との戦いであった。ゴブリンたちは完成すればほぼ自給自足状態となる集落銀河の建設に成功すると、ほとんど他の集落へと通うことがなくなるため、集落銀河間の坑道はまったく維持整備などされてはいない。崩落して塞がれている箇所があればつるはしで掘り、大穴が開いていればロープを渡し、地図にない分かれ道があれば途方に暮れた。

そのような困難を一々挙げればキリがない。我輩は助手の助けでそれらを越えて宮殿目指して進んでいった。

旅の終わりがいよいよ近づいたある日のことである。

この集落を出ると、ついにゴブリン宮殿まで集落らしい集落はない、それならば今夜は少しばかり贅沢をしようではないかという助手の提案にのって、我輩たちは高級レストランへ食事に出た。

深層に行けば行くほどにいわば高級化が進むのがゴブリン社会であることは先にも述べた。

そういう意味でいえば、あの日、我輩と助手が訪れたレストランはまさに最高級いやさ最『低』級の場所であったといえよう。

石造りの店内は油断なく研磨され、どこもが滑らかに磨き上げられている。大理石らしきテーブル、柔らかなキノコ製のイス、クリスタルのシャンデリア。客や店員たちも、色とりどりの肌色で、まったく見事なものだった。

その店で食べたものも、やはりキノコであった。

なんでも、この辺りでしか採れない貴重なキノコなのだそうで、名前も教わったのだが、実に難しい発音の名前で、何度聞き返してもただ唇の隙間で音を鳴らしているようにしか聞こえず、真似してみても助手や店員によってたかって違う違うと言われるばかりなので覚えるのも諦めてしまった。元は竜の言葉なのかもしれぬ。

このキノコは刺身で供された。驚くほどの美味であった。

基本的な味は白身魚に似た淡白なものであるが、嚙むたびに旨味がにじみ出る。歯ごたえも弾力と柔らかさがまったく絶妙の塩梅で、口に残るのならば永遠に嚙んでいたいと思うほどなのだが、これが不思議に口の中でほどけるように小さくなっていき、いつの間にやら飲み込んでしまっている。おかげで箸が止まらない。

気付けば我輩と助手とで大皿に山盛りのキノコ刺しを三皿も平らげていたのであった。会計はその美味さに見合うだけの結構な値段になったが、後悔はなかった。

そう、会計を終えた時点ではなんの後悔もなかったのだ。

その夜、我輩を猛烈な腹痛が襲った。

食事を終えて宿に入った辺りでお腹が重いような妙な違和感を覚えた次の瞬間、内臓に溶けた鉛でも流し込まれたかのような熱い痛みが襲ってきた。我輩は白目をむき泡を吹いてその場に崩れ落ち、助手が医者を呼びに走った。

激痛に耐えながら床で聞く医者の話を理解するのは難しかったが、とにかくわかったことは我輩は例のキノコにあたったらしいということだ。

ゴブリンで例のキノコにあたるようなものはまずおらず、よって治療法らしい治療法はない、せいぜい水を飲んで腹の中にあるモノをなるべく早く排出せよ。以上が医者の見立てであった。

医者が去ると、強烈な下痢が始まって、我輩は厠からほぼ一晩動けなくなった。

それがようやく治まってくると、今度は高熱が始まり、全身が燃えるように熱くなって我輩は前後不覚に陥った。後に聞いたところでは厠から助手が担いで寝床に戻してくれたとのことだった。

いまだに助手はそのことを持ち出して、

「おれはアンタの尻まで拭いたのに！」

と我輩をなじることがある。

我輩はこの地底旅行を通して、まったく多くの危険に遭遇してきたが、真に自らの死を恐れたのはこの時だけかもしれぬ。このとき以外の危機にあってはその場ですべきこと、下さねばならぬ判断が常に目の前にぶら下がっていたために、自らの死について意識する間もなかったということが大きいのだが、あの病床にあって自身に出来ることはなにもなかった。ただ苦難のうちに身を横たえているだけ。我輩は寒気とも恐怖ともつかぬ震えで歯の根が合わなくなった。

その枕元で助手がおいおいと泣いているのに気付いたのはいつごろのことであったのか。意識がはっきりとしていなかったためにその辺のことは曖昧になってしまったが、彼が大粒の涙を流しているのに驚いた我輩が苦しい呼吸の下から何事が起きたのか尋ねると、彼は鼻水を啜り上げ、しゃくりあげながらも語った。

いわく、自分はあなたに愛着がある、最初の頃はマヌケで貧弱な人間のような生き物は地下ではとてもやっていけない、うっかり深い穴に転げ落ちるとか、病気になるとか、ガスに中毒するとかで、そのうちにコロリと死んでしまうだろうといい加減に考えていたが、あなたを世話するうちに考えが変わった、こんなにも無能力で哀れな生き物がなにかを必死で成そうとする姿に自分は心を打たれたのだ、自分はか弱いあなたをなんとか王国最深部まで連れて行って、我らの偉大なる玉座をチラリとでも見せてやりたいと思っている、どうか頑張ってほしい。

以上のようなことを、彼は枕元で涙ながらに語った。

か弱いとはまったく心外である。我輩は負けん気を発揮し、この後、二日ほどの養生で難局を脱した。茹でられたように熱い身体に、ただひたすら水分を流し込んでは痛みと共に排泄するあの苦行のことは思い出したくもない。この後はさすがに火を通していない食物には口をつけなかった。

宮殿を目の前にして起きた小さな事故について書いておかねばならない。

その事故自体はごく小さなものだ。それだけであれば特に書いておくほどのこともないかもしれない。我輩がうっかり坑道の穴を見落として、そこに滑り落ちてしまったというだけのことである。

滑り落ちた瞬間は確かに肝を冷やしたが、我輩の身体はほんの数秒ほど落ちただけですぐに止まった。困ったのは滑り落ちる少し前に灯りを助手に渡していたことであった。おかげで周囲はまったくの暗闇である。我輩は注意深く手探りで自らの身体を点検した。不幸中の幸いにも滑った尻が痛む程度で大きな怪我はないようであった。

落ちた穴を仰ぎ見てみようとしたが、我輩が滑ったために崩れてしまったのか途中でカーブしているためなのか、光はまったく見えなかった。

こういう場合、決して手探りで動いたりするべきではない。落ちた時間の短さから考えて、そう深いところに落ち込んでしまったわけでもあるまい。たしか、地図で見たところでは真下を通る細い坑道があったはずだから、落ちたのはその道のどこかであろう。そうであれば助手が我輩を見つけるのはそう難しいことではないはずだ。心を落ち着け助手を待つのだ。我輩はそう考え、跳ねる心臓をなだめつつ、なにも見えない闇の中、滑り落ちてきた坂を背にして腰を下ろした。

そうし始めてから、ほんの数分後、その暗闇の中でふいに、手の平になにかが滑り込んできて、我輩をそっと引っ張った。

それは小さな手だった。無言のままに、その手は我輩を引っ張っていこうとした。

助手であろうか。そうであれば、なぜ無言なのか。灯りはどうしたのか。

我輩の背筋を悪寒が駆け上った。

闇人だ！

恐怖に震えながら、我輩は握られた手を振り払うことが出来なかった。金縛りにあったように我が身体は動かず、喉は引きつり、声を出すことも叶わぬ。しかし、手を引く力は決して強くはなかった。我輩はただ身を硬くして、それが諦めて去ってしまうのを待った。小さな手は地下に住む生物であるにもかかわらず奇妙にすべすべとしてひんやりと冷たかったことが印象に残っている。

一体、どれほどの時間、そうしていたものか。遠くから我輩の名を呼ぶ助手の声が響いてきたのと同時に、手は離れていった。

我輩は大きく息を吐いた。全身に冷たい汗をかいていた。

もう一度響いてきた助手の声に我輩はようやく返事をし、その灯火が見えたときは心底ホッとした。

今でも寝る前などに暗闇の中にいるとなにかに手を握られるのではないかと考えてしまい、動悸が激しくなることがある。あの地下には、間違いなくゴブリン以外のなにかがいることは確かなようである。

あの宮殿の美しさをいかに語ればよいのか、我輩にはわからぬ。

闇の中に浮かび上がるあのエメラルドの城門、ダイヤモンドの大広間、ネクル神の裁定により放棄されてから千年は経つというのに光を失わぬクリスタルの青い照明、残された大理石や黒曜石製の家具に偏執的に彫り込まれたレリーフは一流の職人たちが一流の芸術家でもあったことを確信させる、そして金と銀の絡み合うモザイク模様の大通路を抜けた先に待つ、エメラルドの王の間には、燃えるように赤いルビーの玉座がただ静かにその威容を誇っているのだ。

我輩はただこの偉業全体にひれ伏した。ゴブリンたちは畏るべき事業をこの闇の奥で成したのだ。そして、それを胸の内に誇りながらも神の定めの聖戦のために玉座を空位にしたのである。それは偉大なことだ。ゴブリンが人間にとって聖戦で戦うべき亜人種であることはたしかである。しかし、敵対する亜人種であっても共に頂く星空に上がった英雄であれば称えるのが聖戦の精神である。

我輩はゴブリンたちの宮殿を称える。なにも躊躇いはない。あれほどの驚異を神ならざる者の手が創りうるのだ。ワウリ神もネクル神もこの業を大いに楽しんでおられるに違いない。

宮殿から集落に戻ると、我輩はゴブリンたちに捕らえられた。

我輩にかけられた嫌疑は、とどのつまりスパイ容疑であった。我輩が『ゴブリンの火』について調べにやってきたのではないかというのが彼らの考えだ。商人でもない人間がゴブリン王国にやってくるというのもよくわからないのに、その目的がゴブリン宮殿だというのが彼らには理解しがたい事態だったようである。

我輩は当然抗議した。こんな深さにまで来た意味を考えてほしい、そもそも、そんなつまらない目的ならばわざわざ最深部の宮殿など目指しはしない、もっとマシな方法をいくらでも思いつく。

集落の責任者のゴブリンにこう言ったのがまずかったようだ。

ならそのマシな方法とやらを上げてみろと言われて、売り言葉に買い言葉、我輩はとっさの思い付きをしゃべった。

「例えば、買収できるゴブリンを探すとか……」

これを聞いて調査官の目の色が変わった。

横で気をもんでいた相棒が一緒に連行されることになったのは言うまでもない。

しかし、このときに助手が機転を利かせた。

この人間はサブゥであり、なおかつややクラサラササの傾向があり、その証拠にいまだにカルモンコランだ、と相棒は主張したのだ。

責任者が噴きだし、周囲のものたちが落ち着かない様子で咳払いし、野次馬たちがニヤニヤと笑った。

我輩には助手がなにを言っているのかさっぱりわけがわからなかったが、責任者は面白そうにこう聞いてきた。

「貴様はまことにカルモンコランなのか？」

「そのカルモンとやらはなんでしょう？」

この我輩の問い返しにその場にいた全員が大笑いした。

我輩は放免された。

あの時の意味不明な言葉はどうやら竜の言葉らしい。

助手はその意味を教えてはくれなかった。

◆

この後、男爵は助手の案内で地上に戻り、山脈内部に入ったのと同じ洞窟の前で、助手に別れを告げた。

家に帰り着いた男爵はこの体験を本につづって出版し、瞬く間に名声は高まり、各地から講演に招かれ、多くの支援者を得た。

男爵はその金でゴブリンたちから飛空挺を買った最初の人間になった。

それから男爵はゴブリンの助手を誘ってさらに多くの冒険を行った。神話に記されているが今では姿のない有翼の亜人探しや、飛べない巨大ドラゴンの島の発見など、成果のあったものもなかったものもある。

しかし、第二次聖戦に大きく影響したといえる冒険はゴブリン王国旅行だけであるので、ここにはそれだけを記す。

アルゴ男爵は星に上げられ、冒険家座が観測された。

イデルの婚約

十代の後半を迎えたイデルが聖鍵軍に参加した理由については、少なくとも彼自身の主観からいえば、自然な流れだったとしか言いようがない。

一時、両親の肝を冷やした亜人義勇軍の植民都市ダルフンカ占領と聖鍵軍によるその包囲は長期化せずに解決し、むしろ短期間の戦争とその復興需要は周辺の農村経済からすればありがたいくらいで、イデルの家の農場は順調に成長を続けた。イデルの父はその戦争と復興期間に賢明かつ誠実に行動し、人々は彼を頼り、彼はそれによく応えた。呼び声の丘の虐殺で大きく開いた名士録の空白を埋めるようにしてイデルの家の名は上がっていった。

そうして家業が大きくなってみれば、一応、イデルの家も血筋からいえば貴族であることが思い出されてくる。そうなると家族から一人は聖戦への奉仕者が出ていないと世間体が悪い。農場は兄が継ぐだろう。妹たちはまだ幼い。で、あれば自分が行くのがいい。イデルからすればそれだけのことだった。それは主観的にも客観的にもさほど不幸なこととは思われなかった。むしろ、兄に対して少し悪いかなとすらイデルは思った。当時、聖鍵軍に少しも憧れていない人間の少年など山脈の西にも東にも皆無だったのだから。

イデルが参加した頃、聖鍵軍はブランドの絶頂期を迎えていたと言っていい。

呼び声の丘における惨敗を経て、教会は聖鍵を与える儀式の管理を強化し、聖戦の戦士である証の聖鍵はそう簡単に手に入るものではなくなっていた。聖鍵授与の儀式は聖鍵軍の本拠地となった黒い塔の砦においてのみ執り行われるものとされ、これによって聖鍵軍に所属していない聖鍵の戦士は生まれなくなった。

一時的にダルフンカを奪われたとはいえ、すぐさま奪還に成功した聖鍵軍の評判は落ちるどころか、むしろ高まる結果に落ち着いた。そこに、対決がいつになるかわからない遠い目標だった帝都の魔王とは違う、目先にいる魔王の娘イリミアーシェ討伐という具体的目標が現れたことも、人間たちの心を燃え立たせた。

子弟が聖鍵軍にいる貴族はそれだけで家名が高まり、尊敬され、なにより教会の不信心宣告に怯える必要がなくなる。山の東の貴族たちはなんとか自分たちの親族を聖鍵軍にねじ込もうと必死になった。

聖鍵軍に入りたがるものは後を絶たなかったが、教会はその選別を厳しくする。聖鍵軍入隊のための献金とコネ作りがまた教会を潤した。

そのようにして入ってくる貴族の子弟たちに、あまり危険な仕事はさせられない。しかし、実際の聖鍵軍は聖戦の最前線にいるのだ。教会推薦のそれらとは別に、現場は実際に戦える厳しい訓練を施した精鋭を確保できるように動いた。こうして聖鍵軍内部には実戦に耐えうる実働部隊と、聖鍵軍の肩書を持つだけの名誉部隊とが出来ていった。

このことは後にイデルの運命に大きく影響することになる。

イデルは元竜騎兵の父のコネと、母の見事な血統で、その狭き門を抜け、聖鍵軍に入隊した。しかし、いかに家勢は順調とはいえ、イデルの家に大貴族たちのような莫大な献金をする余裕はない。彼は実働部隊枠で採用され、村を出て黒い塔の砦の兵舎に入り、そこで同年代の若者たちと共に古参の聖鍵の戦士たちに指導され、厳しい訓練に明け暮れる日々を送ることになった。

その訓練の中で実力を認められ、正式な戦ではなかったが、砂漠の蜃気楼の市での皇女襲撃作戦の一員に選ばれ、小規模ながら実戦も経験した。現場の期待株だったといえよう。

教会が聖都で保管されていた聖鍵を——始聖王が神より下賜された本物とされる真の聖鍵を——黒い塔の砦へと移すことに決めたのはこの頃である。

聖鍵は始聖王の手を離れた時からその力を失ったとされ、今では教会に伝わる古ぼけたやや大ぶりの鍵らしきものに過ぎないが、いまだ人間にとって特別の象徴であることは変わらない。それを聖都から動かすことはもちろん異例であったが、教会内の聖鍵軍と強い関係がある勢力がこれを主導し、実現させたのだった。

聖鍵軍や山脈の西の人間はこれを、『教会及びワウリ界各国は決してこの聖鍵より後ろに亜人を攻め込ませない、山脈の西から撤退しない、ダルフンカ地方を見捨てない』という意思表示として捉え、熱烈に歓迎した。世界的大迷惑こと魔王の娘イリミアーシェの『大号令』以降、ダルフンカの亜人軍に対する緊張は緩むことがなかった。

その年の夏祭りの日に、聖鍵歓迎の式典がダルフンカにて盛大に行われることが決定し、聖鍵はその後、黒い塔の砦に保管されることに決まった。

聖都から砦へと届けられた聖鍵を納めた櫃を掲げて、聖鍵軍は壮麗な行列を組み山路を下り、ダルフンカへと入城した。人々はそれを熱狂的に出迎えた。ダルフンカは町をあげてのお祭り騒ぎだ。城門の上からは花吹雪が雨のように散らされる。家々の窓から花束が放られ、屋根の上には楽団が陣取ってワウリ神と星の英雄を称える音楽を奏でる。群衆は輝く武具に身を固めた聖鍵の戦士たちの威風堂々たる様に賞賛の絶叫を上げ、興奮のあまり失神するものが続出した。

イデルもその聖鍵のパレードの中にあった。

イデルは自分たちを取り巻く群衆の中に幼馴染の顔を探す。今日のことは手紙で知らせてあった。きっと見に来ると彼女は約束してくれた。しかし、蠢く群衆の中から彼女を見つけることは叶わなかった。

聖鍵の櫃は町の教会へと納められ、祭りと式典は冷めることなく続き、日は暮れていった。夜には竜騎兵による、蜃気楼の市から輸入されたゴブリン製の閃光爆弾を用いた花火大会が予定されていた。

イデルは同僚に教えてもらった穴場の物見台へと彼女を連れて行こうと計画していた。隊を離れて出かける時には同僚たちにずいぶん冷やかされた。

手紙に記しておいた宿に訪ねていくと、彼女はたしかに待っていた。その顔を見ただけでイデルは有頂天になり、話したいことを次々にしゃべった。

物見台への道中、会話がしっくりいっていないことに気づいたのはどれくらい経ってからだったろう。いつの間にか、イデルが一方的にしゃべるばかりで、彼女は曖昧な相槌を打つばかりになっていた。彼女にはイデルの話すことが今ひとつうまくイメージできなかった。軍での訓練や砦の暮らしの話くらいまではなんとか。しかし、町での諸々の話になるともう単語がちょくちょくわからない。大きな戦や政治の情勢の話になるとまるでついていけない。時々出てくる教会への皮肉な口ぶりには正直ギョッとする。

沈黙を恐れて会話を止めることもできないイデルは、最近読んだゴブリン王国について書かれたベストセラー本の話をする。彼女は躊躇いながらも口を挟む。

「教会の人はあまりいい本じゃないから読むなって」

「いや、すごく面白い本だよ。教会はそういうところが潔癖すぎると思うな」

「……」

彼女がむっつり黙ってしまったことに焦って、イデルは言う。

「いや、ごめん、もう読まないよ、約束する」

「そうじゃないの、本を読んでほしくないとか、そういうことじゃない」

それ以上、彼女は説明をしてくれない。

二人の会話は弾まなかった。

いつしか二人は目的地の見張り台にたどり着いていた。

そして、気まずく黙ったまま夜空を見上げ、花火を待っている間に、彼女はふいに言った。

「もう、手紙を送らないで」

イデルは彼女の顔を見たが、彼女は視線を空に向けたままだ。

「今日、なんだかよくわかったわ。イデルは、私とは違うんだって。前から感じてはいたの。イデルはもっと広いところへ、もっと遠くへ飛んでいく人なんだって。イデルのお兄様も立派な方だし、イデルの家はこれからどんどん大きくなっていくわ。そうなったら、イデルがだれと…どんな女性と付き合っていくかって、とても大事なことよ。あなたがどんなところまで飛んでいくのか、私、とても楽しみ。きっとイデルは出世する。私はそれを見るのがとても楽しみ。でも、私は手紙を読むのはきっとつらくなる。ごめんなさい、違うわ、誤解しないで、とても楽しみなの、あなたが今どんなに高く遠いところを飛んでいるのか知らせてほしいけど、知りたくないの。ああ、うまく言えないな」

彼女はうつむいて涙を隠す。

「…誤解だよ、買いかぶりだ。おれにはそんな大きな野望みたいなものはない。遠くに行く気なんかないんだ。ただ、この世界でうまくやろうとしてるだけで…」

彼女はなにも言わない。視線もこちらに向かない。

イデルは素早く脳に血を巡らした。今、なにか、彼女をもう一度こちらに手繰り寄せる、強い言葉を発さなければならない。そうしないと、ある時から偶然重なって一本の線みたいになっていた自分の人生と彼女の人生は二つに分かれてしまって、もう手を伸ばしても二度と届かないところに流れていってしまうのだ。これはそういう瞬間だ。

イデルは言った。

「今夜結婚しよう、今夜だ」

やっと彼女はイデルの方を見た。

彼女は絶句し、その瞬間に空に花火が光った。

二人とも、花火を見ている場合ではなかった。互いの顔から視線が動かせなかった。

花火の爆音の隙間に彼女は必死で言う。

「じょ、冗談は…」

「冗談なんかじゃない」

爆音に負けじとそう怒鳴って、イデルは彼女の手を引き歩き出す。盛大に上がりだした花火の光と音の中、空に目を向けている町の群衆の合間をぬって、イデルは聖鍵軍の借り上げている宿へと向かった。

その宿の食堂で一人、晩酌をしていた尊敬する上司の元まで彼女を連れて行くと、挨拶もなしにイデルは言った。

「隊長どの、今から結婚するので立会人をお願いします！」

「はっ！」

聖鍵軍筆頭戦士ニモルドは短く吐き出すように笑い、それから部下の方は無視して連れの恋人らしい女に聞いた。

「こいつはこういうやつらしいと知っちゃいるが、お嬢さんは了承済みか？」

彼女はようやく言う。

「い、いえ、困ってます！」

ニヤニヤ笑いながらニモルドはイデルに告げる。

「おい、お前、フラれてるぞ」

「そ、そうじゃなくて…！」

また慌ててなにか言おうとする幼馴染の肩を掴んで自分の方に向かせると、イデルは真っ直ぐ瞳を覗き込む。まるで周囲の世界を無視して、この世に二人きりのように。

「このまま帰せないよ」

イデルは続ける。

「真剣に言ってるんだ。このまま君が帰ったら、君とおれの、何かが終わってしまうんだ。おれは終わりたくない。君は構わないのか？」

目と目を離せないまま、幼馴染は言う。

「二人だけで決めていいことじゃないでしょう！」

「何故ダメなんだ？」

「な、何故って…」

彼女は絶句し、イデルは今一度、視線に力を込める。

「この世の何かが君とおれを引き離そうとしても、お互いに引き寄せあえばいいんだ。相手が流されないように、お互いに手を伸ばして呼び合うんだ。おれは今、君を必死に呼んで手を伸ばしてるんだよ、わかるか？」

イデルは興奮を隠さずにしゃべり切り、彼女は言葉を返す勇気が出ない。ニモルドはクサい台詞に思わず舌を出す。

外の夜空に上がる花火の音だけが食堂に響いた。膠着した若い二人の顔を見比べ、顔の傷をかき、ニモルドは言った。

「…婚約にしとくか？」

このニモルドの提案で二人は妥協した。

ニモルドが立会人になり、夜のダルフンカの教会で、花火の会場から引っ張ってこられた聖鍵従軍神官の正式な儀式でもって、イデルと幼馴染は婚約した。

この夜のダルフンカの花火は夜空の星々に負けぬほどの煌びやかさだったと伝えられるが、イデルと許婚はついにそれを一目も見ずに終わった。

さて、火蓋が切られると、人々はとても巧みに、勇壮に、狡猾に戦いました。

魚がだれに泳ぎを教わらずとも泳げるように、鳥がだれに教わらなくとも飛べるように、
人々はだれに教わらなくとも戦うことが出来ました。

それは彼らに備わったなにかだったのです。

獣たちはその様を見て恐怖し、みな山から逃げ去りました。

戦場は自然や獣のものではありません。

戦場は人の作り出すものです。


(創世神話――第一次聖戦――開戦)

STARS & WARRIORS
IN THE
HOLY WAR BIOGRAPHY

発明家イリグダー

――リンゴを投げて、受け止めて

ゴブリンの発明家イリグダーはそれまでにない小型の飛空挺を開発し、空における戦いを大きく変え、人間の竜騎兵の圧倒的優位を崩し、亜人の反攻に大きく寄与した。

魔法術においても魔工術においてもゴブリンに優れた発明家は多いが、イリグダーはその内でも随一の発明家である。彼女は優れた技術者でも優れた魔術師でもなかったが優れた発明家だった。

彼女の発明した史上初の鯱級飛空挺『鉄の蝶』は、第二次聖戦において人の作り出した最も優れた兵器である。

第二次聖戦が勃発した頃、イリグダーは錬金術の実験を行う専門集落で徒弟として働いていたが、特に熱心でも優秀でもなかったようだ。当時の彼女に強い印象を持っている同僚のゴブリンはいない。何人かが雑談の面白かった女として記憶している程度である。ただ下働きを言われるまま無難にこなしていたということらしい。無口なわけではないし話をすれば面白いが、仕事を終えた後に食事に行ったり家に招いたりという親しい関係には不思議とならない。そういう人柄だったようだ。

彼女が鯱級飛空挺の発想を初めて口にした相手はその夫であった。

ある日の夜、寝床に並んで横になった際に、彼女は不意に小型の飛空挺があったら便利なのではないかという話を始めたという。

「実を言うと、あまり真剣にはとらなかったんです」

彼女について語る資格のあるほとんど唯一の他人と言っていい夫はこう話す。

「イリーはよく、そういう冗談というか、ホラ話をしていましたから。肉食モグラを家畜化できるんじゃないかとか、人気の鉱山掘りでチームを作ってスポンサーを募りたいとか、そういう思いつきを膨らました空想をガーガーぼくや友達にしゃべるんですけど、しゃべったら満足して具体的にはなにもしない。本人もしゃべるのが目的ですし、みんなもその話は面白く聞くだけ。小さいサイズの飛空挺の話も、『ああ、また例のアレか』くらいに思っていました。ずいぶん笑わせてはもらいましたけどね」

しかし、何故かイリグダーは今回の冗談だけは冗談に終わらせなかった。

「あるいはそれまでの他の冗談も半分くらいは本気だったのかなって思います。考えてみれば、どれも結構本当に出来そうな気がしてくる…彼女が現実に色々やってみせた今になってみればですけどね」

イリグダーが実際の飛空挺製作において果たした役割においては議論がある。

鯱級飛空挺がこれまでの飛空挺と一線を画す最大の特徴であるところのコックピット・ゴ

ンドラの設計者が、イリグダーを訴えたことはよく知られている。

飛空挺造船技師だった彼はイリグダーの発注を受けて、これまでの飛空挺造船の常識からすれば考えられない小さなサイズのゴンドラの設計を行い、これを実際に製作もした。

設計面においてイリグダーの貢献は一切ない。実作作業においてもイリグダーが果たした役割はとても小さく、歴史的発明である鯱級飛空挺の発明者がイリグダーであると後世に残るのは納得がいかない。彼はそう主張した。

鯱級飛空挺の画期的な特徴である小型化に大きく寄与したゴンドラ部分の発明が彼のものであるなら、たしかに彼の主張には一理あるように世間は感じた。

彼はこうも訴えた。イリグダーは彼の作った設計図を受けて、もっと軽くしろもっと小さくしろとダメ出しだけはしてきたが、その具体的な解決策を示してはくれず、自分が素材や設計の工夫でなんとかその要求を実現したのだ、実作に当たっていくらかの手伝いはしてくれたが、それは本当に補助的な下働きにすぎなかった。

彼に続いて、魔術回路エンジンの開発者も訴え出た。

その開発者は、イリグダーの飛空挺に使われている魔術回路は自分が徒弟時代に高出力エンジン研究の一環として設計したものを基礎としていると述べた。その設計目的は研究だったため、耐久性や燃費を度外視してただ出力だけに焦点を当てたものになっており、エンジンは試作すらされなかった机上の存在だったが、たしかに彼の名前で描かれた設計図がイリグダーの暮らす集落の図書室から発見され、イリグダーの使ったエンジン回路はその縮小版に過ぎないことはだれの目にも明白だった。発明者として自分の名前も残っていいのではないか。彼はそう主張した。

さらに気嚢研究者が翼の設計について訴え出た。

当時の飛空挺には一般的に浮力を得るための気嚢はあっても翼はなかった。彼は浮力や速度を増す未来の装置として翼を研究していた。あまり速度を出さない鯨級飛空挺においては、翼装置は得る力より重量が多くなってしまうケースが多く、装置が採用されたことはなかったが、高出力の前進を翼によって大きな浮力に変えているイリグダーの飛空挺において、自分の研究の貢献はとても大きいはずだ。自分もまた発明者として名を残していいだろう。

工業キノコ栽培の農家も訴え出た。

イリグダーの飛空挺があんな無茶な設計で崩壊しないのは、自分が昨今の粗悪な大量生産的キノコ栽培の流行に逆らって作ってきた高品質ブランドキノコのおかげである。同業者や所属の工房に、そんなに高品質でも使い道がないなどと言われてきたのを撥ね除けて、キノコの栽培と加工の製法を確立した自分も発明者と呼ばれていいのではないか。

ある飛空挺の船員も訴え出た。

そもそも、小型の飛空挺という発想は自分のものだ。自分はよく覚えているが、ある酒場でイリグダーと隣り合ったことがある。自分と彼女は知り合いではなかったが、なにかのきっかけで会話が始まって、互いに仕事の愚痴をいい合っていた際に、自分が鯨級飛空挺内の人間関係のわずらわしさから「一人で乗れる飛空挺があったら最高よ、もっと小さくて、小回りの利くやつ」と言ったら、彼女は大変に面白がった。発明者の一人に、自分も入っていいのではないか。

イリグダーはこれらの訴えについて、おおむね全てを認めている。

イリグダーは自分に専門的な造船の知識も技術もないことを認め、その実作業のほとんどを人にさせたことも認め、エンジン回路の職人に伝手がなかったためにエンジン設計を仕事の合間に図書館の書庫を漁って見つけた古い設計図からほぼそのまま拝借したことを認め、どうしても不足する浮力を得るために追加装置を検討していた際に以前働いていた工房の錬金術師から翼という装置を研究をしていた男の話を聞きつけ造船集落の窓際研究員になっていた男を見つけ出して新型の翼の設計を頼んだことを認め、それらの要素を一つの機体にまとめるには一般的な工業キノコ繊維では強度が足りないということになって買い手が付かないレベルに手間隙をかけた農法を続けている変人と評判のキノコ農家の元を訪れ耐久性に特段に優れた工業キノコを発注したことも認め、かなり昔にどこかの船員とどこかで飲んだ際に小型の飛空挺について話したことも思い出して認めた。

「とにかく忙しそうにしていましたね。勤めていた錬金工房をあっさり辞めちゃって、毎日出歩いて。まあ工房の方はどうせ意欲の低い下働きだったから辞めるのも簡単だったみたいです。

辞めてからの方が忙しそうでした。意欲満々なのは見てるだけでぼくにもすぐわかりましたから、そんなに心配はしなかったです。仕事の愚痴は凄かったですけど、その口ぶりもどこか楽しそうで、ああ充実してるんだなーって感じてました。職人さんたちの変人ぶりにはかなりイラだってはいましたけどね」

それだけに、彼らが訴え出てきてもイリグダーは驚きも焦りもしなかったようだ。彼女はその発明に占める自分の役割の大きさを確信していた。

「まあ結局のところ、『鯱級飛空挺』を『発明した』のはイリグダーなんだって世間は納得してるんじゃないですか。専門的な本には訴えでた人たちの名前が全部書かれることになりました。けど、その中でみんなが知ってる名前はイリグダーだけです。その辺の人に『鯱級飛空挺の発明者は？』って聞いたら、みんな『イリグダー』って答えますよ」

当時、飛空挺の性能とはそのまま積載量と燃費のことであると考えられていた。

その観点からいえば、このイリグダーの初代鯱　級飛空挺――彼女の名付けたところでは、その名も『鉄の蝶』は落第もいいところであった。

鯨級におけるゴンドラにあたるコックピットは狭く、ゴブリン一人納まるのがやっとで、荷を積むスペースなど望むべくもない。従来の飛空挺に比べてあまりに小さな船体に収まるよう設計された魔術回路エンジンは、鯨級飛空挺と同じ距離を進むのに十倍の燃料を消費する。これでは商用にはなりようがない。

軍事用として見ても、なにしろ『ゴブリンの火』をろくに載せられないのだからどうしようもない。亜人たちにとって戦争における飛空挺の役割はなんといっても『ゴブリンの火』による空爆攻撃なのだから、その任務を果たせないコレになんの価値があるというのか。軽い船体を風の中で望む方向へ進ませるために出力を上げたエンジンは機体全体を激しく震わせて乗り心地は最悪、蝶と言うより巨大なハエを思わせる騒音を引き起こし隠密性も皆無、長距離飛行など望むべくもなく、斥候偵察の役割も果たせそうにない。

以上のような見解が当時の一般的なものであった。ゴブリン王国にはイリグダーの小型飛空挺に『バカみたいに高級なおもちゃ』以上の評価を下すものはいなかった。どこの工房に見せても、商売人に見せても、結果は同じだった。イリグダーにとって、これは屈辱であったようだ。

夫は語る。

「イリーは悪い人じゃないし、とっつきにくい人でもないけれど、内心のプライドは高い人でしたから…。本当にガッカリしたみたいです。口数も減って、見ているのがつらいほど塞ぎこんでいました」

この頃に、夫がイリグダーの気分転換になればと冒険男爵の著作『地底の玉座』を手に入れてきたことが、この発明の運命を変えた。この本における、外から来た者がゴブリンの技術に対して率直な賞賛を述べる様子に、イリグダーは強くひきつけられたようだ。

彼女がこれまでのゴブリン技術者の通例のまま、国内において自らの発明が評価されるのをただ待っていたとしたら、少なくとも第二次聖戦中に鯱級飛空挺が実戦で飛ぶことはなかっただろう。

イリグダーは自身の発明の価値を見出してくれる人物を探して、地下の王国から外の世界へと踏み出すことを決めた。

「山の外へ営業に出ると言い出した時には、そりゃ驚きましたよ。正直に言えば…止めてほしかった。洞窟から出るなんてただでさえみっともないことなのに、その理由があのヘンテコな飛空挺を売り込むためだなんて…今思えば、バカだったのはぼくの方だとわかっていますけど、当時は本当にイヤだった」

それでも夫は彼女についていくことにしたのだった。

「イリーがまた元気になったのはうれしかったですし…ま、夫婦ですから」

夫妻の営業の旅は楽なものではなかった。

二人はまずサンプルとしての『鉄の蝶』一隻と共に貨物飛空挺に乗り込み帝都へ向かった。貨物飛空挺に個人のゴブリンがスペースを確保するのは高くつく。乗車分と荷物の料金は二人にとって大金だったが、イリグダーは躊躇わなかった。

ゴブリンの新発明に対して常に門戸を開いていると評判の元老議員に手紙を送り、実際の飛行を見せる機会を得たが、支援を取り付けることは出来なかった。

帝都郊外においてイリグダーは二度ほど公開飛行を行い、それなりに人を集め、いくらかの見物料と寄付を稼いだようだが、『鉄の蝶』の燃費と整備代とでほぼ相殺され、大きな稼ぎにはならなかった。

イリグダーは帝都に見切りをつけ、それからは各地を転々とし、行く先々で公開飛行を行って回った。有力な支援者が見つかることを願いながら。

「あっちこっちに飛んで行けたらカッコよかったんでしょうけど…燃費や故障のリスクを考えるとそうもいかなかった。基本的な整備についてはイリーも把握していましたし、旅に付き合ううちにぼくもある程度学びましたが、回路自体に故障が出たり、替えの利かないキノコ部品にトラブルが出たら山に戻らないとどうにも出来ませんから。寒い懐からなんとか用立てた荷馬車に『鉄の蝶』を載せて運びました。アレ、重くてね。二人だけじゃ荷台への上げ下ろしも出来ないから、新しい土地に来るたびに日雇いを頼んで…ある時、手伝いの猪人の若いのがアレを担ぎながらいいましたよ、『こんな重いもんがホントに飛ぶのかよ！』ってね。イリーはなにか、真剣な顔で答えてました。『ええ、飛ぶわよ、これはマジに飛ぶわ』って。それからぼくの方を見て言いました、『飛ぶわよね？』って…ぼくは…即答できなかった…『飛ぶ』ことは知ってます、実際何度も見てる…でも、いつまで『飛ばす』んだろうって…もう『飛ばなくても』いいんじゃないかって…そう思ってしまって…あの頃が一番ツラかったです…」

「その時の公開飛行はあいにくの雨でした。まだ寒い春先で、集客もまばらだった。飛行は成功しましたけど、雨はどんどん強くなって雷も鳴り出して、イリーが地上に降りてくる頃には、原っぱに残ってるのはぼくだけだった。雨は機体に良くないですし、雷が落ちたりしたらそれこそ大惨事です。二人でびしょ濡れになりながら借りてた納屋に機体を押し込みました。それから宿に戻ったんですが…その宿もひどいところでね。廊下には客かどうかもわからない酔っ払いがひっくり返ってる。狭い一室に二人でコソコソ入って、ようやく身体を拭いて、食事をとりましたが、ずっと無言です。ただでさえパンの食事は口に合わないのに、気まずさでより味気ないものに感じて、無性にキノコのごはんが恋しくなった。それで思わず悪態を吐きました、『あーキノコが一舐め出来るなら穴だって掘るのに！』って」

この『～出来るなら穴だって掘る』という表現はゴブリンにとっては非常に下品で強烈な言葉選びである。

「イリーもカッとなってすぐ口論になりました。お互いに爆発するきっかけを待ってたようなもんです」

夫はため息を吐く。

「しばらくして、彼女が言いました、『あなたはアタシが諦めるのを待ってるんでしょう！』

って。正直、図星でした。ぼくは…結局、彼女の発明の価値なんて、腹の底では信じてなかった。ただ彼女のことは好きだから我慢して付き合ってるだけで…その日はぼくもぶちまけました、『だってそうだろ！　もう諦めたっていい頃だろ！』『君の発明に大した価値はないって思ってるのはぼくだけか？　みんな言ってるじゃないか！』…ひどいことを言いましたね。ぼくが彼女のつらい時期を支えたとは言えません」

　限界に達しつつあった二人の元に一通の手紙が届いた。

　それは以前に飛行を見せた帝都の元老議員から送られてきた、蜃気楼の市の復興万物博覧会への出展依頼であった。

『蜃気楼の暴動』と皇女による『モガウル大号令』によって評判を落としていた蜃気楼の市が企画した、各地の珍品発明品を紹介展示する一大商業イベントの招待状である。

「蜃気楼の市へ行くかどうかは、二人でずいぶん悩みました。皇女殿下の『大号令』以降、あの市場への非難の気持ちは二人ともとても強かったですから…それでもやっぱり行くことにしたのは、それだけイリーの自分の発明の価値への自信も強かったってことです。人間の商人相手にだけは絶対に売らないことを二人で確認し合って、招待に応じることに決めました…燃費なんかの経費と別に、さらにギャラも出してくれるって話は、ぼくとしてはたしかにありがたかったですね」

「万博での扱いは悪くなかったです。渡航費は全部運営が出すって言ってもらったおかげで、馬車での運搬が難しい砂漠は全部飛んで行くことができましたし、オープニングセレモニーの一部として飛行する機会が貰えたのもいい待遇だなと思いました。来賓の人や参加者のほとんどが全員揃っている前で飛べるわけですからね。宿も噂のシーシヒ城の豪華な一室を貸してくれて、二人で戦いの跡がないか探したりして久々に楽しかった……イリーは内心、これをラストチャンスにしようと決めてたんだと思います。なんとなくイラだった感じが抜けて、リラックスして見えました。初めて旅を楽しんでるように見えた」

そのラストチャンスでも、イリグダーの発明の評価は振るわなかった。

今も残るある審査員の寸評のメモには短くこう書かれている。

『実用×、美的価値×、備考：滑稽味ややアリ』

実際、招待の段階からイリグダーの発明に期待されていたことは見世物以上のものではなかったのだ。

イリグダーはこの博覧会の会期中、ある兎人の大貴族相手に珍品として（まさに『バカみたいに高級なおもちゃ』として）一隻の注文を取り付けるのに成功しているが、それは彼女が期待しているような取引ではもちろんなかった。

「結果が出ても、彼女はサッパリしたもんでした。テキパキと帰り支度して、帰りの渡航費の額で運営の事務とやり合っていてもどこか軽いノリで」

それでも、自分の発明にはもっと大きな意味と価値があると、彼女は頑なにそう信じて揺るがなかったようだ。

「万博の撤収作業中に、初めて故郷に帰ることを口にした後、言ったんです。『アタシが生きてる内はダメみたい！』って。冗談めかした口調でしたけど、目はマジでした」

イベントの後、展示のために張られた大きな天幕の中で夫が『鉄の蝶』の隙間に入り込む砂を掻き出している横で、事務員の人間が飛空挺を飛ばさずにラクダで運んだ方がずっと経費が安くなると主張するのに来た時と同じ方法で帰せとイリグダーが揉めているところへ、一人の猫人が訪ねてきた。

その姿を見た瞬間、人間の背中がピンと伸びる。

どうやら大物らしい。

やって来た猫人は、大きく、体格も猪人に負けないくらいにガッシリとして、黄色に黒の縞模様の毛並みが美しい。猫人の中でも珍しい、虎人だ。

虎人の男は言葉少なに事務員を追い払うと、夫妻への挨拶もそこそこに飛空挺をジロジロと眺め回し始めた。

「名前はなんというんだ？」

「イリグダー……」

「イリグダー？　ずいぶん妙な名だ」

「ゴブリンとしては珍しくもない名前ですが」

「いや、失礼、聞きたかったのはこのカラクリの名前だよ」

「いえ、こちらこそ失礼を。『鉄の蝶』です」

「いい名前だ、実にいい。実は私は開会式には出席していなくてね…この飛空挺の評判だけを聞いて興味を持ったんだ。実際に飛ぶところを見せてもらえないだろうか？」

夫妻は顔を見合って肩をすくめた。

おそらく、実際に飛ぶところを見たらこの大男も気が変わってしまうのだろう。しかし、相手は大物らしい。断るわけにもいきそうにない。

イリグダーは飛空挺を少しだけ飛ばした。いつもの見世物のように細かく旋回してみせ、宙返りを見せ、リンゴを放り投げてそれが地に落ちる前に下を二回往復してからキャッチしてみせた。

爆音を響かせて砂地に降りてきた飛空挺を、大男の熱烈な拍手が迎えた。

「非常に興味深い」

熱を込めてそう言うと、大男はまたとっくりと『鉄の蝶』を眺めた。

これは…ひょっとして、ひょっとするのだろうか？

夫妻が息を呑んで見守る中、彼は顎に手を当て深く何かを思案しながら、ポツリ呟いた。

「数隻では駄目だな、数をそろえなければ無意味だ…」

それからイリグダーの方を見て言った。

「五十隻、用意できるか？」

夫はこっそり背中で手の甲をつねった。

夢ではない。

商機は突然に開けた。

この大男が世に聞こえた亜人の大将軍『鉄の虎』だとは、イリグダーたちは知る由もなかった。

この故事から、ネクル界では商談などにおける見事な売り込みぶりを評して、『まさにリンゴを投げて受け止めて、そりゃあ見事なもんだった』と言い慣わすのである。

鉄の虎の飛空挺への入れ込みようは、夫からすれば信じられないほどだった。

鉄の虎は『鉄の蝶』を注文するだけに飽き足らず、それを自らの領地に運ぶための貨物飛空挺のチャーターの費用まで請け負った。さらに飛空挺操縦のレクチャーのために出来れば夫妻に領地へ同行してしばらく滞在してほしいと言ってきた。もちろん、その間の生活の面倒はすべて見るし、それとは別に報酬も払うと言う。

「でも、話を聞くうちに、どうやら将軍がアレを軍事に使うつもりだとわかってきて、大きな注文を得た喜びから一転、崖から落っこちるみたいにまた急に不安になりました。アレがどういうものか、ぼくはよく知っているつもりでしたから…何隻そろえようが軍隊として使えるとはとても思えなかった。最悪の乗り心地に、呆れるような燃費、物も大して載せられない。将軍が実態をよく知ったら、注文は取りやめになるに決まってる。だからとにかく納品を急がなきゃと思いましたね。五十隻全てでなくてもいい、せめて数隻だけでも売ってしまいたいって。それなのに、将軍は根掘り葉掘り飛空挺のことを質問して、イリーも喜んでそれに答えるもんだから気が気じゃなかった。あの時期、二人は顔を合わせたらそりゃもう一日中でも飛空挺の話をしていましたね」

鉄の虎は大変熱心にイリグダーの飛空挺の性能について知りたがり、イリグダーは飽きることなくそれに答えた。イリグダーにしてみれば自身の発明にこんなにも真面目な関心を持ってくれる人物は初めてだった。

この期間にイリグダーと鉄の虎は『鉄の蝶』の軍事的運用理論をほぼ確立したようである。

そして、『鯱級』という言葉が決まったのもこの時だ。

「最初は『鯨級』飛空挺に対して『魚級』の戦闘凧よりは大きいから、『海豚級』って呼ぼうかって言ってたんですが、イリーがそれじゃ弱そうだからって『鯱級』って呼び出したんです。その頃は冗談半分でした。少なくともぼくはね。だってこんな当たり前に使われるほど、あの大きさの飛空挺が普及するって思ってませんでしたから」

初めての複数注文に高品質な工業キノコの手配がなかなか追いつかなかったため『鉄の蝶』の生産は滞ったが、まず作られた最初の十隻が領地に到着すると、鉄の虎は史上初の飛空挺団結成に向けて訓練を開始した。

集められた人員は五十人、すべて兎人である。

この人選に特別な理由はない。初期の鯱級飛空挺のコクピットのサイズではゴブリンと兎人以外は長く乗っていられなかったというだけのことである。鉄の虎にゴブリンの知り合いはなく、山の外の世界に暮らすゴブリンの少なさを考えればこうなるのは当然であった。

鉄の虎は紛うことなき大貴族で、元は放牧場だった領内の草原を訓練のために確保すると、近くに飛空挺の格納庫を建て、練習生たちのための寮舎も建て、その隣に夫妻のための家まで建てた。

イリグダーはそこで熱心に兎人たちを指導した。

「訓練を始めた当初に、何人かの兎人たちにこっそり聞かれましたよ、『これは金持ちの悪い冗談なのか？』って。アレの乗り心地の悪さにすぐに訓練生の半数が脱落しました。でも、じきに指導するイリーの熱が伝わって、本気なんだってわかってもらえた。それに、実際に乗って操作する方が、ぼくなんかみたいに半端な関わり方の人より、モノの特別さがわかるんでしょうね。みんなあの発明にいつの間にか夢中になっていました。訓練後の食事の席で『まだ頭がガンガンする！』『地面が揺れて見える！』なんて文句を言いながら、精力的に食事をとる彼らを見て、ようやくぼくも彼女の発明がなにがしかのものなんだって初めて信じることが出来ました」

ある夜、鉄の虎の建ててくれた家で、二人で食事をとりながら、夫はイリグダーに率直に詫びた。

「謝るよ。君の発明はやっぱり大したものらしい。ぼくは信じていなかった」

イリグダーは笑って言った。

「あなたにそう言わせたくって頑張ったわ」

イリグダーの飛空挺団の初陣の記録は以下の通りである。

結局、初陣までに生産は注文の五十隻に届かず、飛空挺団は四十三隻で戦うことになった。

敵方の損害は竜騎兵十四騎が戦死、鯨級飛空挺三隻が轟沈。

対して、鯱級飛空挺団の損害はわずか三隻が大破、一隻が小破。

これは亜人軍にとっても聖鍵軍にとっても驚愕の結果であった。

この一戦を境に、これまで空にあっては並ぶもののない強者であった竜騎兵栄光の時代は終わった。

もちろん、この時の戦果は出来すぎである。空の移動中の強襲という事態を聖鍵軍がまったく想定していなかったために、完全な奇襲となったことが大きい。未知の兵器に竜騎兵たちが面食らった側面もある。

それでも、この一戦は世界の空の戦いに大きな転換をもたらした。

竜騎兵は絶対的な空の支配者ではなくなったのだ。

これまで竜騎兵一騎に対して、鯨級飛空挺に百の戦闘凧があっても勝利がおぼつかなかったのが、十隻の鯱級があればまず勝てると考えられるようになったのだ。これはあまりに違う。聖鍵軍は空における戦略戦術の大幅な見直しを迫られ、竜騎兵たちは空中における新たな戦闘に適応することを求められた。

空の戦いは「鈍重な鯨級飛空挺同士の場所取り合戦と、圧倒的例外の竜騎兵」というものから、「小型航空戦力同士による、目まぐるしくも華やかな空中戦」の時代へと変化した。

世に言う『空戦革命』である。

イリグダーと夫は飛空挺団の初陣を見届けると、鉄の虎からの報酬をたっぷり受け取って山脈に帰った。

イリグダーの飛空挺団はこの後も第二次聖戦終盤の空を文字通り飛び回り、制空権をほしいままにした。

ゴブリン王国には鯱級飛空挺の注文が殺到し、イリグダーの発明家としての評価はうなぎ上りとなって、それから上述の訴訟騒動などが起こり、イリグダーはすっかり人嫌いになって、ゴブリン王国最深部に居を構えると、そこに引きこもって夫以外とはあまり会わなくなった。エメラルド宮殿のルビーの玉座に何度も通い、この頃流行り出していたゴブリン王国独立論に夢中だったとも伝わる。

イリグダーは星に上げられ、占星術師に鯱座が観測された。

天上より人々の戦いを見ていた神々は目を瞠り、叫びました。

「いざ進め、人間よ！

いざ来たれ、亜人たち！

この壮麗なる戦いに、鮮烈な生と死でもって、名を深く刻むがいい！

恐るべき争いの只中にあって、不思議にお前たちの胸は高く波打つだろう！

ああ、土くれだったお前たちは水で捏ねられ風に晒されて、嵐に似た荒ぶる魂を持ったのに違いない！

ひときわ輝く嵐の御魂には、天空の一座を与えよう！」

ワウリとネクルの二神はこのように英雄を称賛し、この時より聖戦の英雄の魂は星として天空に上げられて輝くようになったのです。

（創世神話——第一次聖戦——星の座の約束）

STARS & WARRIORS
IN THE
HOLY WAR BIOGRAPHY

鉄の虎メリヴォラ

——虎を笑って三代を損なう

メリヴォラは第二次聖戦において人間に奪われた亜人の領土を奪回した猫人の猛将である。

メリヴォラは猫人の中にあって猪人にも負けない優れた体格と印象的な縞模様の毛皮を持つ虎人で、その豪壮かつ冷酷な振る舞いから『鉄の虎』とあだ名され恐れられた。

鉄の虎は地方の大貴族の息子として生まれた。

鉄の虎の家系は何度となく将軍を輩出してきた軍人の名家である。鉄の虎の祖父は現皇帝が即位するのを後押しした有力な将軍であった。その娘である鉄の虎の母も将軍になり、大功こそなかったが平時の将軍職を無難に勤め上げた。元老議員の家から婿に来た美しい三毛猫人の父も穏やかで控えめな性質で妻をよく支え、将軍職を勇退した母と学識に優れた父は協力し合いながら大きな領地を滞りなく差配した。二人は過度な放蕩もせず、かといって吝嗇家と陰口されるほどのしまり屋でもなく、実に真っ当に財を増し、領民に不満はなく、皇帝の信も厚かった。

このような平穏でなに不自由ない環境から何故に鉄の虎のような男が育ったのかはわからない。

物心ついた時には同年代の子どもたちよりも頭一つ大きくなっていたメリヴォラは、すでに並外れて乱暴でワガママな大名家の子として近隣で有名であった。

十歳になる頃には、メリヴォラはもう大人顔負けの体格を誇っていた。この年にメリヴォラは家の下男を二人まとめて半殺しにしている。態度が生意気だったからだという。下男の一人は片目を失明し、もう一人は生涯足を引きずるハメになった。

その翌年には召使の一人を孕ませて一族を挙げての大騒動になった。

さらにその翌年には領内の若者同士のいざこざに首を突っ込んで、ケンカの中で三人を殺している。あれは不可抗力で正当防衛だったとメリヴォラは主張し、周囲の取り巻きや敵対者だった不良たちまでそう証言したので、この事件は公には不問になったが、両親は頭を抱えた。

この頃にメリヴォラは領内の若者たちの間で鉄の虎とあだ名されるようになったようである。以降、メリヴォラは自分でもこれを気に入って自称するようになる。

メリヴォラの乱暴にほとほと手を焼いた両親は、彼を帝都の士官学校の寮に放り込むことに決めた。親の庇護から離れ、同じ貴族の同世代たちと過ごす厳しい訓練と固い規律に縛られた集団生活によって、彼が変わることを期待したわけだ。

結論からいえば、彼はその生活で変わったといえる。より特別で強烈な方向に。

学校生活の初日、校庭における新入生の自己紹介の場でメリヴォラは、居並ぶ同級生たちに向けて胸を張りこう言い放った。

「おれは虎人のメリヴォラだ！　地元じゃみんなおれのことを鉄の虎と呼ぶ！　その名の通り

の男だと自負してもいるぞ！」

田舎のはねっかえりらしい彼のあまりにわかりやすい示威を、都会出身の学生たちはニヤニヤと笑いあい、あからさまに噴き出す者まであった。鉄の虎は彼らの顔をよく覚えた。後に出世した鉄の虎は、彼らを決して派閥に加えず、そう出来る機会があれば出来る限り冷遇し、その類縁のものにも同じように接し、そのために家名を傾かせたものもある。この故事から、他人を侮ってとった些細な無礼で思いもせぬ損害をこうむることを『虎を笑って三代を損なう』と言い慣わすのである。

鉄の虎は豪放に振る舞い、他人からも器の大きな男として見られることを好んだが、その実、些細なことも聞き逃さず、それをいつまでも根に持つ性質だった。

当初、メリヴォラにとって士官学校の生活は厳しいものだった。

起床後のベッドのシーツの端がめくれているだけで指導教官に殴られ、新入生の分際で廊下の真ん中を歩いたと先輩に殴られ、殴られている時の目つきが生意気であると別の先輩に殴られ、お前は殴られ過ぎだと教官に殴られた。

しかし、彼はこの生活で自身の獣性を飼い馴らす方法を素早く学んでいった。彼は他人から振るわれる理不尽な暴力によって起こる、自分自身の変化を驚きと共に興味深く観察し、それが自分を含めた集団に起こす反応に夢中になった。そして、自分が目立つ場所で暴力を振るわれているのと別に、目立たない場所で行われるイジメという形の暴力にも深く関心を持つようになった。

この二つの暴力——公的な場で堂々と振るわれる暴力と、私的な関係の中でコソコソやり取りされる暴力の二つが、てんでバラバラだった生徒たちに素早く強烈に序列と秩序を作り出して集団にしていく様に、彼は心を奪われた。

一年を待たず、鉄の虎は同級生たちと快活にやり取りするようになり、先輩たちからもかわいがられ一目置かれる優秀な士官候補生になっていた。教官たちは命令に従順でありながらも陽気さと積極性を失わない彼を、学校の理想的な成功例の一つだと考えるようになっていた。

メリヴォラは学校で熱心に軍略を学び、体を鍛え、優秀な友人を増やし、落ちこぼれをいじめた。メリヴォラは時に意識的に深く付き合う友人を変え、尊敬を示す先輩を変え、かわいがる後輩を変え、媚びる教官を変えた。いじめの標的を操作しようとしてみたり、人前での態度と二人だけの時の態度を変えてみたりした。

集団のどこにどのように暴力と圧力を加えればどう動くのか、その際に集団はどういった形をしていたのか、その形は結果どう変わったか、彼は熱心に観察と実験を行った。

鉄の虎による狂戦士調練法はこの時期に発想されたもののようである。

士官学校を首席で卒業したメリヴォラは故郷には帰らず、そのまま帝都の近衛隊に職を得て軍務についた。仕事の合間には名家の人脈を大いに生かして、元老院に知り合いを増やし、素早く出世していった。

この頃に、北の蛮族たちの大規模蜂起があった。

ネクル界では亜人種でありながら皇帝に従わないものを総称して『蛮族』と呼ぶ。

普段の彼らは、北方の大森林の奥深くや北西のツンドラ雪原地帯で少数の部族に分かれて細々と暮らしているが、稀に現れるカリスマ的指導者の下、一団となって豊かな南東へと略奪へやってくることがある。

不意の攻勢に帝国の辺境守備隊は隙を突かれ、同時多発的に砦や町が次々に襲われ、血に飢えた蛮族たちはイナゴのごとくネクル界北方に広がった。

皇帝は素早く軍を召集し、何人かの将軍が軍を率いて蛮族討伐の任についたが、士気高い蛮族たちの前に思わぬ敗戦を重ね、更迭や解任の憂き目にあった。

蛮族が帝国の北方を荒らし回り中原にまで手を伸ばしてくるかという時期、元老院の後押しを受け、若きメリヴォラに追加召集の一軍が任されることになった。

鉄の虎は友人への手紙に自らの軍団の兵についてこう書いている。

「我が兵は腕や脚を失うことを恐れない。腕や脚を失うことを恐れない兵士は、勇敢なのではなく気が狂っている。もちろん、気の狂った兵士よりも勇敢な兵士の方が優れているし、細かな倫理の面からいって正しい存在でもあろうが、人を勇敢にするのは大変難しく狂わせるのは比較してたやすい。勇敢な兵士を一人育てる間に気の狂った兵士は十人用意できる。勇敢な兵士は狂った兵士の倍は強いが、三倍強いというわけにはいかない。初歩の算数だ、計算してみたまえ。我が狂った軍団は勇者に勝る」

メリヴォラは軍団に着任するとまず、自分の配下の兵たちに、自分がなにかを殺せと命じたら、なにをおいても真っ先にそれを実行するようにと厳命した。重要な軍務の途中であろうと、炊事洗濯等の雑事中であろうと、用を足していようと、自分が何かを殺せと命じた時にはそれらすべてを投げ出してとにかく殺しを実行するようにと。

殺しの命令はいつも不意に出された。

行軍の途中、街道に野良犬がいる。彼は指差して言う。

「殺せ」

部下たちはなにもかも放り出してその犬を追い回し捕まえて撲殺する。

そうしなければ自分だけでなく、同僚たちもキツい罰を受けるのだ。

昼飯時に、メリヴォラが空に飛ぶ小鳥を指差して言う。

「殺せ」

みな弓を射かけ、食器を投げつけ、鳥が飛び去る前になんとか殺す。逃せば罰が待っている。

しかし、しっかりと仕事をこなせば、鉄の虎は彼らをいつも大変大真面目に誉めた。

「よく果たした。とても良くなってきた」

決して大げさではないが重くはっきりとした口調でメリヴォラは言い、そして、かすかに笑う。よく注意していなければ見逃してしまうくらい、かすかに。その笑顔に初めて気づいた日、兵たちは自分たちでも驚くほどの喜びを感じたのだった。

そんなことを繰り返すうち、彼らは生き物を見かければまず殺すことを考えるようになった。草原に鹿が現れる。兵たちは鉄の虎が指示を出すかどうか、息を詰めて彼の指先を見つめる。彼が指差せばすぐにも行動しなければならない。アレを殺すために自分はどう動くべきか。最も近いあいつが剣で襲いかかるとすれば、自分は逃げ道を塞ぐように動こう、足を止めさせればあそこにいるあいつの弓が間に合う、アレを殺せる。

鉄の虎の指が動かずに、その生き物が去っていくと、彼らは安堵と不満がない交ぜになった吐息を漏らした。

その指示がいつから敵の捕虜に対して——つまりは人に対しても行われるようになったか思い出せる者はいない。

最初は簡単ながら殺す理由が説明されたような気もする。

蛮族から奪還した村の広場で、鉄の虎は引き据えられた敵の捕虜を不意に指差して言う。

「こいつは子どもを殺した、許せん、殺せ」

「反乱の扇動者だ、殺せ」

「盗人だ、殺せ」

次の戦場への行軍中、突然に、生かして連れて来た捕虜を指差して言う。

「皇帝陛下を侮辱した、殺せ」

「行軍を妨害した、殺せ」

「飯を食いすぎる、殺せ」

指示が出れば、近くにいた者が素早く実行に移さなければならない。躊躇えばまた厳罰が下された。数をこなすうちに、戦士たちは慣れていった。果たすたびに鉄の虎は彼らを誉めた。

「よく果たした」

そして、そっと小さな声で、執行者にだけ聞こえるように言い添える。

「お前は根性があるな」

そのうちに鉄の虎は捕虜を指差して短くこう言うだけになった。

「殺せ」

そして、ある日、不甲斐ない戦いで仲間を危険に晒した部下の一人を指差して、鉄の虎は言った。

「殺せ」

彼らは命令を実行した。

理由の説明はなくなった。みな知らなくても構わなくなっていた。自分の中の弱い心に打ち勝ったのだ。

「殺せ」

鉄の虎が指差したのならそれは死すべきものだ。

鉄の虎の軍団は、指揮官の命令に従順で、組織に献身的であり、仲間との結束は固く、裏切り者を許さず、敵に苛烈であり、恐れも疲れも知らぬように戦った。

鉄の虎の狂戦士軍団は蛮族たちを次々に打ち破り、勝利を重ねるたびに――命を奪って踏みにじるたびに強くなっていった。

鉄の虎に散々打ちのめされ、いくらかの略奪品と引き換えに多くの死体を残して、蛮族たちはまた辺境へと引っ込んでいった。

戦乱は終わったが、除隊して故郷に帰っても、鉄の虎の兵たちはもう元の生活には馴染めなくなっていた。

鉄の虎の軍に入る前と後では、彼らの中のなにかが変わってしまったのだ。

暮らしの中でなにをしても空しく、常に満たされていないと感じ、些細なことにイラだった。突発的に暴力沙汰を起こして、結局は軍団に舞い戻り、なんでもするから過酷な軍務にもう一度就かせてほしいと懇願した。どうか偉大な指揮官にまた奉仕させてほしいと。鉄の虎はそれを決して拒まなかった。

各所から鉄の虎の軍団とその調練法への非難が起こり、元老院でも議題に取り上げられ、皇帝は恐れを抱き始めていたメリヴォラの軍務を解くいい機会だと考え、鉄の虎へ十分な褒美と実家の領地の加増をもっての名誉ある帰郷を命じた。

鉄の虎は逆らわなかった。知り合いの議員たちの多くが帝都に残れるように協力しようと声をかけてきたが、メリヴォラは丁重な感謝の言葉と共にその申し出を断った。

皇帝はさらに狂気の兵士たちに転属や除隊を命じ、その軍団を解隊しようとしたが、これは兵たちの強硬な反対にあい叶わなかった。彼らは互いに引き離されるのを頑なに拒んだ。鉄の虎の軍団は司令官を失ったが、兵員たちはそのまま北方の辺境守備の任に就くことになった。

こうして鉄の虎の軍団は『将なき軍団』となって、解散させられる代わりに事実上の集団流刑となったのだった。

貧しく寒い北西辺境のツンドラ地帯で、白い息を吐きながら、飢えた目を光らせ、狂戦士の軍団は偏執的に訓練と蛮族掃討を続けた。地平線に蛮族たちの影も見えなくなると、訓練と称してまれに飛来する竜を嬲り殺し、針葉樹の森深くに潜む古の巨獣を探し出して殺し、海に潜む怪物を殺そうと軍船で追い回した。襲ってくるどころか訪ねてくる者すら稀な砦の防壁を日々強化し続け、見張り塔は日増しに高く堅固になり、城壁に並ぶ固定弓や投石器は増え続け、倉庫は予備の武器であふれた。

軍団は指揮官の帰還を待ち焦がれていた。

一方の鉄の虎は故郷で穏やかな日々を送った。

祖父の墓前に勲功を報告し、父母にかつての自分の所業を率直に詫びた。

両親は大きな戦功が息子の心を満たし、社会の中で役割を果たしたことが彼を成長させたのだと考え、安堵した。狂戦士たちの噂は噂に過ぎなかったか、軍務の中で起きた仕方のないなにごとかだったのだろう。戦の中では普段では考えられないことが必要になるものだ。軍務のことを全く知らない我々ではない。夫婦はそんなことを言い合って互いを安心させあった。

鉄の虎は領地経営には興味を示さず、両親にとってその点はやや不満ではあったが、自分たちはいまだに健康だし、焦ることはないと考え、そのことには口出ししなかった。

勲功偉大な元将軍の多くがそうしたように、鉄の虎は元老議員を目指すのではないかと多くの者は思ったが、メリヴォラはそうもしなかった。

鉄の虎はほどほどに贅沢をしながら気ままに暮らし、結婚もして、子どもも四人もうけた。

この時期の鉄の虎の心中はわからない。真にこの平穏を愛していたのか、それとも、その獣性を必死に抑えて暮らしていたのか。

どちらにせよ、運命はまた鉄の虎を戦乱へと呼び戻すことになる。

人間の竜騎兵バラドによる黒い塔の陥落の知らせを聞いた日、メリヴォラは妻にこう言ったという。

「国難が来る。お前も、色々覚悟するように。なんといっても、私の妻なのだからな」

それから鉄の虎は歯をむいて笑った。妻はそれを見て失禁した。

彼女はその時のことを実家の母親への手紙でこう書いている。

「殺されるかもしれないと思いました。夫は私に手を上げたことなどなかったけれど、本当にその時は殺されるかもしれないと。うまく説明は出来ません」

幸い、彼女も子どもたちも殺されることはなかった。

鉄の虎は聖戦の経過を注意深く観察した。各地に子飼いのスパイを放ち熱心に情報を集め、軍の友人たちとも熱心に連絡を取りながら、自らが舞台へ出て行くのに最高の場面がやってくるのを待っていた。

屋敷に元老議員や軍の友人たちを頻繁に招き、猫人ニャメの刑死に怒ってみせ、呼び声の丘の戦いにおける猪人ボルゴーの勝利を賞賛した。砂漠の蜃気楼の市へ自ら足を運んで観光し、冒険男爵アルゴのゴブリン王国についての著作を手に入れて熱心に読んだ。領内の劇場に高名な詩人の劇団を呼んで砂漠における犬人ニスリーンの娘たちの華々しい散り様を称える歌劇を楽しみ、その武の極みたる聖鍵の戦士ニモルドとの一騎打ちの場面を特別に愛して、内輪のパーティーでは自ら歌ってみせることすらもあった。

鉄の虎は舞台袖で聖戦を満喫していた。

そして、ゴブリンの発明家イリグダーの小型飛空挺の噂を聞きつけると、すぐにその実物を見てみることにしたのだった。

一目見て、鉄の虎はその発明の意味を悟った。

これはまさに、自分が舞台に出て行く際に相応しい衣装だ。新しく、奇抜で、他のものには扱い方がわかるまい。どう着こなせばこれが戦場という舞台で輝くか、他の者には見当もつかないだろう。

私にはわかる。

その衣装を調えている間に、聖戦は重大な局面を迎えていた。

皇女の『大号令』に応じて始まった砂漠遠征は失敗に終わり、続いて港町モガウルが聖戦士ニモルドによって陥落、その奪還のための大規模攻勢も失敗に終わり、帝国軍は連戦連敗、聖鍵軍は港町モガウルから帝都マゴニア目指して、ネクル界内海を南に回って進軍してきた。

大敗を喫し続けた皇軍に余力はなく、町は次々に落ち、人間の軍勢はとうとう帝都へと迫ろうとしていた。帝都は避難民で溢れ、連日開かれる元老議会は過去の失敗をあげつらいあう罵りあいに終始していた。

自分の出番が来た。

鉄の虎は家族にも知らせず、数人の腹心だけを供に従え密かにその領地を出、北方の辺境へと向かった。

自らの軍団を迎えに。

常冬の辺境にあっても特に冷え込んだある朝、晴れ渡った空は熱を逃がしながらも注ぐ光だけは刺すように強い。その強い日を率いてきたかのように、鉄の虎は白く輝く雪原を越えて東の道から太陽と共に現れた。

見張り塔からその影を見つけた兵が、全力で半鐘を打ち鳴らし、砦の狂戦士たちは寝床から跳ね起きる。

「将軍ご帰還！　将軍ご帰還！」

見張りが涙を堪えて絶叫するのを聞き、兵士たちはまず夢を疑い己が頬をつねり、これが現実だと確信すると狂喜乱舞し、着の身着のまま砦の外へ駆け出した。彼らは全身の血を凍らせる緊張と、脳を痺れさせる暴虐と、敵を踏みにじる勝利の快感に飢えきっていた。そして、それを与えてくれるのは鉄の虎だけだと知っていた。自分たちだけではどうしてもその飢餓を満たせない。彼らは鉄の虎の提供する暴力と勝利の中毒者だった。

「鉄の虎よ！　どこでだれに勝てばよいのですか！」

帰ってきた指揮官の変わらぬ偉丈夫ぶりに目を輝かせ、兵たちが叫ぶ。

鉄の虎はニッコリと笑い、馬上、大きく腕を上げ、ゆっくりと東を指差した。

「行こう！　帝都の東で、聖戦の巨大な勝利が我々を待っている！」

戦士たちは歓喜の叫びを上げ、待ち望んでいた指示に泣き喚き、獣のようにおうおうと吼えた。自分たちにもわけがわからなかった。抑えようがなかった。

ああ、なんと長い期間、この偉大な司令官と引き離されていたのだろう！

その様を見て鉄の虎は、うんうんとゆっくりと深く、鷹揚に肯いた。

雪原を越えて、彼らは北からやってきた。

鉄の虎に率いられて行軍する間に、軍団の闘争への欲求は日々高まっていった。

この雪を越えれば、この森を抜ければ、この道を進めば、敵がいるのだ。

敵だ。

敵がいる。

この狂戦士たちを率いて鉄の虎は帝都へ入城した。

これは帝国法の明確な違反である。

第一次聖戦期に定められた帝国法に、『元老院決議への軍隊による恫喝強要等の影響を避けるため、皇帝直属の近衛兵以外の軍隊の帝都近辺への進駐は一切禁止する』と定められている。

しかし、帝都防衛を理由にして、鉄の虎はこれを押し通した。

帝都進駐を大変な暴挙として非難する元老議員もあった。鉄の虎が率いてきた軍団は、そもそも皇帝の兵であって鉄の虎の私兵でもなんでもないわけで、それを当然のように任地から連れてきた点も法的に言えば大問題である。しかし、国家存亡の危機にあってやってきた援軍を救世主のごとく歓迎するものが議会でも世間でも多数派であった。

元老院は素早くメリヴォラを大将軍に復職させる案を議決し、皇帝も逆らいようもなく承認した。

しかし、皇帝はすでに嫌な予感に包まれていた。

この虎をもう一度玉座の遠くへ追い払うことなど出来るだろうか？

皇帝の不安をよそに、鉄の虎は歓待され、元老議員が列を成して激励に訪れ、商人がこぞって矢銭を献上し、民衆は神殿に群れを成して彼の勝利をネクル神に祈った。

聖鍵軍は広げた支配地域を治めて一息つくのではなく、すでに新たな拠点となっていた港町モガウルで亜人の首都へ攻め上る大軍の準備に入っていた。帝都マゴニアまでの地上侵攻ルートは開けた。前線へ飛空挺を出す時だ。この世紀の一戦を前に、ワウリ界各国が新たに戦力を供出し、鯨級飛空挺五隻がモガウルに集結した。護衛には竜騎兵が三十騎。かつてない規模の飛空挺団といえた。途中で襲われる心配のないはずの内海上空を通り、前線部隊一万と先に合流し、そこにモガウルからの大軍三万も加わって、魔都攻略へと向かう手はずである。

鉄の虎の軍団は帝都でそれを待ちはしなかった。

斥候から帝都を進発した軍団があるという報告を受けた聖鍵軍前線部隊は、これを事前に叩くため前進した。籠城の拠点となりうるほどの町はすでにかなりの後方であり、報告から敵方の軍団規模もさほどのものではないこともたしかである。単独で反攻に出てくるにしては寡兵に過ぎる。これはおそらく、どこかよその地域から来る援軍と合流するための行動だろう。合流前に各個撃破するべきだ。聖鍵軍はそう判断した。

狂った戦士たちからすれば笑止の判断といえた。

鉄の虎の狂戦士軍団のなにが聖鍵軍の想像を最も超えていたかといえば、それは行軍速度である。狂戦士たちは驚くほどに休みなく歩く。聖鍵軍の常識からすれば、兵が疲れきって少なくともその日の内は使い物にならない状態になるはずの速度で彼らは行軍する。

狂戦士たちとの初交戦は、聖鍵軍にとってまったく想定外のタイミングで勃発した。それは斥候の報告を受けて前進を始めた翌日の朝に起きたのである。

彼らは夜通し歩いてやってきた。

殺すべき敵を求めて。

敵はまだまだ遠くにあると思い込み、野営の眠りからのんびりと覚めきっていない聖鍵軍の陣屋を、夜の内に潜んだ近くの森よりうかがって、狂戦士たちの心臓は早鐘のように脈打ち、目は血走り、呼吸は浅く速くなる。

全身が震える。だれもが指揮官を注視する。喉が引きつって息が止まりそうだ。喉が渇く。血に飢えている。

鉄の虎が一度高く天を指差す。

そして、ゆっくりと腕を下ろし、真っ直ぐやつらに指を向けた。

「殺せ」

全軍は吼え、叫び、恐るべき速度で駆け出した。

陣容もなにもない。まずは騎兵が先頭に躍り出る。

思わぬ奇襲に驚きつつも、慌てて前に出てきた聖鍵軍の見張りたちの槍衾に、騎兵たちはなんの躊躇いもなくその全身を叩きつける。

槍に馬を串刺しにされ、場合によっては自らの手足も失いながらも、敵集団の中にその身体をねじ込んだ兵たちは、得物を振り回して狂ったように暴れる。彼らに気をとられ聖鍵軍の陣形が定まらないところに、後続の歩兵たちが襲いかかる。

乱戦で鉄の虎の狂戦士軍団に勝てるものはない。彼らは最強の軽歩兵であった。聖鍵軍の知っている戦争とは、基本的に組まれた陣形同士が衝突する会戦か、都市の包囲戦であった。それらの戦争は決して楽なものでも品のあるものでもなかったが、一定の秩序を持ってはいた。

しかし、鉄の虎の軍団が仕掛ける闘争は聖鍵軍からすれば滅茶苦茶である。あらゆる兵が状況により役割を目まぐるしく変え、さっき楯を構えてラインを作っていたものが、今は遊兵になり手斧を振り回して、次には弓を構えている。さっき弓を射ていた兵が、いつの間にか騎兵を迎え撃つ槍を構えていて、次見た時には馬上で角笛を吹き鳴らしている。

この敵は未知であり、身軽で、残酷で、おそらくは気が狂っている。

恐怖した仲間が怯えた目のまま死んでいく様は、残されたものの心に新たな恐怖の卵を産み付けて、新たに生まれた恐怖の震えに隣の兵が共振して卵は孵り、恐怖は聖鍵軍内へドミノ倒しに広がっていく。

「降る！　降るから……！」

そう乞うてくる腰の抜けた相手の脳天に斧を振り下ろし、返り血を浴びて、鉄の虎の兵は快感の咆哮を上げた。

戦場に恐怖が拡散した。


鉄の虎は聖鍵軍の前線へ強烈な一撃を加え怯ませ内海へのルートを確保すると、その浜辺へとイリグダーの飛空挺『鉄の蝶』四十三隻を、軍団の兵たちの手によって素早く運ばせた。

港町モガウルから前線へと出る空のルートに当たりをつけ、地上からの偵察を徹底し、細かく飛空挺団の地上における待機場所を動かし続け、まさに目視できるほどの距離に敵飛空挺団が迫るまで、『鉄の蝶』を一切飛ばさなかった。

鉄の虎と発明家イリグダーが確立した鯱級飛空挺の軍事運用法とは、要するに『いかに飛ばさずに済ますか』ということに尽きる。作戦における『鉄の蝶』の航続距離はとにかく短ければ短いほどよい。燃費によく、隠密によく、パイロット負担によく、故障による損耗率によい。

狂戦士たちは指揮官を疑うことはなかったが、戦闘当日まで、この奇怪な小型の飛空挺をあまり当てにはしていなかった。

初めてその魔術回路が始動して『鉄の蝶』が呆れた爆音を響かせるのを目にして開いた口の塞がらない狂戦士たちを浜辺に残し、兎人のパイロットたちは飛んだ。

拠点上でない空での突然の襲撃など考えてみたこともなかった人間たちにとって、この攻撃はまさに青天の霹靂であった。

兎人たちは訓練と打ち合わせ通りに行動した。

まず竜騎兵は基本的に相手にせず、狙いは鯨級飛空挺に絞る。相手が面食らっている間に、実のところ一度しか発射できない『ゴブリンの火』の火炎放射を鯨級に確実に浴びせかける。それに成功すれば長居は無用。素早く戦線を離脱する。追ってくる竜騎兵に対しては常に数的有利を確保すること。竜騎兵に追われている際は直線で逃げるのではなく、グルグルと旋回することを意識し、竜騎兵にも旋回させること。別の鯱を追って旋回している竜騎兵の背後を取るのは容易い。背後から弩を射る際にはケチらずにまとめて射ること。空中の弩の命中率は低い。ここぞという機会に賭けるべし。

史上初の鯱級飛空挺の戦闘は、大勝利に終わった。

聖鍵軍は三隻の鯨級飛空挺を失い、残る二隻は港町モガウルへ逃げ帰った。

聖鍵の魔都攻略軍は空からの支援を完全に失った。

この鮮烈な空の勝利はすぐに帝都へ知らされ、亜人の民衆たちは快哉を叫び、鉄の虎の名と共に発明家イリグダーの名声は一気に高まって、ゴブリン王国には鯱級飛空挺の注文が殺到した。

魔都攻略軍が鉄の虎から逃げてきた前線部隊と合流したところに、飛空挺部隊が大損害を受けて撤退した知らせが届く。

地上の攻略軍はすぐに撤退を決めた。

鯨級飛空挺の支援なく大きな拠点を攻めるのは大軍にしても無謀だという判断であった。

しかし、ただ引き返して帰るには、彼らはすでに深すぎるほど敵国に入り込んでしまっていた。

予想もしない速度で追いついてきた鉄の虎の軍団は、港町モガウルへと撤退しようとする魔都攻略軍を付け回して小規模な夜襲奇襲を繰り返し、肉を徐々に削ぐようにして大軍の戦力を削っていった。

業を煮やした攻略軍が腰をすえて会戦をしようとしても決してそれには応じず、行軍の隙を突いた一撃離脱戦法を繰り返した。常に行軍の先回りをしている狂戦士たちは田畑や町を焼き、攻略軍の補給を妨げた。帝都マゴニア周辺から港町モガウルに帰り着くまでに、攻略軍三万は半数までその数を減らし、士気は著しく下がっていた。

攻略軍撤退にハエのようにまとわり付いて港町モガウルまで進軍してきた鉄の虎の軍団はそのままモガウルを包囲した。

本来、籠城する相手に対し包囲の側は三倍の兵がいるとされる。鉄の虎の軍団の数はいかにも足りない。

しかし、亜人軍には『ゴブリンの火』による焼夷攻撃があった。さらにそこに新兵器『鉄の蝶』が合わさる。『鉄の蝶』の実態をいまだ摑めず対応を確立できていない聖鍵軍は従来の防衛戦と同じように鯨級飛空挺を上空に出すも、『鉄の蝶』に無残に襲われこれを早々に失い、制空権を包囲側が掌握した後に、帝都から亜人側の鯨級飛空挺が『ゴブリンの火』を満載して悠々とやってくる。

これまでにない一方的爆撃に、港町モガウルはあっという間に瀕死となった。

そして、捕らえた人間の逃亡兵から、港町モガウルに聖鍵が──始聖王が神より与えられたという真の聖鍵が、魔都攻略に先駆けて運び込まれていたという情報がもたらされると、軍議の席上、鉄の虎メリヴォラは雷に撃たれたかのように立ち上がり、全身をブルブルと震わせた。

鉄の虎は居並ぶ配下の顔をぐるり眺めて言った。

「諸君、もしも私が今日の朝死んでいたら、私の胸のうちには様々な未練、後悔、やり残した諸々がわだかまったことだろう！」

そして、声を一際大にしてこう続けた。

「しかし、今日の夕べに死ぬならば、私の胸にはなんの後悔もない！　なぜならば、すでに未来永劫語り継がれる戦場に立った後だからだ！　奮い立て！　敵の死をもって名を成すのだ！　自らの死後も千年残り、星と共に語られる勝利を生涯その胸に誇る機会ぞ！」

呆気にとられている部下たちの顔に叩きつけるようにして鉄の虎は吼えた。

「この手に聖鍵を奪うのだ！」

その日、鉄の虎は総攻撃を仕掛け、港町モガウルは半分瓦礫の山となりながら再び亜人の支配下へ戻り、鉄の虎は聖鍵を手に入れた。

占領したモガウルの城壁の中、崩れた瓦礫の山を、充実感とも虚無感ともつかないぼんやりとした視線で、狂戦士たちは眺める。戦闘に関わっていない時、彼らの多くはただぼんやりしている。それが一番楽に時間を過ごす方法だからだ。

その彼らの前に、偉大な指揮官は、小さな猫人の少年の死体を抱えて現れる。

「まだ温かいのだ…」

鉄の虎は涙を見せない。ただ嘆く。

「見よ！　ほんの一時間だ！」

鉄の虎はその小さな遺体を両手で高く掲げた。

「ほんの一時間！　私がこの町を攻め取るのが一時間早ければ、この少年は我々の勝利を称えに駆け寄ってくれたはずだろうに！　私はこれまでなにをしていたのか？　ほんの一時間だ！　昨日、おととい、一月前、一年前に、この一時間を縮めるなにかが出来たはずなのに！」

腕を下ろし、少年の身体をそっと地に下ろすと、鉄の虎は低く唸るように言った。

「私は今夜、次の戦場へ発つ。一人でも行く。この町では今夜、私は過ごせない。一時間前にこの町を出ていったやつらを一人でも多く八つ裂きにして、次の町を落としたときの後悔を軽くしたいのだ」

軍団は即座に激怒し奮い立った。

彼らは残酷で粗暴だが場当たり的な直情径行でもあり、鉄の虎の感情的扇動にぞっとするほど素直に乗ってしまう。

だれもが鉄の虎へ熱っぽく同行を願い出た。

狂戦士たちは食料をひっつかむと、歩きながら口に運び、怒りと共に嚙み下しながら行軍した。肉体の疲労も、神経のイラだちも、すべてが敵への憎しみへ変換されていく。どれもこれも『敵』が悪いのだ。ああ、早く腹に渦巻く憎しみを吐き出したい、怒りをブチまけたい、

『敵』を殺したい。

この日、鉄の虎の軍団は休むことなく撤退する聖鍵軍に三度追いつき、その度に死体を積み上げた。

「彼らはまるで疲れを感じないのでしょうか？　疲れもせず、恐れも知らない軍団を、どうすれば打ち倒せるでしょう？　我が軍の中にはネクル神の呪いを受けた鉄の虎の軍団は普通の武器では殺せない、ワウリ神の祝福を受けた銀の武器でなければ、などという迷信を吹いて回るものまでおります。しかし、千切れた脚を引きずりながら、なお剣を捨てずに我らに追いすがってくるやつらの姿を目の当たりにすれば、私自身もそんな話を信じそうになってしまいます」

この時期、聖鍵軍は徹底的に負け続けた。

鉄の虎は軍団の機動性を生かし、『鉄の蝶』を戦場まで飛ばさずに運搬する運用を徹底して弱点を悟らせず、制空権支配の重大な場面だけに使った。

その安全が確保された空を、鯨級飛空挺が悠々と飛行し、焼夷爆撃が行われる。農村にも農地にも区別なく火災が巻き起こり、人々が消火と避難でパニックになっているところへ、狂戦士たちが襲いかかる。ネクル界の人間が支配していた地域のあらゆるところでこの戦術が繰り広げられた。

これほど広範に、かつ効率的に、『ゴブリンの火』がばら撒かれたことはなかった。かつての故郷に戻った亜人の農民たちは焼畑などとは明らかに違う赤黒い焼け方をし、鼻を突く臭気を放っている土地を見て、この大地はまだ生命を養う力を残しているのだろうかと怖じけた。その予感の通り、じきに秋が来ても一向に芽吹こうとしない畑を見捨て、農民たちは労働の実りを手にしないまま一冬をなんとか誤魔化すためにすごすごと町に戻っていった。しかし、戦乱続きの上に鉄の虎の軍団へたっぷり兵糧と軍資金を差し出していた町にも大した蓄えはなく、イラだつ町民は農民を見下し、飢えた農民は町民を恨んで、国中が荒んだ。

鉄の虎が人間から奪取した土地で王のように振る舞いだしても、驚くものはいなかった。それはすでに予感されていたことだった。鉄の虎は人間から略奪した富を皇帝に引き渡さず独占し、中央から戦後処理に送られてくる行政官たちを適当に追い返して、あらゆる返答をのらりくらりと先延ばしした。

皇帝や王位継承者候補たちは鉄の虎に非難や抗議、法や権威に基づいた勧告の手紙を送りつけた。時には逆賊討つべしと檄文を各地に送りもした。どれにも応える者はなかった。

『ゴブリンの火』に焼かれた地は実りをもたらさず、砂漠の交易は滞り、町々には飢えた貧民があふれ、ネクル界に飢餓と疾病が蔓延した。あらゆるものが値上がりし、商人貴族の買い占めが横行して、民衆の打ち壊しが各地で起こり、終末的な予言に満ちた辻説法をがなりたてる誘惑者が昼日中もうろつき、役人は右往左往して、兵はみな乱暴になった。

鉄の虎だけが贅と暴虐の限りを尽くしていた。この頃になると、鉄の虎は自らが猟奇に魅せられていることを隠そうともしなかった。港町モガウルの市庁舎を占拠し、そこを己が居城と定め、庁舎前の広場で余興に捕虜を虐待し、意見するものを罪人に落として、戯れに腕や脚を切り、その肉を飢えた者に食わせた。容貌の美しい者の首をはね、その生首を魔女の秘術で処理させ居室に飾ることを好んだ。人の皮で絨毯を仕立て、それを踏むのを喜びとした。その胸元には常に聖鍵が飾られていた。鉄の虎はそれを自らに与えられた正統なる王の証だと信じていた。もう、自分は、欲望のまま、なにをしてもいいのだ。

この悲惨と荒廃に耐えながら、人々はじっと待っていた。民衆はこの『感じ』を知っていた。それは記憶や伝承よりは曖昧なものだが、噂や迷信よりはたしかなものだ。

王が代わるのだ。

じきに古い王が死に、新たな王が立つ。

それが賢君か暴君かはわからないが、それはやってくる。それを待つのだ。

それが来た時、自分たちは神話にある通りに叫ぶだろう。

「どうぞ、玉座に！　この席はあなたのものです！」

「この人こそ、宝冠を持つに相応しい！」

鉄の虎が『それ』だろうか？　鉄の虎は宝冠の対になる聖鍵を得ながらも、まだ自分たちにその確信を与えない。

人々は疲れ切りながら、怯えながら、飢えた腹をさすりながらもなお注意深く、虎を、皇帝を、皇子皇女たちを、その他の権力者たちを値踏みしていた。権力者たちはその視線にイラだち落ち着きを失った。治安は乱れ、暴動が各地に頻発し、住民はみな反抗的になり、為政者は取り乱し、力で押さえつけるだけの乱暴な鎮圧が場当たり的に繰り返された。

鉄の虎だけは上機嫌だ。彼は自分こそが『それ』だと信じていた。

彼は自らの死に臨む最後の時まで、そう信じていた。

鉄の虎は星に上げられ、虎座が観測された。

さて、我が子の亡骸を腕に抱き、その白くなった顔へ涙をこぼして、始聖王は嘆きました。

「なんという巡り合わせであろう！　私が鍵を与えられたためにこのような日が来たのだ。この上、ワウリ神は私にまだなにか「成せ」とおっしゃるのか？　ああ、私にはもうなにを成す心もない。私はもはや獣を追わず、種もまくまい。ただ枯れるように土へと帰ろう」

始聖王はその首より聖鍵を外し、その地へ打ち捨てると、そのまま供も連れず、一人山へと入って行きました。

そうして三日三晩休まずにさまよい続け、どこともしれぬ森を抜け、切り立った岩山の崖をよじ登ると、その中腹の岩場へ身を横たえたのです。

「もはや登る力も下りる力もない。私はここで朽ちていくのだ」

そう呟いて始聖王は目を閉じました。

どれほどの時が経ったのか、始聖王は小鳥のさえずりに目を覚まされました。

数羽のかわいらしい小鳥たちが、その小さな口ばしにつまんだ木の実を、そっと始聖王の元へと運んできたのです。

「ああ、優しい小鳥、いいのだ、私はもうなにも望んでいない」

そう呟いて始聖王は目を閉じました。

翌朝、始聖王は口が湿るのを感じて目を覚ましました。

小鳥たちが口ばしに水を含ませて、それを始聖王の口へと運んできたのです。

「ああ、かわいい小鳥、いいのだ、私はもうなにも望んでいない」

そう呟いて始聖王は目を閉じました。

翌朝、始聖王は胸に何かがのったのを感じて目を覚ましました。

首だけ起こして目を向けると、そこには聖鍵がありました。

小鳥たちが聖鍵を運んできたのです。

「ああ、私はもうなにも望んでいないのに、あの方は私にまだなにか「成す」ことを望んでおられる」

始聖王が呟くと、小鳥たちは悲しげにさえずりました。

始聖王は乾いた木の実を口へと運び、ゆっくりと噛みました。


(創世神話――第一次聖戦――岩山の嘆き)

――おや、舌を火にあぶられたかな？

大神官キシュ

教会の神官キシュはその巧みな弁舌で聖鍵軍をおこし、第二次聖戦を勃発させた。

キシュは生涯にわたって多くの言葉を発した。

その語る言葉によってキシュが世界を操ったと言えるかはわからないが、キシュの言葉で世界が踊ったことは確かだ。

キシュは貧しい家庭に育ったようだが正確なことはわからない。裁判においても彼が信仰の道へ入る以前のことは問題とされなかった。

聖都の神学生になる以前の彼については、ある逸話が残るのみだ。

夏祭りの時期に仮装した子どもたちが家々を回って教会への寄付を募るのはワウリ界のどの国でも見られる風習である。

ある年の晩夏、聖都で各地域から送られてきた夏祭りの寄付の金額を記録していた教会の会計係が、ふとその作業の手を止めた。ある村から送られてきた寄付の額が異様に多くなってしまったのである。

何度検算しても、記録に間違いはない。実際に送られてきた金額と記録の額にズレがあるわけでもない。寄付の額が多いに越したことはないのだから、いいと言えばいいのかもしれないが、それにしてもその金額はその村の去年の寄付額から数百倍に跳ね上がっているのである。

困惑した会計が上司にあたる司教に報告し、何かの手違いではないのか、人を遣わして急ぎその村の司祭へと問い合わせることとなった。

調査にやって来た神官を出迎えた村の司祭は腰の曲がったよぼよぼの老人で、聖都からの使者という事態に大慌てであった。彼がしどろもどろで弁明するには、自分はごらんの通りの高齢なので今年の寄付集めについては自分のところで勉強を見てやっている小僧に任せきりにしていた、なにか間違いがあるならその小僧に聞かねばわからない、とのことであった。

その小僧というのがキシュである。

この時、キシュが調査官にどういった説明を行ったかは定かではない。しかし、とにかく結果として調査官はこの莫大な寄付を全く問題のないものと報告し、それと共に素晴らしい才能の持ち主の少年を聖都の神学校へと推薦した。

キシュは聖都へ出ることになった。

神学校でのキシュは大変真面目な生徒で、同輩たちにはやや窮屈すぎる男と思われていたようだ。特に説法と議論において優れ、問答試験においては試験官すらやり込めてしまうほどであった。貪欲に神話や学術書を読み込み、神学において隙のない知識を溜め込んだ。

この頃の彼は、必ずしも周囲に好かれたりかわいがられるというタイプではなかったようである。

優秀な成績で学を修めたキシュは、そこからすぐに三年間にわたる山籠もりの修行に入った。これは始聖王がかつて息子を失った失意の中で山に一人で入り、ワウリ神の応答があった『岩山の嘆き』の故事に由来する修行である。

そこでキシュは「光景を得た」と語る。

この「光景を得る」という表現は、始聖王が聖鍵を与えられた際に強い光を見たことに由来する表現で、敬虔な神官が荒行の中で神秘体験をしたことを意味する。

人との交流を断ち、山で採れるわずかな木の実や山菜と獣の食べ残した死肉のみで飢えをしのぎ、祈りの言葉と聖歌以外は口から発さない暮らしを続けた二年目のある夏の日に、山中の小川に水を汲みに行った際、キシュはふと川の中の一つの小石が異常に気にかかった。

キシュはなんの変哲もない小石に目を奪われている自らを訝りながらも、その石を水中より摘み上げ、掌へのせた。

彼はその時のことを次のように裁判で語った。

「そして、石と正面から目を合わせた瞬間、目の焦点は確かに掌の上の石へ結ばれているのに、その背景である森の木々の一本一本がはっきりと見え、その木のひび割れた肌までもが手に触れるよりもはっきりとわかり、その上を這う虫たちの数を数えることも出来、それでいてその木が形作っているところの森の広さもまた正しく感じることも出来、その森があるところの山の大きさを感じることも出来たのです。私が今まで感じたことのない広大な認識に恐れおののき、身を震わしそうになると、はっきりと声がしました。『取り落とすな。これはあなたに与えられたものである』と。それは、たしかに、掌の石から発せられたものでした」

キシュはこれを神からの言葉であると信じた。

創世神話には神が始聖王に対し、光を通して言葉を発した描写がある。であれば、自然物である石を通して言葉を発することもできよう。キシュはそう考えた。

キシュは石を山小屋へと大切に持ち帰った。

普段、石は石らしくむっつりと黙っていたが、時に不意に『目が合い』、あの拡張感覚がやってきて言葉を聞いた、と彼は裁判において主張している。キシュはそれを「私の見える、聞こえる、わかる範囲を神が広げてくださって」と表現した。

キシュがこの山籠もりの間に書き上げた神学論文『教会による聖戦の指導』はこの石が感覚を広げてくれた際に自分が論文に書き綴ったものだと、彼は主張した。

山籠もりより聖都に帰った彼は、すぐにこの論文を教会へ提出した。

その中に書かれた不信心宣告の積極活用の発想こそが第二次聖戦の引き金となったのだった。

論文の一部を以下に抜粋する。

◆

創世神話において、激戦を前にした始聖王が息子に、万一の時、聖鍵を継ぐべき者はだれであるのか問われた際の答えは以下のようなものである。

「父よ、だれが鍵を継ぐべきなのかお答えください」

「私には答えられない。ある家の僕が主人に鍵を預けられたとして、その僕が託された鍵を独断でだれかに渡してよいものであろうか？　鍵をだれが継ぐべきかは改めて主がお決めになるだろう」

この返答に失望した息子が始聖王に対し反乱を起こし、それを討つことになった始聖王は『岩山の嘆き』の山籠もりを経て、聖鍵を託すための組織――教会を設置することになる。

教会の設立経緯がこのようなものであるため、教会の本質的役割の一つとして聖鍵の管理があることは明白である。……

…玉座に就いた際の「鍵を与えられた正しい王は私だけ」という表現からもわかるように、始聖王の王権の正統性は聖鍵に由来する。このことは後に玉座を去ろうと考えた山籠もりの前に、始聖王が聖鍵を首から外したことにもよく表れている。

現在のワウリ界各国王室はすべて始聖王の血筋に連なることによって正統性を持っている。

……

……ワウリ界における王権が始聖王に由来し、その始聖王の王権が聖鍵に由来するならば、聖鍵の管理を聖王より託された教会は本来王権も管理すべきはずであり、すなわちあらゆる王侯貴族は教会の承認をもって正統とされるべきであった。

すでに世間において慣習的に認められてきた各国の王室を改めて教会が許認可するような行為はいたずらに社会秩序を混乱させるもので推奨されないが、本来教会がその管理権限を有することに疑いはなく、また『聖王的な振る舞い』を各国王室に求めていくことは聖鍵管理者としての義務でもある。……

……その具体的指導行為として、不信心宣告は非常に有用でありうる。

聖鍵が王権の上位的権力である以上、聖鍵管理者である教会が行う不信心宣告を受けた宣告対象は王権や法律をもってしても保護されえず、あらゆる制裁罰則の対象にもなりうることは明白であり、また王権に由来するあらゆる権利も喪失することも疑いない。

すなわち、不信心宣告を受けた者に対する財産没収及び継承権剥奪は聖戦的観点から言って正当な行為どころか自然の結果であるとすら言える。

◆

この継承権の剝奪という点に、多くの貴族たちが興味を持つこととなった。

当時の貴族・王国間の争いとはつまり領地の継承権を巡るものが全てであったのだが、その継承の権利関係は長年にわたる姻戚や不倫不貞に捏造工作が合わさって複雑化の一途をたどっていた。どこかに継承権を掲げてねじ込もうとすれば、別のあちこちから声が上がって泥沼になりかねない。戦前の根回しと法的手続きは面倒を極めていた。

しかし、もしも教会の一声で、継承権が問答無用で剝奪・没収され、改めて紛争の勝者へ認可されるという形を取れるならば、事態はずっと簡潔になるわけだ。

多くの有力貴族のブレーンの神官たちがキシュの論文を好意的に取り上げ、キシュを邸宅のサロンでの講演や討議に招くようになったのはこのためだったのだが、しかし、彼らはこれに続く一文にはあまり注意を払わなかった。

キシュの論文はこう続いていた。

『この不信心宣告に正しい意味を持たせる上で、教会自身が具体的な武力を持つことも検討に値する。王のものでない、神に仕える、聖鍵の軍団。それは美しい。』

この妙に浮ついた文章のために、この『聖鍵の軍団』は現実的なものとしてではなく、若き学者神官の夢に似た理想程度のものとして多くの者に読み流されたのだった。

山で光景を得て以降のキシュは別人のような社交力を発揮した。
貴族のサロンにおけるキシュ人気はかなりのものだった。一種のブームと言っていい。貴族のサロンのゲストは『人気のある者に人気が出る』類のものではあったが、それにしてもキシュの評判はあまりに良かった。

まずルックスが良い。スラリと背の高い瘦身の背筋は真っ直ぐに伸び、整った顔に長髪とヒゲを伸ばしながら、それを丁寧に手入れすることは怠らない。瘦せた頰と涼やかで落ち着いた目元の厳しさは、しっかりと身体的修行も積んできた人間であることをうかがわせた。いつも着飾ることなく簡素な神官服であったが、身奇麗にすることを忘れず、清潔感を漂わせる。人々が神官に期待する様を絵に描いたような男だった。

そして弁説である。実のところ、大分で、理解に深い教養を要し、難解な箇所も多いキシュの著作を実際に通読している貴族は極少数だったといわれる。お抱えの学者神官に嚙み砕いた解説だけ聞いて済ます者がほとんどだったようだ。その点、キシュは実にうまく立ち回った。招かれるサロンの空気をすぐに把握し、参加者の求める雰囲気に合わせて、話すテーマや質問の回答を巧みに使い分けた。神学生の頃のように相手を言い負かすことに長けた尖った舌はすっかりなりを潜めた。

『なんとなくありがたいお話』が聞きたい人々が相手なら、修行の苦労や神秘体験を中心に。

酒こそ出ないがほぼおしゃべりが目的の集まりならば、頭の回転を見せるユーモアを重視して。

珍しく真剣な知識欲のある読書家たちのサロンなら、古典からの引用を多めに。

議論好きが相手なら、勘所をきっちりと言い負かしつつ、相手の指摘の鋭さを褒め称え、最後に勉強になったと礼まで述べる。

そして、人々を十分にひきつけた最後に、彼はいつも懐から出した小さな石を掌にのせて見せた。

「私はこの石から声を聞くのです。信じられませんか？　そう思うのが当然です。しかし、他の方には信じがたい出来事だからこそ、私は私一人でこれを神の成される業だと信じなければならないのです。だれにも支えられることなく、自分一人で」

そう言って、彼は涼やかに笑ってみせる。

キシュの講演の後には多額の寄付が積み上がり、教会に支払われるキシュの説法講演のギャラは跳ね上がっていった。

キシュの聖都における存在感は日毎に増していった。

当時、就任したばかりだった新教皇がキシュと一度話してみようと思ったのも、この貴族人気を受けてのものであった。

朝方、聖都の教皇庁の書室にキシュが入っていき、夕方に出てきたときには、すでに教皇はキシュを自らの近侍に加える人事書類を書き終えていた。

この時期に、教皇の大きな後ろ盾の一人だったワウリ界某国の大貴族が、自由都市エタラカについて継承権を主張し始めていた。

彼は、自由都市エタラカの持っている自治と免税についての許可はかつて自分の先祖が公布したものであり、自分はこれを無効にして徴税する権利を持っているはずだと主張し、エタラカの商人たちにその特権の更新料を払えと要求した。

エタラカはこの要求を突っぱねた。

「かつて自分の先祖が目先の金欲しさに徴税権を手放したばかりに、欲深い商人たちがエタラカで蓄財し、本来聖戦のために使われたはずの税金でもって贅沢している。まったく、自分は子孫として責任を感じているのです！」

こう相談を受けた教皇は、この大貴族をキシュへと紹介した。

話を聞いたキシュはしみじみと言った。

「あなた様の立派なお考えが、私欲のための発案ではないと、みんなによくわかる形でことを進めなければなりませんね」

　キシュが『ネクル界の魔王討伐遠征』を最終目標とした『聖鍵の軍隊』への具体的な出資勧誘を始めたのは、こういった経緯からであった。

『魔王征伐』のお題目を本気で信じていた出資者はほとんどいなかった。彼らは内心これを、本来無理筋のエタラカ攻めを成立させる新しいやり口の実験と見ていた。

　劣勢の続いていたエタラカの包囲戦が、竜騎兵バラドの伝説的攻撃によって突然の勝利となった知らせを聞いたキシュは胸に手を当て、感激に声を震わせ言ったという。

「ああ、このようにして、神は私に石の声を信じさせてくださる！　神を称えずにいられようか！　そこに必要な人を、きっとそこへ連れてきてくださるのだから！」

　不信心宣告が貴族にとっての死の宣告となって後、キシュはワウリ界の外交における最重要人物となったと言って過言ではない。

　キシュを通して教皇へと不信心宣告の働きかけをいかに行うかの駆け引きがあらゆる紛争で繰り広げられた。

　不信心宣告を受けた領地や都市は即座に袋叩きにされ、勝者はその富を山分けにした。

　その荒稼ぎがそろそろ限界というところに来ると、キシュは出資者たちに聖鍵軍の山脈越え遠征を提案した。

　これ以上に不信心宣告の攻防を続ければ、そろそろお互いに食い合うことになりそうだと感じ始めていた出資者たちは、その提案にみな同意した。

　流石はキシュだ。やはり気の回る賢いやつだ。

　だれも大っぴらに口にはしなかったが、これがつまり聖鍵軍という企画の始末となるのだろうと、貴族たちはみな――おそらくは教皇すらもそう考えていた。

　黒い塔陥落の知らせを聞いてだれもが驚愕する中、キシュだけはただ涼やかに笑っていたのだった。自分はなにもかもわかっていたという風に。

　キシュが亜人種奴隷売買に批判的であったことはよく知られている。

　黒い塔の砦の陥落以降、急激に亜人種奴隷貿易が活発化し始めた。

　キシュは以下のように主張した。

　人間も亜人も神の創造物であるという点で同じである。

　神は人間にも亜人にも全力の聖戦を期待している。

　故に聖戦の敵たる亜人種においても、持てる力を最大限に発揮して聖戦を戦うことを、神は期待しておられるはずで、その意味において彼らも聖戦を堂々戦う権利を持っている。それを奪う形になる奴隷化――特に子どもの奴隷化は、聖戦の精神に反する。不当な権利剝奪である。

　大人の捕虜はともかく、子どもの奴隷は無条件で亜人側へ帰すべきだ。

この点でキシュは教会内の奴隷容認派と対立していた。

容認派の理屈は、亜人種奴隷により人間の事業や生産能率が上がり聖戦への貢献が増すのなら、それはつまり奴隷を使う人間が自分の才覚でもって聖戦を有利にしているわけであるから、キシュの批判は当たらない、むしろ、奴隷を取らないことで事業を滞らせるならば、そちらの方が聖戦奉仕の精神に反する、というものである。

ただ、キシュはこの問題の優先度を決して高いものとして扱わなかった。奴隷についての意見を求められれば反対の立場で発言したが、特別に議題に上げることもしなかったし、奴隷解放のために具体的にロビー活動していたわけでもない。

これはむしろ、教会内部の権力闘争の中で、キシュへの対抗のための論点として使われだした側面がある。

この頃にはすでに、キシュは次期教皇候補の一人と目されるようになっていた。

それを面白く思わない他の神官たちは、貴族の覚えめでたいキシュの、危険で面倒な一面としてキシュの奴隷解放論を喧伝した。

その反キシュ派閥に砂漠の商人シーシヒが接近する。巨大なスポンサーを得た彼らは潤沢な資金を生かして教会内の勢力を拡大し、キシュと教皇にとって無視できない存在となっていった。教皇は蜃気楼の市への対応に極めて慎重になり、これがキシュと教皇に生まれた溝の始まりとなった。

この接点に注目し、猫人ニャメの山脈越えは教会内の反キシュ派によるものだとする陰謀論はワウリ界に根強いが、今のところ一般には奇想の類として扱われている。

世界的大迷惑皇女イリミアーシェが蜃気楼の市へ逃げ込んだことで、その対立は深まる。市への配慮など二の次で皇女をなんとしても討ち取るべきだと主張するキシュ一派と、蜃気楼の市の問題化を避けたいシーシヒの息がかかった反キシュ派とは強く対立し、その議論の中でキシュの亜人奴隷についての見解も再び俎上に上がり、キシュは奴隷貿易自体を潰そうとしていると喧伝されて、貴族商人たちから警戒感を買った。妥協案として計画されて配慮調整されるうちに複雑かつ拙遅となった皇女襲撃計画は『蜃気楼の暴動』を引き起こし、皇女イリミアーシェを取り逃し『大号令』を起こす結果となって、教皇がシーシヒの仲介で行っていた亜人皇帝との休戦交渉は完全に破綻、第二次聖戦は続くことになった。

教皇はこれをキシュの初めての失態だと考えたようである。

教皇が少しばかり距離を取り始めたとは言っても、聖鍵軍が勝っている間のキシュに、真っ向から意見できるものなど教会内には皆無だった。そこがまた教皇との溝を深めたとも言える。もはや、教皇である自分すらキシュに十分な影響力を発揮できないのではないか？　教皇の不安は的中した。

キシュは教会が長年聖都で管理してきた『始聖王の聖鍵』を前線の聖鍵軍へ持たせることを

強く主張した。

これは石からの指示だったと、キシュは裁判で証言している。

「ある朝です。窓からの朝日が強く目に差し込んで、細やかな光線の数がわかるほどにはっきりとなりまして、石から声がしました。いつになく強いお声のように思われました。『聞け。聞いて成せ。鍵を黒い塔へ運べ。鍵をネクルの地へ運べ。正しい者へ鍵を届けよ』。私はすぐに意味を理解しました。聖鍵を持つべきものへ、聖鍵軍へと届けよと仰せなのだと。それはまさに聖鍵管理者たる教会の仕事です。真の聖鍵を、戦士たちに預ける時が来たのだと知り、私は震え、その場に跪きました。まさに魔王を討つ決戦の日は間近に迫っているのだと考えたからです」

これに対して教皇は難色を示したが、結局はキシュの意向を止めることは出来なかった。

亜人側の『大号令』は人間側にも好戦的な雰囲気を引き起こし、教会内も例外ではなかった。若い神官を中心に過激な説法を行うものが増え、竜騎兵バラドと聖鍵軍筆頭戦士ニモルドを中心にした英雄や合戦の講談が盛んになった。

その年の夏祭りに若い神官たちが企画した、キシュが丸一日かけて第一次聖戦を通して語る大説法講談が行われたのも、『聖鍵』移送運動の一環であった。

聖都の教皇庁の広場に詰めかけた聴衆は百万を超えたとも伝わる。

ゲストには植民都市ダルフンカを危機から救った戦士ニモルドが招かれた。舞台上でキシュとニモルドが握手を交わすと、聴衆は伝説の目撃者になったと興奮し、熱狂の歓声を上げた。

ニモルドが舞台を降り、キシュは演台について小さく咳払いする。

キシュは落ち着いたよく通る声で、創世神話における、山脈の両軍対峙とゴブリン加入の裁定の段から、ゆっくりと語りを始めた。

キシュによって語られる聖戦のなんと壮麗だったことか。

人々は目の前に英雄の躍動を見、聖王の悲嘆を見、生と死の栄光の業を見た。

そして、その最後の決戦を前に、聖王が強く聖鍵を握り、こう祈るのを見た。

「『この鍵が戦士たちに力を与えてくださるように！』」

長い説法の間、用を足しに立つ者すらなく、寄付の投げ銭は次々に重なり山と積まれ、自らの遺産を寄付したいと言い出す貴族の老人まで現れた。その夜に星を見ればキシュの語り口が蘇り、興奮がぶり返して寝付ける者はおらず、その日の聖都は一晩灯が消えることはなく、どんな素人辻説法師も注文を取れて、どんな達人説法師も酷評されない者はなかったという。

一晩の内に、決戦の場には『聖鍵』があるべきだと、だれもが考えるようになっていた。

『聖鍵』はネクル界へと運ばれていった。

前線に送られた『聖鍵』が亜人の将軍『鉄の虎』の手に落ちると、反キシュ勢力はここぞとばかりにキシュを非難した。

聖鍵軍の手の付けられない連戦連敗に教会はどうしてよいかわからず、前線からもたらされる悲惨な情報にただ恐れおののいた。ニモルドに託した『聖鍵』奪還の決死隊も消息を絶ち、植民都市ダルフンカもいよいよ危ない。

教会はどうせ妙案などなにも思いつかない鉄の虎について考えることはやめて、キシュを責めることにした。

キシュの特に『聖鍵』移送の判断についての審問裁判が行われることが決まり、キシュは逃亡防止の名目で聖都の牢獄へと収監された。

ただ、牢獄には連日貴族の婦人方が慰問に訪れ、なにくれとなく差し入れが行われたので、キシュは牢内でひもじい思いはしなかったようである。

『聖鍵』をネクル界の決戦へ向け送り出す発想は石からの指示だったとキシュが主張したために、裁判の焦点はその『石の声』なるものが真実キシュに聞こえているのかという点を問うものになった。

キシュは落ち着いた態度で裁判に臨む。ヒゲと髪がやや無雑作に伸びて目の下にクマが出来ているのが受難者の印象を与え、聴衆は開廷前からキシュへ気持ちを動かす。

キシュは神官服の懐からそっと石を出すと、優しく被告席の演台へ置いた。

「これが石です。あなた方には他の、道端に転がる石と見分けもつかないでしょう。しかし、私には特別な石です。神が私に与えてくださった石です」

キシュは山中のきらめく川での石との出会いとその時訪れた感覚拡張の恍惚を語り、その迫真性に人々は真実味を感じて息を呑んだ。

審問側はキシュにしゃべる機会を与えたことを後悔し、実験による審問に戦法を切り替えた。いくつかのよく似た石とキシュの石を混ぜその中から正しく石を見つけ出せるかといった試験や、キシュが牢獄で寝ている間に石をすり替える試験、また別の高位の神官に石を見せて意見を求めるなどした。

誇張された意地悪な審問官とそれらの試験を鮮やかに突破するキシュを、講談師や辻説法が裁判翌日には語りにまとめ流布し、聖都はネクル界前線の悲惨も忘れてこの裁判に夢中になった。石はキシュにしか聞こえない声で自分の居場所を知らせ、夜にさらわれそうになれば大声でキシュを起こした。審問官が招いた高位の司祭が石を恐れて手も触れず帰った逸話や、牢の前で「聖鍵を持った始聖王のごとく戸を開けてみせろ」とキシュをなじった審問官に激怒した牢番の僧兵が牢の鍵を目の前で開けた逸話は、この頃の講談のヒット作として伝わる。

そうしてある日、久々に公開での審問裁判開廷が告知された。

裁判が展開するのだ。

これまでの経緯を考えれば、どうなるかは明白だ。

人々はキシュの勝利と解放を見届けようと、教皇庁の裁判所へ押しかけた。

主席審問官は、まずキシュに対して行われ試問と試験の結果に触れ、それをすべてキシュが突破したことを確認し、十分な時間と手間をかけてキシュが試されたことを認め、これ以上の実験は必要ないだろうことを述べた。

そして、続けた。

「そもそも、正しく行を修めた神官が確信を持って得たと感じている奇跡の光景を、他人は否定し得ないし否定するべきでもないことは、長年の議論の中で教会が採用した公式の見解であります。キシュ神官の学業に落ち度はなく、修行法に誤りも見つかりません。また、彼が内心で石の声を神の声ではないと思っているとも考えられません。彼の過去の行状言動は一貫してあれが『光景』であったと信じているものに思われますし、投獄され裁判が始まってもそれは変わりませんでした。正しく神学を修めた神官であるキシュは、心から自分が聞く石の声を神の声だと信じていると、我々審問官一同は認定します。よって、彼が得たと確信している『光景』を我々は否定出来ない。つまり、彼が聞いていると主張する石からの声を神の声であると、我々審問官一同は認めます」

それは審問官の敗北宣言に思われた。

キシュは涼やかに笑い、会衆からは拍手が起こりかけた。

それを手ぶりで静め、審問官は続けた。

「しかし、それがどの神の声であるのかは、定かでないと申し上げたい。そこでキシュ神官にお聞きします。あなたはその石の声が、亜人の神ネクルのものでなく、人間の神ワウリのものであると断言できますか？　こんなことはキシュ神官どのは百も承知でしょうが、ワウリとネクルの二柱の神は全くの同格であり、どちらかの出来ることはもう片方も基本的に出来ると我々の神学では結論しております。その声の指示によって人間が聖鍵を失った今、あなたに石を通して声をかけておられるのは、ネクル神でなくワウリ神であると断言できますか？　断言できるとすれば、なにによってでしょうか？」

「それは…ええ…」

キシュは生涯で初めて言葉が出てこなかった。

手元の石もむっつり押し黙っていた。

言いよどむキシュを見て、会衆はこれが決着なのだと悟った。

キシュは牢獄に戻された。

有罪が確定した後、食事の時以外キシュは猿轡を嚙まされることに決まった。

もしも、再び石から神の声がした場合には紙に書くように言われていたキシュは、ある日『鍵は相応しい者の手に渡る』と書き留めた。

教会関係者はこれを見、キシュが聞いていた声がネクル神のものである確証を得たと判断した。ネクル神の狙いは『聖鍵』だったのだ。あの聖なる鍵をネクル界に誘い出し、亜人の手に奪うために、キシュを操って聖鍵軍などというものを作らせたわけだ。

この頃には聖鍵軍自体が罠だったと見られるようになっていたのである。

キシュは聖鍵喪失の責を問われ、火あぶりの刑に処されることになった。磔にされ、足元に火をつけられてなお、その猿轡は解かれることはなかった。その火がキシュの痩せた身体を焼きながら這い上り、口元まで上ってきてその口の縛めを焼き落とした時、居合わせた見物の群衆も教会の人々も処刑人もだれもが一瞬、息を呑んだ。

しかし、その静寂の中、キシュの口をついて出たのは、

「あっ、熱いっ！」

というものだった。

人々はきょとんとした後、顔を見合わせてホッと息を吐き、ニヤニヤと笑いあった。

ワウリ界において、普段口が達者なものが気の利いたことを言おうとして失敗したり、歌の上手いものが珍しく音程を外した際、『おや、舌を火にあぶられたかな？』とからかわれるのはこの故事に由来する。

その弁舌で多くのものの富を増やし奪い、戦乱を起こし町すら興したキシュだったが、聖職者の個人遺産を記録した教会目録のキシュの項はたったの二行で終わっている。

『イス　木製　一脚

創世神話伝　革装丁　一冊』

書類の余白には、目録の定型から外れても書かずにはおられなかったのだろう、事務官の走り書きが添えられている。

『これですべて！』

この財産の少なさを誠実と見るか狂気と見るかは人により見解がわかれる。牢獄に残されたはずの石はいつの間にか行方知れずになっていた。キシュが隙を見て捨てたとも、煙のように忽然と消えたともいわれる。

キシュは星に上げられ、舌座が観測された。

　さて、一人の人間の戦士が乱戦を抜け出しました。振り上げた斧が皇帝の脳天目がけ、今まさに振り下ろされんとしたその瞬間、皇帝の近衛兵であった兎人の放った弓矢が戦士の胸を貫いて、斧を振り上げていた腕は力を失い、斧は手より落ちて地に着きました。

　戦士は胸を押さえ、嘆きました。

「ああ、おれがこの一撃を打ち下ろせなかったばかりに、この後、何人の戦士がおれ以上の名を成すのか！　何人の戦士がおれ以上だと称えられるのか！　あまりに口惜しい！　自分以上の名が並ぶ星の座へなど、おれは上りたくはない。ワウリよ、どうかおれをこの地に残して打ち捨てたまえ！」

　その願いは聞き入れられず、彼は星に上げられました。

　しかし、彼の屈辱を慮った始聖王は、彼の名を記録に残すことを禁じ、今日この優れた戦士の名を知るものはありません。

　ただ夜空に名無しの星座が輝くばかりです。

（創世神話——第一次聖戦——名無しの星）

STARS & WARRIORS
IN THE
HOLY WAR BIOGRAPHY

聖鍵軍筆頭戦士ニモルド

——ニモルドの取り分

ワウリ界において並び立つ両雄を喩えて『天のバラドに、地のニモルド』と言い慣わすのは、聖鍵軍の初期から参加し戦った二人の英雄に由来する。

竜騎兵バラドは第二次聖戦の幕開けを告げて華々しく散り、筆頭戦士ニモルドはその死でもって第二次聖戦の最終幕の始まりを告げる。

鎧の上から剣を叩きつけて相手の手足をへし折る怪力、逃げる騎兵に走って追いついたという俊足、戦場の機を見るに敏の優れた将でもあり、ニモルドは聖鍵軍内にとどまらず、古今人中に並ぶもののない戦士であった。

ワウリ界の東の端、ドウア国の山中、ちょうど長い冬が始まろうとしていた季節の出来事である。牛追いたちが渓谷に差し掛かった際に、よく肥えた牛が一頭、足を滑らせ崖に落ちた。谷は深く、頭を打って動かなくなった牛の死体が谷底に小さな豆粒ほどに見える。牛追いたちにはどうするすべもない。諦めて去ろうとするところに、山のどこから現れたか、みすぼらしいなりをした少年が声をかけてきた。

「牛を拾わないのか？」

「こう谷が深くちゃあ、しょうがないさ。もったいないがね」

「そんなら捨てたのと同じだな？」

そう確認すると、少年は崖を滑るように降りていった。

その身のこなしの軽快さに引き込まれ、どうする気かと牛追いたちが眺めていると、少年は牛の死体の下に潜り込む。そして、グッと大地を踏みしめた。

その身体の優に十倍の重さはあろう牛を両肩に担ぎ上げ、少年はゆっくりと歩を進め、崖に取り付く。

牛追いたちが驚愕に目を瞠る中、少年は崖を這い上がり、そのまま牛を下ろすことなく山中へ歩き去ったという。

これがニモルドの知られた最も古い伝説である。ワウリ界において、事故や災害などで出た家畜の損失を『ニモルドの取り分』と呼び、「なーに、ニモルドが食うさ」と言って諦めるのはこの故事に由来する。

ニモルドは牛の死体を死にかけの母の待つ貧しい山小屋に持ち帰った。

少年ニモルドは狭い山小屋で、病でやせ細った寝たきりの母と二人で暮らした。父の顔はニモルドの記憶にない。母が言うには、ニモルドがまだ赤子の頃に傭兵に出て戻らなかったそうだ。死んだのか、二人を捨てて他国に暮らしているのか、それはわからない。ただ傭兵に出るときの金は残してくれたので、少なくともその分だけは最悪よりマシな方の父親ではある。

ニモルドは毎朝暖炉に火をくべ、鍋に雪を取ってきて沸かし、牛の肉と骨に、家の小さな畑でとれたわずかな野菜を加えてスープを作った。

痩せて乾いて枯れ木のような母は肉を飲み下す力がなく、ニモルドは自分がよく噛んだ後の肉を母に与えた。

冬の間、他にやることはなかった。ドウアの国では冬に備えてすべきことはあまりに多いが、冬の内に出来ることはあまりに少ない。

雪が降ると、山はとても静かになる。音を殺す雪に狭い山小屋へ降り込められ、細い息を喉でヒューヒュー鳴らしている母親と二人っきりでいると、ニモルドには世界がとてつもなく狭く感じられた。

ニモルドは遠くを見ようと窓から目を凝らす。世界が本当は広いのだと感じたかった。外には雪しか見えなかった。

ひょっとして、自分の知らないところで世界の運命を決する戦いは行われてしまって、とっくにこの世の物語は終わってしまったのではなかろうか。少年ニモルドはそんな風に考えていてもたってもいられなくなり、一晩中小屋の中を歩き回る夜もあった。

母はそれから何度目かの冬を越えられずに死んだ。

十代の半ばを迎えていたニモルドは山小屋の裏に母を埋葬し、ドウア国の若者のお定まり、傭兵団に加わることにした。

山小屋と雪にはうんざりだ。

戦場におけるニモルドはまさに水を得た魚であった。

両目に渡る線を引く戦化粧を施した若きニモルドは、恐れも情けも知らず、友軍のだれよりも真っ先に敵に襲い掛かり、手斧を兜に叩きつけては敵の頭を割り、剣を振るっては相手の腕を楯の上からへし折り、騎兵の突撃を真正面に受け止めて馬ごと引き倒し、地に倒れた重装備の騎士を担ぎ上げて敵の城壁に投げつけて殺した。

「牛より大分軽いな！」

そう吼えて笑うニモルドに、敵はおののき、味方は沸いた。

戦場は忙しくて騒がしく、ニモルドの一挙手一投足に敏感に応じ、周りの戦士たちの運命は振るう剣がチラチラと光る間に死と生の間を二転三転して、世界は手応えに満ちていた。金属と筋肉の美、痛みと鮮血、悲惨な死と死と死、その死へ向かう運命を乗せた一振りを紙一重で避ける間に背骨を駆け上がる痺れ、戦いを終えた時にあふれる歓喜と安堵は脳の失禁。ニモルドはその刺激に夢中で過ごした。

ある町の酒場で、一年間戦場を巡った報酬が団員たちに支払われた。いつでも功績一番であったはずの自分の報酬が他の戦士たちより明らかに少ないことにニモルドが抗議すると、団長はしれっと言った。

「新入りの貰いは決まってんだ。だれでもその額」

ニモルドは世界がギュッと縮まってくるのを感じた。

ニモルドはまずは目の前の団長を殴り倒し、慌てて背後から羽交い締めにしようとしてきた団員を後頭部の頭突きで迎え撃ち、手近のイスをひっつかんで酒場のテーブルに飛び上がると、色めき立つ周囲を見下して、高らかに宣言した。

「死にたくないやつは今すぐ外に出ろ！　残るものは皆殺す！」

酒場ごとひっくり返す大喧嘩になった。騒ぎを聞きつけてやってきた町の夜警にも手が負えず、兵舎から完全武装の衛兵たちが五十名も駆けつけてようやく事態は収まり、傭兵団員はみな牢屋に放り込まれた。

残された調書によると、ニモルドは屈強なベテランの傭兵たちを相手にして十六名に怪我を負わせ、そのうち四名が重傷、本人は多少のすり傷などはあってもまったくピンピンしていたというのだから凄まじい。衛兵が止めに入らなければ、皆殺し宣言は実行されていたかもしれない。

結局、よそ者の傭兵団の内輪の騒ぎということで、最初に殴り倒されて失神していた団長が管理責任を問われる形で荒らした酒場への弁償代と、衛兵たちへの迷惑料という名の賄賂をいくらか払うことになり、ニモルドは牢屋から放免となり傭兵団からも追放となった。

ようやくおれの人生も面白くなってきたところだったが、どうしたもんか。山に帰るしかないのだろうか？

そんなことを思いながら牢屋を出たニモルドを、傭兵団の見習いや下っ端の若者たちが出迎えた。すわ、お礼参りかと身構えたニモルドだったが、彼らの考えは違った。

「あんたについて行きたいんだ」

若者らの代表が言うのに、ニモルドは答える。

「おれにこの先の当てなんかねぇぞ」

「構わねぇよ」

「構わねぇってか……」

彼らはニモルドの見せるべらぼうな強さに魅せられていた。

ニモルドは頭をかいて手短に告げた。

「勝手にしな」

それから数年の間、ニモルドは同世代の若者たちを率いて小さな傭兵団の長として過ごした。

主に領地の継承権を巡る貴族の戦争に傭兵が参加するには、面識ある貴族に直接雇用されるか、貴族の発注を受けて人員を集める傭兵ギルドの手配師に仕事を振ってもらう必要がある。

旗揚げの事情からギルドに相手にされず、貴族の伝手も当てもない彼らはワウリ界を放浪し、貴族や町や村同士の小競り合いの噂を聞きつけてはそこにほとんど押しかけ助っ人として参戦し糊口をしのいだ。彼らは若く勇猛でよく働き、中でもニモルドは並外れた活躍で、立った戦場では常に功績第一と言って間違いなかったが、しかし、報酬は多くなかった。コネもない氏素性もない傭兵団なんぞはゴロツキと同じ、戦列に加えてもらうだけでも一苦労だった。

戦争というイベントで儲けるのは戦士より兵を集める手配師で、その手配師よりも儲けるのは戦争をすると決めるだけで戦場に影も見せない貴族や商人たち興行主である。そういうことをこの時期にたっぷりとニモルドは学んだ。

ニモルドは思う。クソったれ、また世界が狭くなってきやがる。

苛烈な働きの中で手下たちは若いまま死んでいった。しかし、団員の数は減らなかった。ニモルドの強さに魅せられる若者は後を絶たなかった。彼らは報酬が少ないことを承知で、元いた傭兵団を抜けてニモルドの後について来た。彼らは戦場でのニモルドを見ることに夢中だった。戦場のニモルドは、間違いなく真の驚異であった。伝説を目撃する興奮と喜び、それに並んで戦う栄誉、共に味わう勝利の味はなににも替えがたい。若い戦士たちはそう信じていた。

ニモルドはそういう手下たちを誇りに思う日もあったし、重荷に思う日もあった。どちらにせよ、ニモルドは彼らを放り出すことはしなかった。いっそ金にならない傭兵稼業など辞めにして、みんなで山賊にでもなったらどうか。いや、山で暮らすのはゴメンだな…

手下たちをなんとか食わせるカツカツの日々の中、フラリ立ち寄った酒場で、ニモルドは一人の騎士らしき男に声をかけられた。相手が言うには、どこかの町の包囲戦でニモルドと一緒に戦ったそうだ。その時のニモルドの超人的な戦いぶりは鮮烈に覚えているという。

「あの時、おれたちが勝てたのはアンタのおかげさ。英雄に一杯奢らせてくれよ」

そう言われて断る理由もない。

ニモルドが奢りの一杯をちびちび飲む横で、男は自分はこれから聖戦に向かうのだと興奮気味にしゃべりだした。どうやら、この話をだれかにしたくて仕方なかったらしい。ニモルドはタダ酒を舐めながら、奢ってもらった分くらいは話を聞いてやろうと、男の話に耳を傾けた。

教会がとうとう本気で魔王討伐に乗り出すのだ、ワウリ界に属するすべての国や都市が出資して、ネクル界へ向けて侵攻する軍隊を組織することが決まった、そのために教会が直接に雇う兵士を募集している、その軍団は聖戦を戦う意志のある人間ならばだれでも受け入れるのだ、自分はその軍団に参加するため国を出てきた、自分はそこで存分に働くつもりだ。男はそんな話をした。

相手が一息つき、代わりにニモルドが口を開く。

「今度はこっちに一杯奢らせてくれ」

「やあ勇者からの返杯とは光栄だ」

「それで、その教会の軍団ってのはなんて名前になるんだい？」

「なんでも、聖鍵軍という名前になるそうだよ」

ニモルドたちの参加した初期聖鍵軍は最低の軍団だった。

なにしろ主体的に戦争に参加しているものがまるでいないのだ。

結成当初にはそれなりの数いた魔王討伐という大正義に賛同して参加した情熱ある騎士や僧兵たちは、その最初の戦の相手が人間で、しかも王国ですらない商人たちの都市エタラカで、その開戦の理由がつまりは金を出さないということに尽きるのに失望し、早々に去っていった。

結果、ただの複数の傭兵団の寄せ集めとなった聖鍵軍はまるで統率がとれておらず、一応の総指揮官である僧兵上がりの神官は軍議でもオロオロするばかり、戦場では傭兵団それぞれが場当たり的に戦うだけだった。

対する商業都市エタラカの防壁は強固で、聖鍵軍の傭兵崩れたちはみなさっさと手打ちになればいいと内心で考えていた。参加報酬はすでに受け取った。戦勝報酬まで考えるにはちょっと敵が強すぎるらしい。傭兵たちはそう判断すればもう真面目に働かない。夜影に紛れて去っていく離脱者も続出した。

こりゃあ、この一戦で聖鍵軍はご破算だな、それに合わせて自分たちも解散ってのもアリかもしれん、今ならいくらか手下たちにも金を持たせてやれる。おれはどうするかな、山に帰るか……

ニモルドがそんな風に団の終わり方を算段しながら城門周りの攻防の賑やかしをしていたある重たい雲の雨の日の空に、竜騎兵バラドは現れた。

エタラカはその日、一日で落ちた。

聖鍵軍の栄光の始まりである。

聖鍵軍が不信心戦争の連戦連勝を終え、いよいよ黒い塔攻略に旅立つことを祝った宴の夜、ニモルドはこっそりと自分の配下たちだけを集め、この遠征がとても厳しいものになるだろうことを告げた。

「抜けたいものがいれば止めない。金もいくらか持たせてやるぞ」

そう言ったニモルドに、若い兵の一人が熱っぽく応じた。

「でも、隊長は行かれるんでしょう？」

おれ？　おれが抜けてどうする？　山に帰るのか？

ニモルドはその質問を一笑に付した。

兵たちはそれを勇者の態度と見た。

軍を抜けたものは一人もいなかった。

どいつも勝手にすればいい。

決戦の日、黒い塔を背後に従え山の隘路を塞ぐようにそびえる砦城門に、ニモルドたちは雄たけびを上げて真っ先に襲いかかった。城壁の上から降りかかる投石や弓矢をものともせず、門を破るための破城槌の進路確保に奮戦した。

聖鍵の戦士たちと亜人軍がぐしゃぐしゃにぶつかり合う砦城門の最前線でニモルドは戦い続けた。

黒い塔の影響で半病人の戦士たちは猪人の槍や犬人の剣の前に次々と倒れ、破城槌も次々に焼かれ壊され、城壁にはしごをかけての侵入部隊も無残に散っていく。上空では竜騎兵と飛空挺の戦闘凧がごちゃごちゃに飛び交ってこう着状態だ。

その混沌の中でニモルドは荒れ狂う。

次々に挑んでくる犬人の手練れを斬り殺し、短剣を手に飛びついてくる猫人の頭を剣の柄で叩き潰し、猪人が振るってくるハンマーの一撃を紙一重でかわして、その身体に組み付き持ち上げて城門に叩きつける。

門はびくともしない。

ニモルドが怒りと絶望のうめきを上げたその瞬間、だれかが叫んだ。

「バラドが！」

人々の指差す先の空を見上げる。瞬間、竜らしき小さな影が太陽の光の中に消えた。

黒い塔に稲妻が突き刺さった。

「見ろ！　黒い塔が落ちる！」

閃光、轟音、炎の尾、内から破裂するように崩れていく塔、ニモルドもまた、バラドの壮挙に見惚れ、その場に瞬間立ち尽くした。

それを目の前にして、ニモルドは負ける気をなくした。

あれほどのことが起きたこの戦は、なんとしても勝ち戦として歴史に残らねばならない。自分たちは絶対に勝つ。聖鍵軍の腹は決まった。

塔の呪いから解放され、聖鍵の戦士たちは息を吹き返し、乱戦は深夜まで休むことなく続き、ニモルドは一瞬たりとも気を抜かずに奮戦を続け、最後には戦士たちの体当たりが城門を打ち破って、黒い塔の砦は陥落した。

ニモルドたちは聖鍵軍のまさに最初期からのメンバーといえる。

聖鍵軍最初の戦にあたるエタラカ包囲戦に初めから参加しているのはもちろん、それに続く不信心戦争も、黒い塔の砦攻略戦も戦い抜いた。ニモルドの率いる精鋭たちは聖鍵軍の切り込み隊として常に最前線で戦い続け、ニモルドの名声も高まり続けた。黒い塔の砦攻略後の聖鍵軍の戦士の中で、竜騎兵バラドがすでに完成した伝説ならば、戦士ニモルドは現在進行形の生ける伝説となっていた。

黒い塔の砦が聖鍵軍の拠点になると、聖鍵軍の雰囲気は大きく変わる。

軍議にはどこからかねじ込んできた貴族出身者が増え、パレード向けの身なりばかり立派な騎士隊が華麗な武具に金を使い込んだ。彼らは『政治』と称して、ニモルドからすれば気取ったおままごとに見える会話を交わして、なにかを成したかのようなしたり顔をしている。

しかし、そういう遊びに参加する気になれないニモルドはいつの間にか聖鍵軍の中枢から外されていくから、ニモルドからすれば不思議だ。案外、ああいうおままごとも世の中では大事なものらしい。ニモルドたち古参の兵は黒い塔の砦に駐屯することになり、手柄を立てたり金儲けの機会のありそうな広々とした新世界の前線からは外されていった。

ニモルドは思う。また世界が狭くなってきやがるな。

どうだろう、いくらか金もたまった。今、故郷に帰れば、蓄えだけでもそれなりに暮らせるかもしれぬ。しかし、山の暮らしはキツいからな…

そんな風に思っていた頃、亜人義勇軍との呼び声の丘の戦いが起こった。

聖鍵軍初めての敗戦は呆れるほどの大惨敗であった。

黒い塔の砦は天地をひっくり返した大騒ぎになった。

ニモルドは動揺する砦の駐屯兵たちを引き締め、信頼できる斥候を放ち、植民都市ダルフンカから押し寄せる避難民を保護し、逃げ込んでくる打ちひしがれた敗残兵を組織し直した。仕事に忙殺され、帰郷の考えはすっ飛んだ。

軍議の間で、すっかり怖気づいた他の将校がダルフンカ周辺の農村などは実質見捨ててしまって砦に引っ込んでいようと主張するのに反対し、ニモルドは言った。

「敵方は少数な上に飛空挺がない。今の内にこちらの飛空挺を前線に出して、ダルフンカを包囲し返し、敵軍を封殺すべきだ」

　他の出席者たちがモゴモゴと言う。

「しかし、拠点防衛の要である飛空挺を動かすのはあまりに……」

「伏兵の可能性がゼロとは……」

「それに敵方が少数であるなら、あちらもしばらくは慎重になるはずで……」

　ごちゃごちゃごちゃごちゃ……言葉の上っ面だけを変えて彼らはよくしゃべる。

　ニモルドは面倒になって席を立った。

　そのまま軍議を抜け出して、その足で兵舎に赴き、戦士たちにダルフンカを奪還に向かうことを告げ、飛空挺を準備するように命じた。

　兵たちはなんの疑問もなくニモルドに従った。

　ニモルドが決めてしまえば聖鍵軍の兵は従うのだ。

　軍を率いて砦を進発するニモルドを、他の将校たちはただ呆然と見送った。

　ニモルドは一月かけずにダルフンカを奪還して帰った。


　この頃にニモルドは『聖鍵軍筆頭戦士』の称号を教会から授けられている。

　これは聖鍵軍において最強の戦士であることを示す称号であり、名誉あるものらしかったが、具体的な権限などは特に付与されていなかった。

　これはダルフンカ陥落時のニモルドの振る舞いと兵たちの反応を受けてとられた措置で、普段はニモルドを敬いつつも蚊帳の外に置き、必要となればその称号をもってすぐさま責任ある地位に復帰させようという教会の意図であった。

ニモルドとしては特に構わなかったが、ぼんやりと思う。

これでしばらく山に帰るわけにはいかないな。

魔王の娘を討つ計画のために、砂漠の蜃気楼の市への潜入と現場の指揮を任されたニモルドは、そこで長々と待たされた。

上がどういう交渉をしているのかにニモルドは相変わらずまるで興味を持てなかったが、襲撃作戦の詳細を詰められないままに、いたずらに砂漠に兵だけは送ってくるのにはイライラした。もはや市に聖鍵軍が増えていることは隠しようがなく、秘匿と速攻が重要な強襲作戦の成功はどんどん難しくなっていく。

部下たちは弛緩して蜃気楼の悪徳の遊びにふけり、ニモルドも酒量が増え、時には賭場で熱くなった。

この時期に、ニモルドは黒い塔の砦以降に聖鍵軍に参加してきた若い実働組の兵たちと親交を深めた。

大いに酒を奢り、さらに河岸を変えようとする若い連中に金だけ渡してやった。

「ニモルド殿は来ないのですか？」

「ああ、おっさんに十分付き合ってくれた礼だ。上司なしで楽しんで来いよ」

「そんなお年でもないでしょう？」

「いやあダメだ、酒が入るともう…」

ニモルドが股間に立てた指をシナシナと曲げてみせると、若者たちは心底から笑った。

若者たちは陽気に礼を述べて、いそいそと去っていった。

しかし、一人の若者だけが酒場に残った。

「行かないのか？」

「出来れば、ニモルド殿にお付き合いしたいんですが…」

ニモルドは笑って言う。

「おれには媚びるだけ無駄だぞ」

「いえ…そういうわけではなくて…」

ニモルドが黙って腕を組み説明を待つと、彼は言った。

「みんなはこれから売春宿でしょう？…自分は行きたくないのです」

「何故だ？」

彼は頭を掻いた。

「故郷に恋人がおります」

「お前、名前は？」

「イデルです」

ニモルドは次から若者たちに酒を奢る時には、こう言うようになった。

「一人おれと残れ。おれが潰れたら面倒を見ろ」

若者たちはイデルに詫びながら次の店へと移り、イデルとニモルドは差し向かいで飲んで、ニモルドはしたたか酔ったフリをする。

それを支える帰り道に、イデルは言った。

「ありがとうございます」

武士の情けを知らんやつだ。

ニモルドは酔ったフリをやめた。

皇女襲撃計画が決行される前に『蜃気楼の暴動』が起こると、ニモルドは悪態を吐きながらも素早く混乱する兵たちをまとめ直し、少し離れた砂漠に待機している竜騎兵へ使いを走らせ、ギャンブル場の倉庫に隠してあった武具で装備を整えると、シーシヒの邸宅へ攻め上った。

そこにいた犬人どものなんと手強かったことか。

貴重な竜騎兵二騎を失い、目標の皇女を取り逃がし、さらに若い兵を死なすことを惜しんで、ニモルドは一騎打ちを申し込んだ。

「聖鍵軍筆頭戦士、ニモルド」

「ニスリーン、名に足すものはない」

ニモルドは息を呑んだ。

「見事だ、犬の戦士」

犬人の武士ニスリーンとの一戦は、ニモルド生涯の一戦となった。

襲い来る剣先の正確さに相手の研鑽がにじみ、踏み込みの鋭さに越えてきた修羅場の数がわかる。それに負けじとニモルドは振るう剣に己の技量と怪力を込め、互いに己の積んできた闘争の生涯を剣でもって語りつくした。

ニモルドは顔の表面を真っ二つに斬られながら、ニスリーンの振りぬいた直後の腕を切り落とす。その落ちた腕の刀に素早く飛びつき残った腕に構え直したニスリーンと、荒い息を吐きながら見詰め合った。

おお、今の、おれとお前の視線の間、この互いの剣の間合いほど、広く開けた世界はない。

ニモルドの目に、顔の傷から溢れて血が垂れた瞬間、ニスリーンは片腕で放てる最速の突きを繰り出す。赤いカーテン越しのような視界の中、その突きを大剣で受けると、ニモルドは相手の伸びた刀に沿って大剣を滑らすようにして身体をニスリーンに寄せ、そのまま剣を相手の首へと振るった。

ニスリーンは咄嗟にそれを大口開けて迎え撃つ。ニモルドの刃が口に食い込む寸前にニスリーンは口を噛み締めて、大剣の刃を噛み止めた。

見守る双方の陣営から感嘆の声が起こる。ニモルドの腕の筋肉が軋みを上げ、踏ん張るニスリーンの震える脚が砂に沈む。

ニモルドは力任せに剣を振り抜いた。

頭半分を失ったニスリーンの身体がどうと倒れた。

それを見届けた後、血を失いすぎていたニモルドも膝を突き倒れた。周囲の兵が沸き立ち、邸宅の兵たちが激しく壁を打って、この一戦を称えた。

聖鍵軍は兵を引き、暴動は終わった。

ニモルドは生涯消えない面傷を好敵手の思い出と共に得た。

石の聖者キシュの大説法に招かれたニモルドは、その見事な語り口にうっとりとなりながら、いつか自らと英雄たちとを重ねて空想していた。

古の英雄が、直接に亜人の魔王と切り結び、あと一撃を振り下ろすだけという一瞬に、魔王の護衛兵の弓を受け倒れる段では大きく息を吐いた。

そして、キシュがまさに今、聖鍵軍はかつてないほどに敵の本拠地へと近づいていることにさり気なく触れると、ニモルドは思った。

そうか、おれはネクル界に分け入って帝都にまで攻め入り、魔王を殺せるかもしれないのか。

ニモルドは、様々な亜人種の戦士たちがひしめく禍々しい宮殿の玉座の間で、堂々たる体躯に真紅のマントを纏った魔王に剣を振り上げ戦いを挑む自分を思い浮かべた。

その空想の子どもっぽさを自嘲しながらも、ニモルドは思う。亜人の皇帝の玉座の間ならば、あの山小屋から世界で一番遠い場所といえるだろうな。


砂漠で取り逃した魔王の娘は港町モガウルで『大号令』と呼ばれる大演説を行って、亜人の魔王は正式な皇軍の召集を決定し、モガウルには亜人の大軍が集結した。

聖鍵軍は植民都市ダルフンカの防備を固め、敵軍の動向を注意深く観察していたが、亜人軍は意外にもダルフンカではなく砂漠の蜃気楼の市へと兵を進めた。

これがどういった意図のものか測りかねた聖鍵軍は、ただこの大軍を見送ることにした。蜃気楼の市は相変わらず大っぴらに守るわけにもいかない存在だった事情もある。

砂漠のサルーキ族は少数ながらこれを巧みに迎え撃ち、砂漠に向かった亜人軍はしばらく市場を包囲して商売を滞らせたものの、どうも補給がうまくいかなかったらしく、なんの成果もなく港町モガウルへと帰っていった。

そして、聖鍵軍にはさらにも事情はわからなかったが、砂漠から戻った亜人の大軍団はモガウルに入城せずただダルフンカとモガウルの間の草原をうろうろし始める。

斥候の報告から、この一隊が兵糧にも困っている有様だと知った聖鍵軍は、まずこれを叩くことにした。

草原に一応の陣を張っていた敵軍の士気は低く、どの兵も疲れきっており、聖鍵軍はこれをあっさりと打ち破り敗走させた。

思わぬ形で敵の戦力を大きくそぐことに成功した聖鍵軍は、その勢いに乗ってモガウルへと攻めかかることを決定する。

その一軍がニモルドに託された。

港町モガウルの防備は堅かったが、ニモルドは包囲するうちにその防衛の兵は決して十分でないことを察知する。ニモルドは自ら選んだ精鋭二百人を率い、波の静かな夜を選んで小船に分乗しネクル界内海へ出ると、前面の城門に比べずっと防備が薄くなっていたモガウルの海に面した港へ船団で乗り付けてこれを占拠した。この港を侵入路にして聖鍵軍は城壁内へと攻め寄せ、モガウルは聖鍵軍の手に落ちた。

聖鍵軍は内海への足がかりを手にし、とうとう帝都マゴニアを飛空挺の航続距離内へ捉えたのである。

これを大変な危機と見た亜人皇帝はさらに追加の軍を召集し、大軍でもって即座にモガウルを包囲し返した。

聖鍵軍も黒い塔の砦に駐留していた軍団を投入することを決定して、援軍としてモガウルへと送り出す。

聖鍵の援軍が早いか、モガウル陥落が早いか。

亜人軍必死の攻勢に、戦士ニモルドが大きく立ちはだかった。

この包囲戦のニモルドの恐怖を、亜人は千年語り継ぐ。

城門前に単身現れて、押し寄せる敵兵を大剣で切り伏せ叩き殺し、摑み投げくびり殺し、まるで草刈りのごとし。

遠巻きになってしまった敵兵へと、囲まれたニモルドの方が「逃げるな！　臆したか！」と嘲笑う。

「雑兵倒して粋がるなっ！」

吼えて飛び出た猪人の猛者と一騎打ち、たったの数合打ち合ってあっさりと斬り殺す。

「弓で狙え、弓で！」

将の声に応じた弓隊が放った矢の群れを剣の一薙ぎで落とすと、矢のために開けた敵軍の隙間へ雄たけびを上げて突進し、指示を飛ばした将を突き殺して、ついでとばかりに弓隊も散々に斬り殺した。

「ニモルド！　我が母の仇、取らせてもらうぞ！」

叫んで襲い掛かってきた犬人の剣士二人と打ち合い、決着のつかぬまま敵方に引き上げの笛が鳴って、二人組は歯嚙みしながら退いて行った。ニモルドはそれを深追いしなかった。

ニモルドの守る門を破れぬ間に、聖鍵軍の援軍が到着して包囲軍を襲って、そこに城門から打って出てきたニモルドの隊が挟撃をしかけた。

亜人軍のモガウル奪還攻勢は大敗に終わった。

ネクル界で泣く子を黙らすのに「ニモルドが来る！」とピシャリと怒鳴るのは、特にこの時の戦いの後に定着したとされる。

敗走する軍も容赦なく追撃し、港町モガウルから帝都マゴニアまでの道に障害となるような兵力はなくなって、進軍ルートは大きく開けた。

聖鍵軍は小さな町や村を次々に落とし、ネクル界内海の南のほぼ全域を支配下に治め、帝都へ迫った。

聖鍵軍はとうとう魔王討伐遠征を現実のものとしようとしていた。

帝都の直前まで迫った攻略軍はイリグダーの『鉄の蝶』による攻撃で飛空挺団が壊滅した知らせを受け即座に後退を決めたが、将校たちの中で唯一ニモルドだけが攻撃継続に未練を見せたと伝わる。

軍議でなにか考えがあるのか問われたニモルドは苦しそうに言ったという。

「ただ…ここまで来て…あまりに惜しい」

ニモルドらしからぬ言葉と態度に、将校たちは驚いたが、ニモルドの心情は単純なものだった。

あの山小屋から世界で最も遠い場所に、あとほんの少しで行けたのに！

敵方の将軍、鉄の虎は恐るべき名将で、その狂戦士軍団はあまりに手強かった。

驚異の行軍速度を誇る狂戦士軍団は港町モガウルへ後退する聖鍵軍へ徹底して一撃離脱に終始し、ニモルドとの真正面の対決など避け、帝都攻略軍を疲弊させきった。

再度のモガウル包囲戦においてもニモルドは獅子奮迅の働きを見せたが、新兵器『鉄の蝶』と『ゴブリンの火』による爆撃になすすべなく城門は落ち、敵の狂戦士たちが城内へなだれ込む。

数を減らしながらも共に戦ってきた若き精鋭たちと協力し、ニモルドは包囲から活路を切り開いていくらかの味方を脱出させ、植民都市ダルフンカへと落ち延びるまでの殿も受け持った。

しかし、生還したニモルドを、聖鍵軍の名誉部隊の将校たちはヒステリックに責めたてた。

『始聖王の聖鍵』をなんとしても運び出すべきだったと言われて、ニモルドはそういえばそんなものがあったことをようやく思い出した。

本当に忘れていたらしいニモルドの顔を見て、将校の一人が思わず言い捨てた。

「山育ちの熊め！」

ニモルドはそう言った相手を殴り倒し腹を踏みつけて嘔吐させた。

他の将校が凍りつくのを無視して捨て置き、ニモルドは敗残兵の数の確認に戻った。

鉄の虎がついに兵を率いてダルフンカ攻略に出てくるとなって、ニモルドは『聖鍵』奪還の決死隊を率いることを命ぜられた。

鉄の虎はあの『聖鍵』を常に首に下げているという。取り返すのならば会戦において彼を討ち取るしかない。ダルフンカが包囲される前に、行軍中の鉄の虎を狙うのだ。

たとえ他の全員を犠牲にするとしても、最後の一兵があの鍵を取り戻して帰ることを目的とした決死隊は、ニモルド以外あくまでも志願兵で組織された。が、ニモルドが率いるということが決まっていれば、若き兵たちは志願してしまうことも決まっているのだ。

実働組の兵たちのほとんどが決死隊に志願する中、ただイデルだけが断りの挨拶に来た。

「申し訳ありません」

そう言って彼は泣いたが、ニモルドは短く笑って返した。

「もし来ると言ったら殴ろうと思っていた。よかったよ」

口にしてしまってから、自分が『イデルは来ると言うかもしれない』と思っていたことが露呈してしまったことに思い当たり、ニモルドは自嘲の苦笑いを浮かべ、頭を掻いた。

下を向き号泣していたイデルはそれを見なかった。

他はみなニモルドに従った。

そして死んだ。

どいつも勝手にすればいい。

ダルフンカを進発した決死隊は早々に狂戦士の斥候部隊から襲撃を受けるも、これをなんとか退け、絶え間ない奇襲夜襲に数を減らしながら、鉄の虎の率いる敵本隊へ歩を進めた。

そこに待っていた景色のなんと絶望的だったことか。

ばら撒かれた『ゴブリンの火』によって見渡す限り黒く爛れた荒野に、友軍の姿は影すら見えず、泥と油と血にまみれもはやただの獣と見分けのつかぬ亜人どもは地に満ちて蠢き、ただその眼だけが憎悪と害意にギラギラと光っている。見上げる赤い夕焼けの空にはゴブリンどもの醜悪な発明がハエに似た羽音を響かせる。地から引き上げるニモルドの脚は重く、靴裏にはドス黒い『ゴブリンの火』の残りカスと血の混合物が粘つく。脳は危険信号を送るのにも疲れたか、ただ疲労の残像らしき不快な熱がぼうっと頭の中に漂っている。

足元の黒い泥濘をニモルドは今一度踏みしめる。息を細く長く吐き出して、それから深く吸い込んで、全身の筋肉を引き締め直す。この地獄のような光景を前に、身体は疲労の極地、しかし、ニモルドの心は晴れやかであった。

これがおれの最後の戦いか！

顔の傷がヒリヒリと熱い。

この日、この時に、思い出すことはみな戦いだ。牛を担いで踏み出した、あの重たい一歩。戦うごとに、おれは地を固く踏みしめ、あの山小屋から遠くへ遠くへと進んで来た。そして今、人間未踏のネクル界深くに分け入り、伝説の聖鍵をまさにその首にかけた虎を相手にとって、悪夢のように無残な地平を埋め尽くす人でなしの大軍勢のすべて一兵卒に至るまでが、このおれ一人の命目がけて突き進んでくる。

あの山小屋で夢にも見なかった死に所、まったく絵にも描けぬ絶景ではないか！

ああ、おれは遠くまで来れたのだな！

この絶景、これはだれのものでもない、このおれの取り分だ！

ニモルドは声高に笑い、敵の群れに向けて吼えた。

「恐れず来い、鉄の虎の狂戦士ども！　戦士ニモルドの道連れなれば、だれに恥じる死に様でもあるまい！　貴様らの死体を積んで星まで上がる我が道の礎にしてくれようぞ！」

決死隊は沸き立ち、その胸になんの後悔もなかった。

ああ、今、自分たちは間違いなく伝説の一部だ！

ニモルドはとうとう山には帰らなかった。

ニモルドは星に上げられ、大剣座が観測された。

星の座はニモルドの故郷ドウア国の山からはずいぶんと遠いと言えるだろう。季節のめぐりでニモルドの星がドウアの山にかかる頃には天候がよく荒れる。農民はみな「ニモルドめ、お山が恋しくて泣きやがる」と口にする。ニモルドが山に帰りたかったのか帰りたくなかったのかはだれにも——おそらく本人にもわかるまいが、常に山を思っていたことは間違いないというのが一般的見解である。

さて、神別れの山脈に、神の捏ねたという魔力あふれる土と岩でもって、黒い塔を作り終えた角人の偉大な魔術師は、その見張り台から人間たちの国を見下ろして叫びました。

「聞け！　これぞ我が生涯最後にして最高の魔術だ！　聞け！　聞いて呪われろ、ワウリの民！　呪われろ、神の模造品！　聞け！　この黒い塔から、私は山を越えようとする貴様らを一人も見逃さない！　聞け！　我が呪いの目を逃れられるものはない！　聞け！　この後は、我が目は眠らず、瞬きすらしない！　我が子を守れなかった無力な我が身の呪いが、とこしえに他の亜人の子らを守るように！」

魔術師は自らの両の目玉をくり貫くと、その身を塔から投げ出しました。

その身は地に落ちて砕け、血と肉は黒い塔と一つになり、残された目は常に黒い塔から周囲を見張り続け、塔を見る人間を必ず見返して呪うようになったのです。

塔を目にした人間は呪いにかけられて力を失い、なよなよとへたり込んでしまいます。

この塔が出来てから、人間はネクル界に攻め込むことが出来なくなってしまいました。


（創世神話――第一次聖戦――黒い塔）

STARS & WARRIORS
IN THE
HOLY WAR BIOGRAPHY

皇女イリミアーシェ

——天の光はすべて星

皇女イリミアーシェがまだごく幼かった頃、帝都マゴニアの宮廷に、ゴブリンの国からちょっとした贈り物が届けられた。

それはかわいらしいおもちゃのカラクリ木馬だった。白く塗られた身体に花模様が描かれ、目には美しく輝く小さなオニキス石がはめられている。膝には球体関節が付けられていて、内部の簡単な魔術回路がその脚を動かし、名前を呼ばれた相手に歩いてついていくように仕組まれている、ゴブリンの職人一流の見事な小品だった。

城の柱廊をイリミアーシェが歩けば、小さなカラクリ馬は廊下にコツコツと愛らしい軽い音を立ててついてきた。自分が太い柱の列をジグザグ縫うように歩くのに、馬が忠実に後をついてくるのがうれしくて、イリミアーシェは城の中庭に面した長い柱廊を、何度も何度も往復した。

気づけば日暮れが近づいている。イリミアーシェはふと足を止め、夕日を眺めた。それから自分の後ろで同じように足を止めたカラクリ馬を振り向くと、傾いた日差しがカラクリ馬の顔に深い影を作っていた。

その顔が心細そうに見えて、イリミアーシェは言った。

「怖い？」

イリミアーシェはひざまずいて首を抱き、馬の耳元にそっとささやいた。

「あたしが守ってあげる」

イリミアーシェは守るという言葉を初めて使った。

その言葉は心地よく自らの耳に響いた。

公務の合間に中庭を通りがかった皇帝は、自らの末の娘がおもちゃを相手に熱心に話しかけ、世話を焼くフリをしているのをしばらく眺め、それからポツリと呟いた。

「ああいう子供だましはいかんな」

側近たちはただ頭を下げた。

翌朝、皇女の寝室にカラクリ馬の姿はなかった。

顔を真っ赤にして激昂し、ただオロオロしている召使たちに説明を求めて怒鳴り散らす皇女の元へ、母親がやってくる。

母はとくに説明もせず、イリミアーシェに黙ってついて来るように厳しく言いつけた。

連れて行かれた城の厩舎には父である皇帝が、小さな子馬を用意して待っていた。

馬を見つめたまま戸惑い押し黙っているイリミアーシェの肩にそっと手を置き、顔を耳元に近づけて、母は優しくささやいた。

「喜びなさい。この馬も殺されてしまうわよ」

この言葉を聞くまで、イリミアーシェは母が父を支配しているのだと思っていた。老いた父はいつも若くて美しい母の顔色をうかがって機嫌を取っているように見えたから。

しかし、違った。

母はうまく父を転がしてはいるが、王ではないのだ。王冠は父の頭の上にあるのだ。

そして、はっきりと理解した。この皇帝である父が自分を殺すと決めたら、自分は殺されてしまうのだと。あの愛らしいカラクリ馬が失われてしまったように。これが王だ、この宮殿でだれかが王で自分は王ではないということは、そういうことだ、イリミアーシェは理解した。

「この子、照れていたようですわ」

母がそう言ったのに合わせて、イリミアーシェはぎこちなくも笑顔を作り、皇帝に礼を言った。父はただ「うむ」と肯いただけだった。

この頃から、イリミアーシェは母親が秘密の恋人を持っていると想像して遊ぶようになる。かつては森の魔女であったいまだ若く美しい母が、残酷で嫉妬深く老いた父をまんまと出し抜いて、優しく美しい若者とこっそり逢瀬を重ねる姿を頭の中に思い描いた。秘密の恋人は時に、城に忍び込む泥棒で、毛皮を献上する狩人で、誓いを立てた放浪の騎士で、機転の利く出入りの商人だった。

宮殿に運び込まれる酒樽から、窓辺の木を伝って夜のバルコニーから、古過ぎてもうだれも知らない地下の抜け道へ続くクローゼットの奥から、どうにかして彼らは母に会いに城の外からやって来る。

その恋人が自分の本当の父親だったらどうしよう。

空想の恋人は、城内の者では面白くなかった。

長じるにつれて召使たちの陰口や大臣たちの失言でなんとなく耳に入ってきた真偽の定かでない母の浮気のゴシップはその点で退屈だった。近衛兵や貴族やその子弟にもたしかに若く容姿の優れたものは多くあったが、それはあまりに手近に過ぎて、ただれた惰性と生活の臭いがした。

端的に言えば、ロマンチックでなかったのだ。

イリミアーシェは皇帝から貰った子馬をかわいがった。

かわいがってみれば、実際、馬のことは好きになった。美しい生き物だ。

幼いイリミアーシェは城の厩舎によく顔を出すようになり、練兵場で乗馬を学び、供を連れて町の外まで遠乗りにも出るようになった。イリミアーシェが子どもながらにメキメキと乗馬の腕を上げていると聞けば、皇帝は自分の教育が良かったと多少は得意になりもしたが、それ以上に興味を向けるということもなかった。

イリミアーシェは、乗馬は良いな、と考えた。家庭教師に習う勉学も武芸もそう嫌いでもないような気がしたが、あまり熱心にやりすぎるのは危険だとイリミアーシェは考えていた。

その点、乗馬は良い。夢中になっているとの噂が皇帝や兄姉の耳に入っても警戒されず、かといってあまり眉もひそめられず、しかし、実用的で面白い。

帝都から少し離れた郊外の別荘に、イリミアーシェは貰った馬を移し、そこによく通った。広い草原で駆けさせたいからだと周囲には説明したが、本心は皇帝から馬を遠ざけたかったからだ。

普段、別荘の厩舎には馬の世話をする足の悪い猪人の老人が一人いるだけで、彼に外に出てもらえばイリミアーシェは馬と自分だけになれた。厩舎に馬と自分だけになると、イリミアーシェは馬の首を抱き、静かに自分の失ったかわいいカラクリ馬を思った。

あの人がそう決めたら、私は、あの馬を守れなかった。あの人がそう決めたら、母も、私を守れないのかな。

黒い塔の砦が陥落し、親族が慌ただしく動き出す中、イリミアーシェは努めて普段通りに過ごした。しかし、目と耳と肌とをそばだてることは忘れなかった。幼いイリミアーシェに関心を払うものはいなかった。

父も兄姉たちもまずは様子見に回った中へ飛び込んできた狩人ニャメ処刑の知らせに、イリミアーシェは痺れた。そして、この痺れは自分だけのものではないと感じた。ネクル界には自分と同じように、ニャメの孤独な戦死に震えたものが多くいるはずだ。その震動を父たちはとらえ損ねている。

自分の生になにかを起こすのならば今しかない。

ニャメが世界を揺り動かして出来た亀裂が塞がる前に、そこに我が身をねじ込んで道をこじ開けねばならぬ。

それは考えというより直感に近いものだったが、イリミアーシェは腹を決めた。

旅立ちの前に、イリミアーシェは別荘の厩舎を訪れ、見事な毛並みに育った愛馬に別れを告げた。

そして去り際、いつもの通り厩舎の外でただ待機していた猪人の馬飼に初めて声をかけた。

「ご老人、長い間、あなたは私になんの質問もしなかった。それに感謝している」

老人は表情を一切動かさずにただ低い声で応えた。

「私は自分の身を守っているだけでございます。私はなにも知りたくない」

「賢いことだ。この会話も忘れるがいい。どうか、あの馬をよろしく」

「最後のお言葉だけ覚えておきましょう」

数日後の夜半、イリミアーシェは宮殿の寝台をそっと抜け出した。着慣れた乗馬姿に真紅のマントを羽織って皇帝の印章で留め、履物には母の衣装室から勝手に持ち出した少し大きめのブーツを選んだ。母のお気に入りのブーツだった。

城は寝静まっている。コツコツと鳴るイリミアーシェの靴音を聞きとがめるものはない。イリミアーシェはそっと城を出ると、帝都を出る船へともぐり込み、東へ打って出た。

船からモガウルの港の桟橋へと降り立ったイリミアーシェに注目するものはなかった。まだ空は白み始めたばかりで周囲は薄暗く、船員たちは忙しく動き回っている。港の日雇いたちの数もまだそれほどに多くはなく、みな船の積荷を下ろす作業の開始を待ってただ波止場にたたずんでいる。

周囲がうるさくなる前に、さっさと始めたほうが良かろう。

小さく咳払いした後、イリミアーシェは船中考えておいた第一声を大音声で呼ばわった。

「どうかここで、狩人ニャメを英雄と称えることをお許し願いたい！」

ニャメの名に思わず視線を向けた日雇いたちは、それっきりその少女から目を離すことが出来なくなった。英雄を称える辻説法はワウリ界でもネクル界でもメジャーな庶民の娯楽で、最近はニャメを称える辻説法も聞き飽きるほどの大流行りであったが、それにしても彼女は無視するには身なりが良すぎ、声が通りすぎ、容貌に恵まれすぎていて、港の辻説法には場違いすぎた。

そして、真紅のマントだ。これはどうしたことだろう。人々はなんとなく少女の周りに集まりだす。

いつか、港は人だかりで一杯になっていた。

「さあ、今こそはニャメに倣おうではないか！　今ここで、私は英雄ニャメの遺志を継ぎ、卑劣漢どものために身動きできぬ皇帝閣下に畏れながら成り代わって、聖戦を宣言する！　さあ諸君も今すぐ義勇軍に参加したまえ！」

イリミアーシェが演説をそう締めくくると、群衆から熱っぽい質問が飛んだ。

「で、その義勇軍ってのは、今どれくらいの数が集まってるんで？」

「なにを言う、そんなものは決まっておろうが」

「と、言いますと？」

「ゼロである。なぜなら私がこの義勇軍の構想を口外したのは、まさに今朝、たった今の演説がはじめてであるからだ。諸君らは光栄に思うがいい、誉れの聖戦士になる機会を真っ先に得たのだからな」

群衆は散っていった。

黙って離れていく人々を睨んでいるイリミアーシェの前が開け、群衆の割れた桟橋の先に、猪人の大男が顎を掻きながら思案顔で立っていた。

イリミアーシェは挑むように、その大男に向け胸をそらし、腰に手を当てその場で待った。向こうから来るべきだ。あちらが臣下になるのだから。最初が肝心だ。

ボルゴーと名乗ったその猪人に世話された宿の一室はひどく粗末な部屋であったが、まあ船倉よりは揺れないだけマシではあった。

翌日、ノックの音にイリミアーシェが目を覚ますと、日はすでに高く上がっていた。

入ってきたボルゴーはどこかで昼飯をとりながら今後の相談をしようと言う。

そうか、外に食事をとりに出るということがあるわけか、庶民の生活ではそういうこともあるか。

イリミアーシェは内心驚きつつ、寝床近くに脱ぎ捨てていたブーツに手を伸ばす。

昨晩脱いだ時に抜いた靴紐が抜けたままだ。そうか、ここでは紐を戻しておく召使がいないのだった。紐は足を入れてから通すものだろうか、それとも先に手元で通しておくべきなのか。

イリミアーシェがモタモタと靴に足を差し込んだり、一旦戻したりするのを見て、ボルゴーは眉間のしわを深くした。

「失礼」

そう一言断ると、ボルゴーはイリミアーシェの足元に跪き、しっかりと足をブーツに押し込んで紐を手早く穴に通してきつく絞って、それを結び始めた。

その丸まった背を眺めて、イリミアーシェはこれまでに感じたことのない強烈な快感を覚えた。

これは『私の』家来だ。

父に与えられた配下ではない。

『私に』仕えているのだ。

優秀なものを跪かせるのは王の喜びである。

ボルゴーが紐を結び終えて立ち上がる。

これほど見事に結ばれた靴紐は見たことがない。イリミアーシェはうっとり深く満足に浸った。

とっくりと自らのブーツを眺める皇女の横で、ボルゴーは呆れ果てていた。

なんと、皇女殿下は自分の履いて来た靴の履き方を見て驚いておられる！　城では目を覚ます前に召使が靴を履かせておいてくれたのだろうか？

植民都市ダルフンカからファランクス隊に守られボルゴーに背負われて脱出する際、近くの大楯に音高く弓矢が突き刺さった瞬間、イリミアーシェはボルゴーの大きな背に思わず失禁した。

ボルゴーは鼻を鳴らし笑った。

なんという屈辱だ！　自分は驚いただけなのに！

後でこのことについてはじっくりと話し合わねばなるまい。

その機会は来なかった。

砂漠の市で目を覚まし、ボルゴーが死んだことを伝えられたイリミアーシェは一瞬、目を閉じた。

ボルゴーを失った。

私を守り通して死んだ。

残念だ。

自分の中に広がった感情はそんな言葉を超えていることはわかっていたが、それ以上の表現をその感情にあてることを自分に許しはしなかった。王の選択で配下は死ぬ。残念だ。

そのはみ出した分のイラだちに任せて、イリミアーシェは枕元の犬人の少女に言う。

「奴隷売りの人間に顎で使われる飼い犬でいる気分はどうだ？」

突然の侮辱に歪んだ相手の顔を、イリミアーシェはじっくりと見た。

そこには誇り高い怒りと、図星を指された屈辱が、正直すぎるほどに率直に浮かんでいた。

私はボルゴーを失い、新しい何かを得たかもしれない。

イリミアーシェは直感した。

これはいい家来になるだろう。

犬人パタと過ごした日々は愉快だった。

しかし、それがいつまでもは続かないことを、イリミアーシェはよくわかっていた。だからこそ、そこにダラダラと留まったのかもしれない。

それが終わることが決定的になった夜、シーシヒの邸宅の一室で、イリミアーシェはパタを呼び止めた。

この同年輩の犬人を挑発してイジメられるのも今宵が最後になるかもしれぬ。

今夜、この頑固者に思い切らせねばならない。

イリミアーシェは改めて向かいに座ったパタの真剣な顔をじっくりと眺めた。この犬人が美しいことは他種族でもわかる。

こやつが同性愛者で他種族にも興味が湧く性質なら、自分の身体を与えてでもその気になってもらうところだな。

そんなことをチラリと考えて、皇女は薄く笑う。

いや、この誇り高く、初心で、それでいて恐るべき残酷さも持ち合わせている砂漠の戦士は、そんな申し出ならば怒り狂って断るやつだ。

ああ、なんとか私に跪かせたいものだ。

「なにを笑う」

低く呟いたパタに、皇女は勝負を仕掛けた。

「シーシヒは休戦を画策しているのではないかと思う」

シーシヒの屋敷の窓から、通りの向こうに現れたラクダ騎兵を認め、イリミアーシェの背筋は快感に震えた。

ああ、パタ、来たな、私に跪きに、私を守りに。

その快感に任せてバルコニーに駆け出し、イリミアーシェは叫んだ。

「パタ！　私はここだ！」

取り押さえようとしてくる召使たちの腕の下から、イリミアーシェはさらに声を張り上げる。

「迎えに来い！　私を！」

蜃気楼の死地を脱した直後、二人乗りの横にパタの姉をくりつけたラクダで砂漠を駆けながら、皇女は手綱を握るパタの背へ声をかけた。

「震えているのか」

「正直、死ぬと思った」

「虚勢を張れ。解決にはならんが気が晴れるぞ」

「今、私に助言したのか？」

「私はその道では経験が豊富なのだ。私は、その気になれば簡単に私を殺せる相手とばかり向き合ってきた。今だってそうだ」

そう言って皇女はパタの背を叩いた。

パタはため息を吐いて言う。

「アンタ、道化にならすぐなれそうね」

パタの震えは止まった。

イリミアーシェはパタの背にもたれ目を閉じた。

これが死ななくてうれしい。


皇女は砂漠を越え港町モガウルに戻ってきた。モガウルにも義勇軍崩れは多くおり、皇女はすぐに人々に見つかって、町は大騒ぎになった。

ズタボロの犬人の戦士を二人従えた皇女はまっすぐ市庁舎へ向かい、人々は大騒ぎでそれについて行った。

行政官が泡を食っているのに、これから少し演説して民衆には帰ってもらうから騒ぐな、話はそれからだと簡単に言い捨てて、皇女は召使たちを勝手に呼びつけて指示を始めた。

皇女は顔を洗い髪をいくらか整え、身支度をやめた。

「着替える時間くらい作るが？」

パタの問いには応えず、イリミアーシェは大変大真面目な調子で言った。

「パタ、私の戦い方を見せてやろう」

皇女が演説をされると聞かされた人々は、市庁舎前の広場でざわめきながらもただ待った。

普段は布告などに使われる演台に姿を現した皇女は、砂埃で汚れ、明らかに疲労の色が見えた。

皇女はまさにたった今、砂漠を越えてきたのだ。

聴衆は息を呑み、皇女の一挙手一投足を見逃すまいと目を見開く。

皇女は演台に向かう途中、少し喉を押さえ、後ろに控えた犬人になにか告げた。犬人が杯を差し出し、皇女は水を一口飲んだ。

皇女は喉が渇いているのだ。追っ手から逃れて砂漠を越えてきた直後なのだ。当然だ。大きな声は出せないかもしれない。人々はその第一声を聞き逃さぬために、微かな身動きすら控えた。

杯を犬人に返し演台に着くと、その静まり返った聴衆に向けて、皇女はよく通るはっきりとした声音で言った。

「私がいぬ間に、ネクルの戦士はみな死んだのか？」

静まったままの人々に向けて、皇女は今度は叩きつけるように言った。

「そうでないなら、なにゆえに誰一人として砂漠の子どもたちを助けに来ないのだ！」

皇女は続ける。

「戦士たちは一人も残っていないのか！　だれもが人間に媚びへつらう下僕になり下がった

か！　戦いもせず、亜人種の子を奴隷に差し出して、人間様に哀れみを乞うているのか！　誰一人、これに抗議するものもないのか！　私は砂漠で待っていたのだぞ！」

大きく息を吸って続ける。

「私は砂漠で鞭打たれ、屈辱にまみれ、無慈悲に売られていく子どもたちを見た！　ニャメならばどうしたか！　ボルゴーが今も我が傍にいたならいかに吼えたか！　あの勇ましく誇り高い義勇軍の一兵でも残っていれば！」

そこで言葉を切り、皇女は一瞬だけ下を向くと、それからきっと空を見上げた。

聴衆にはわかる。星に成った戦士たちを見上げたのだ。昼間の今、それは見えない。彼らの不在が人々の心を刺して、皇女の心もまた、この痛みを感じているのだと共感が広がった。そう思ってみると、ああこの美しい皇女はまだ若く、あまりに細身で、なんと頼りないのだろう。

その皇女が視線を鋭くし、自分たちに向けて吼える。

「あの戦士たちはもういない！　今は、私自身が勇気を出す時だ！」

聴衆はその叫びに快哉で応えた。このいたいけな少女が、今、自分よりも幼い子どもたちのために、勇気を出すと言ったのだ！　流石は皇女だ！　我らが姫君だ！　皇帝の娘だ！

人々は高揚し喚きたて、足を踏み鳴らす。

その時、一人の猫人の女が演台に向けて走り出た。

止めに入ろうとしたパタを手で鋭く制止して、皇女は女にしゃべらせる。

「殿下！　私を戦列にお加えください！」

女は幼い猫人の子を抱えている。その子を皇女へ高く掲げて見せて、女は泣きながら語った。

「殿下にお救いただいた子です！　殿下が砂漠から逃がしてくだすった子です！　三年前、奴隷狩りに奪われたこの子と、私は再会出来たのです！　殿下のおかげです！　殿下が砂漠から逃がしてくれたと、この子から確かに聞いているのです！　一年前にこの港町で保護されているのを知らせてくださる方があって再会し、今日まで母子でこの町に暮らしておりました！　ただお礼を言いたくて参ったのですが、ああ、私は今日まで私以外にも子を奪われた、あの身を裂かれるような地獄の日々にある親が私のほかにもまだいることを考えてもみませんでした！　私は、私のこの歓喜を、生き別れた幼子との再会を、他の親にも味わってほしい！　どうか子を奪われた親のために、親から奪われた子のために、私も殿下の戦いにお加えください！」

なんと、殿下は囚われの身でなお奴隷の子を逃がしておられたのか！

その腕に抱かれた幼子が不意に大声で叫んだ。

「殿下、あたくしも戦いますっ！」

群衆が堰を切ったように競って叫びだす。

殿下！　殿下！　私も！　私も戦列に！　義勇軍に！　今一度、お立ちください！　戦わせてください！　ネクルの戦士をお呼びください！　戦士はここにおります！

　その地鳴りに似たどよめきに負けじと、皇女は声を張り上げる。

「見よ、今始まろうとしているこの戦いを！　聖戦を止めるな！　戦いをやめるな！　私は、剣なくば矛で！　矛なくば弓で！　弓なくば木の棒でよい！　棒もないならこの腕を振るう！　腕もがれたならこの口で噛みつこう！　ネクル界のあらゆる場所で、聖戦を継続せよ！　聖戦の前線は砂漠にも草原にもない、ただ聖戦を止めようとする卑劣な精神との対峙にある！　我らの子どもを売り渡し、己が平穏の日常を買おうとする、反聖戦論者を許すな！　聖戦を継続せよ！　前線は今ここに！　反聖戦論者と私の間に！」

　皇女が叫ぶのに合わせて、群衆たちも叫んだ。

「聖戦継続！　聖戦継続！　反聖戦論者を許すな！　聖戦を継続せよ！」

　この演説に使われた『反聖戦論者』という語は皇女の創作であったが、この言葉はあっという間に世界に広まってそのまま定着し、この後百年使われ続けることになった。

　聖戦はワウリ界においてもネクル界においても基本道徳である。聖戦に本腰を入れようとしない権力者たちに不満を募らせていたネクル界の亜人たちは、この演説にわが意を得たと感じ、この便利な言葉を大いに活用した。くだくだと小理屈をこねて戦おうとしない手合いにはただこの言葉を怒鳴りつけてやればいいのだ、「反聖戦論者！」。

町を行く馬上の騎士に群衆が叫んで逃げる、演説中の議員にヤジが飛ぶ、商人の屋敷の門に張り紙が張られる、講義中の教師に生徒が怒鳴る、子どもが親をにらんで吐き捨てる、「反聖戦論者！」。権力者にこの言葉をぶつけてやるだけで、人々は聖戦を戦っている気分になれた。流行り病のようにこの言葉はネクル界全体へ広がっていった。

あらゆる立場の亜人種が反聖戦論者の誹りを受けることを恐れ、なにを主張するにもまずは自分が反聖戦論者ではないことを表明しておかなければ落ち着かないという事態になった。

皇女の演説の一月後には、皇帝自身が元老議員の質問に答える形で「私は決して反聖戦論者ではないが……」と発言したことが記録に残っている。休戦など口に出すのも危険な行為となった。

各地から帝都の宮殿前に皇帝の徴兵を望む亜人の戦士たちが手弁当で集まり、日夜声を合わせて気勢を上げた。

「聖戦継続！　聖戦継続！　前線はここに！　反聖戦論者を許すな！　聖戦を継続せよ！」

港町モガウルの皇女の下へも義勇兵が殺到した。彼らは戦の開始を今か今かと待ちわびながら、しかし、じっと動かない皇女を称えた。力を蓄えながら、元老院に圧力をかけているのさ、流石は強かで賢い我らが姫君よ！

世論の強い圧力を受け、皇帝は正式に軍の召集を宣言した。だれも反対は出来なかった。各地方の貴族や後継者候補たちも兵を供出した。

元老院は手早く角人の近衛兵長の一人を大将軍に選出し、皇帝はこれを認可した。

砂漠の大商人シーシヒの画策した休戦は頓挫した。

このネクル界全土がなにかしらの応答を強いられた皇女イリミアーシェの演説を『モガウルの大号令』と呼ぶ。また一般にただ『大号令』といえばこの演説のことを指す。

聖戦は続く。


帝都を出た皇軍には多くの義勇兵も編入されて、その数は三万を超えた。

帝都より大将軍に率いられてきた大軍を、イリミアーシェは城門の上から出迎えた。

噂に聞いていた白銀の長髪が風に靡き陽を受けて光っている。

なんと見事な我らが姫君！

誰からとなく歓声が起こり、全軍上げての鬨の声となる。皇女はそれにさっと手を上げ余裕の態度で応えた。

到着した大将軍たち皇軍の将校は、早速の軍議に呼ばれ、すぐに違和感を覚えた。

軍の最高司令である大将軍より軍議の場で皇女殿下が上座にいるのは、まあいい、許容範囲だ。

しかし、何故この人は我々を当たり前のように部下扱いして話しているのか。

砂漠の蜃気楼攻めの開始時期について話そうとする皇女を、角人の大将軍は小さく咳払いして遮り、言った。

「殿下、これは、その、老婆心からの確認ですが…我々は殿下と協力したいとは思っております。殿下が私兵と申しましょうか、いわゆる義勇軍を集めて行動なさるのも基本的に自由です。しかし、私たちは殿下の指揮下に入りにきたわけではございません。おわかりですね？　個人的には殿下の『大号令』を尊敬しております。しかし、我々はあの『大号令』に応じて直接に殿下の下へ参集しているわけではなく、皇帝陛下の正式の召集と元老院の議決をもって…」

「ゴチャゴチャと、まるで反聖戦論者だな？」

皮肉な笑いを浮かべて皇女は言って、腕を組んで胸を反らした。

将軍は口を曲げ一瞬黙る。

その発言を深追いせず、将軍は拙速な砂漠攻めへの反対意見を述べることにした。

砂漠へ大軍を送るのは周到な準備が必要である、砂漠に慣れていない兵たちの行軍は時間がかかり、現地徴発に期待できない兵糧の計算は難しく、物資には余裕を持たせねばならず、その上、相手が籠城を選んだ場合、砂漠における包囲戦を経験した将はおらず、兵の疲労は計り知れない、多くの物資を用意するにしても蜃気楼の市への攻撃は商人たちからの協力を得ることが難しいと思われる、それよりもまずは草原の植民都市ダルフンカを目標にしてはどうか、ダルフンカを落とせば交易に頼る砂漠の市は押さえたも同然で、派兵の必要すらなくなるかもしれない。

おおむね正論であったろうが、これを皇女はすべて聞き流した。

皇女の精神に基づけば、結論は即座の砂漠遠征なのである。戦のことは知らん。

皇女は皇軍到着の一週間後には城内にあるだけの兵糧を勝手にかき集め、大軍を率いてモガウルを出立していた。この軍には皇軍も多く含まれていた。みな、皇女殿下が指示しているのだから間違いはないだろうと思い込んでいたようである。

寡兵と共に取り残された大将軍は激怒し、すぐに帝都へと使者が走った。

皇女の砂漠遠征は散々な結果に終わった。

『蜃気楼の暴動』以降もなお砂漠に留まったサルーキ族はすでに皇敵になり蛮族と呼ばれる覚悟も決めた集団で、皇軍相手であっても戦うのに躊躇いはなかった。怠惰の日々から目覚め、この一戦でサルーキの名を歴史に刻む意欲に満ちていた。

慣れぬ砂漠の行軍に苦しむ縦に伸びた大軍を、サルーキのラクダ騎兵が執拗に襲った。サルーキは常に兵糧を標的に定め、一撃離脱の間に輜重へ火をつけては逃げた。

いざ蜃気楼の市を包囲したとき、すでに遠征軍の残りの兵糧は二週間分を切っていた。行商人たちの逃げ出した後の市に現地徴発出来るような物資はない。

城並みといっても小城程度のシーシヒの邸宅ならば二週間あればなんとでもなるだろうと皇女は高をくくっていたようだが、敵方のサルーキ族は籠城戦でも実によく働き、慣れぬ砂漠に弱りきった遠征軍は疲労困憊で、パタとその姉がいくらか気を吐いたものの、日にちはあっという間に過ぎて、兵糧は尽きた。

港町モガウルの大将軍に送った追加の兵糧輸送を要求する使いに返事はなく、皇女は猪人のごとく憤懣に鼻を鳴らし、砂漠から兵を引きあげた。

空腹にフラつきながら港町モガウルへ帰ってきた遠征軍の入城を、大将軍は拒否した。

冷たく開かぬ門をにらむイリミアーシェへ、大将軍は城壁の上から大声で元老院の印と皇帝の署名が入った命令書を読み上げる。

「皇帝の指名した大将軍指揮下の兵を騙し扇動し、指揮系統を混乱させた罪は重い。モガウル入城前にまず武器を捨て、軍団を解散するべし。その上で兵卒は皇軍へ再編成を受け、義勇軍なる皇女イリミアーシェの私兵部隊は混乱の元となるので、以降結成を認めない。皇女は帝都へ出頭し元老院の沙汰を待って、しかるべき罰を受けるべし」

イリミアーシェは激怒し、モガウルへの攻撃命令すら出しかけたが、これはパタがなんとか押し留めた。

帝都に出頭などすれば一巻の終わりであることはわかっている。

解散を拒否し、とりあえず草原に陣を敷いた皇女の軍を、今度は植民都市ダルフンカからの聖鍵軍が襲った。これを大将軍は救援せず見殺しにしたとして、ネクル界の民衆に憎まれたが、実態としては救援する間もなく総崩れになったということらしい。

皇女の砂漠遠征軍は崩壊し、敗残兵は結局モガウルの皇軍に吸収されたが、その中に皇女の姿はなかった。

皇女を破った聖鍵軍はそのままモガウルを包囲した。聖鍵軍を率いる筆頭戦士ニモルドは搦め手の港側からこれを巧みに攻め、兵力を落としていた皇軍は持ちこたえられず、二月ほどでモガウルは陥落した。

帝都において、モガウル奪還のために再度の皇軍召集が決定した。これはまさに他の地域がどんなに無防備になっても兵を集めるという決定であり、国力を絞る決断である。

一部元老議員は次の大将軍の候補に鉄の虎メリヴォラの名を挙げたが、これは見送られることになり、実績豊富な犬人の老将に五万の大軍を託される運びとなった。

大将軍が港町モガウルへ向かう途上、百に満たない兵を率いた皇女イリミアーシェが野営地を訪ねてきた。

「軍に加えていただきたい」

そう申し出た皇女に、老将は聞く。

「またも兵を乗っ取ろうとでもお考えか？」

「この亡国の危機にあって、そのような考えは持ちませぬ」

「では先に帝都へお帰りになり、裁定を受けなされ。それが道にござる」

「そうなれば、私は謹慎を言い渡され、この後は二度と兵を率いることなど出来ないでしょう。再び戦場に立つことすら叶わない」

老将は黙っている。

「これより大将軍殿の戦われる決戦は、第二次聖戦の歴史書に大文字で記される戦いにございます。私の名も、どうかそのページの端にお加え願いたいのです。その願いが叶った後であればいかなる処分も受けましょう。きっと帝都へ帰り元老院の査問も受けましょう。どうか、私に戦士の情けをおかけください。これは私が聖戦を戦う最後の機会なのでございます。私には民と交わした約束があるのです。聖戦を続ける、と。まさにその約束を交わした地であるモガウルを巡る戦いに、私が参戦しないことなど許されないのです」

イリミアーシェはあえて『大号令』とは口にしなかった。

なにかを誇っているわけではなく、責任を感じているのだという印象を強めるためだ。

野営地のかがり火に照らされたイリミアーシェの美しく真剣な顔に涙が光った。

「…絶対に私の指揮下で命令に逆らわず、必ず生きて帝都へ戻り、裁きをお受けになりますな？」

イリミアーシェの一隊は皇軍の末端に加わることを許された。

港町モガウルを守る人間の戦士ニモルドは凄まじいの一言だった。

パタとその姉が一度まみえたが、二対一でなんとか互角、決着のつけられぬままに日が暮れ、ニスリーンの仇を討つには至らなかった。この後は老将軍が皇女の隊が城門に近づくことを許さなかった。

城門を破れぬままに時は過ぎ、黒い塔の砦から敵方の援軍が到着すると、包囲軍は逆に城内軍と援軍の挟み撃ちを受けて総崩れとなった。

モガウルに入ってしまえばそこを拠点にして勢力の回復も出来るだろうというイリミアーシェの目論見も崩れた。

敗走する亜人軍への聖鍵軍の追撃は執拗であった。

散り散りにされた集団がそれぞれに襲われ、犬人の老将軍も討ち取られた。

十騎足らずの味方と共に落ち延びていたイリミアーシェもとうとう小さな森に潜んでいるところを敵方に囲まれた。手柄を求める聖鍵の兵たちにとって皇女は最高の獲物の一人だった。

森の暗がりに身を潜め、糧秣を口に押し込んで噛み砕き、深呼吸するとパタは皇女の目を見て、小声ながらはっきりした口調で言った。

「皇女殿下万歳！　次期皇帝陛下万歳！」

面食らっているイリミアーシェに、ニヤリ笑ってパタは続ける。

「一度言ってみたかった」

「パタ、うまくやれよ」

「任しとけ」

「王は責任など取らん。いや、責任など取れん。王のする決断とその結果の大きさを思えば、自分が責任を取れるなどと考えることこそ許しがたい傲慢だ。王はただ決め、戦士は死んでいき、神がそれを愛でる。この世界はそう出来ている」

「今のはいいわけか？」

皇女は珍しく、言葉に詰まった。

「私に死を命じるのにいいわけはいらん」

パタは軽く言ってのけ、それからまたニヤリ笑って続けた。

「命じるのに気が引けるなら、ただ頼め」

イリミアーシェはその情けにすがった。

「パタ、頼む」

パタと姉は包囲の一角を打ち崩し、そこから皇女を脱出させ、兵たちはみなそのままそこに留まって残った敵を足止めした。

皇女はパタたちを捨て駒に、単騎、死地を逃れた。

皇女は一人、夜に沈んだ平原を馬で駆けた。

空には厚い雲が低く満ちて、星は見えず、月明かりもない。

方角もわからない皇女はただ馬に任せて進んだ。

じきに雨になった。疲れきった身体が冷える。全身が震え、歯の根が合わなくなる。イリミアーシェは真紅のマントをきつく身体に巻きつけた。

雲の向こうに夜明けが来て、周囲がぼんやり明るくなると、雨は止んだ。

ここはどの辺りで、どちらへ向かうのが正しいのだろう。

なにか目標を求めて周囲を眺めると、その視線の先を動く複数の影がある。

六頭の野生馬の群れだった。

なだらかな丘を、軽やかに走っていく。どこへ行くのだろう。目的地があるのだろうか。あるいは何かから逃げているのか。ただ走っているだけか。動物たちにも、目的なくただ走るということがあるのだろうか。わからない。

パタは死んだ。何のために死んだか。次期皇帝を守って死んだのだ。

イリミアーシェは馬を下り、ボロボロになった真紅のマントを外して捨てた。

それから馬の手綱を引いて歩き出した。馬は辛抱強く付いて来る。素晴らしい生き物だ。

皇女は歩きながら糧秣を口に運び、半分を馬にやった。

港町モガウルやその周辺から戦乱を逃れて帝都マゴニアへ向け街道を進む避難民たちの行く手に、彼女は突然に現れた。

不安と疲労で一杯の人々が進む街道の先に、噂に聞いた白銀の髪をなびかせて立っていたという。

イリミアーシェは馬上で胸を反らし、人々が近づいてくるのをただ黙って待った。

さあ勝負だ。あの港に降り立った頃と変わって、民衆はマントのない自分が何者かわかるようになっているだろうか。

輝く白銀の髪、講談で何度も聞いたねじれた角、胸を反らす堂々たる態度、なにより稀に見る容貌。避難民たちは目を瞠り、大声で言った。

「イリミアーシェ殿下！　お一人なのですか？」

皇女はにっこりと笑った。

「さあ、みな行こう。帝都まではもう少しだ」

元より人々を迎えに来たかのようにそう言って、皇女は避難民たちと共に歩き出す。

街道を進み帝都に近づくにつれ、避難民の数は膨れ上がっていった。

イリミアーシェは避難民たちを励まし、大人たちに避難先での保護を約束し、子どもたちと行軍歌を唱和し、痩せた老人を背負うことすらした。

人々は皇女の振る舞いに感激し、民衆と苦労を分かち合う姿を称えた。他の権力者たちとは比べ物にならない、優しく勇気に満ちた我らが姫君！

中には疑問を持つ者もいた。そもそもこの民草が苦しむ状況に皇女の責任は大きいわけだ。

しかし、そんな話を持ち出して今まさに励まされている人々の気持ちに水を差すべきだろうか。今この時に、人々の疲れきった足へ、次の一歩を踏み出させる力を皇女が与えてくれるなら、そんな話はまた別の機会でもいいのではないか。彼らは喉から出かけた疑問を飲み込んで腹に戻した。結局のところ、だれもが英雄を欲していた。

いつの間にか、イリミアーシェは避難民の代表のような顔をしていて、それにだれも疑問を持っていなかった。

十万を超える避難民を率いて、皇女は帝都へ入城した。

待ち受けていた近衛兵が皇女に皇帝と元老院からの謹慎通告を告げる。

周囲の避難民は激怒した。皇帝は我らをこんな仕打ちで出迎えるのか！

色めき立つ周囲を鎮めて、皇女は近衛兵へ言った。

「私のことはわかりました。彼らに十分な食事と寝る場所を。みな、ひどく疲れています」

人々は泣いた。皇女殿下は我らのために揉め事をお避けになった。不当な扱いに一言も抗議せず、兵卒どもに引かれていった。近衛兵たちから言わせればこれは全く不当な扱いでもなんでもなかったが、民衆はそう感じた。

こうして皇女は十万の飢えた避難民を近衛兵に押し付けて、謹慎のために帝都の宮殿へ向かったのだった。

皇女は避難民よりも上等の床に寝るわけにいかないと言い張って、廊下で毛布に包まって横になっているらしい。この噂はどこからともなく城から流れ出て、あっという間に帝都中に広まった。町の広場や通りのあらゆるところに張られた難民用天幕の中で、配給の堅いパンをかじっていた避難民たちは、皇女と歌った行軍歌を大声でがなった。その歌声は帝都に満ち、皇帝や元老議員は苦虫を噛んだ。

廊下で寝るだけで十万人を食わせる責任から逃れられるなら、自分たちだってそうしたいものだ！　連日の元老院の席で、議員たちはブツブツと文句を言い合った。しかし、それでもやはり、彼らは廊下で寝たりはしなかったのだ。

狂戦士軍団と『鉄の蝶』の力でもって港町モガウルとその周辺を奪還した鉄の虎が焦土の中で王のように振る舞いだすと、皇帝はゴブリン王国へ、鉄の虎への物資援助を停止するように通達した。

この交渉は今の皇帝には難しいものに思われたが、彼はこれを成功させた。

これは鉄の虎にとって寝耳に水であった。ゴブリン王国からの支援を失うということは、『ゴブリンの火』と『鉄の蝶』の燃料の補給が止まるということであり、鉄の虎の爆撃戦術はもう行えなくなる。

鉄の虎はゴブリンたちがもはや沈み行く船の老皇帝に従った事実を訝りながらも、絶望も降参もする気はなかった。残された物資だけで植民都市ダルフンカ攻略は十分に成る。ダルフン力を落としネクル界の失地回復を完了した後、じっくりと帝都の玉座と向き合おうではないか。結局のところ、皇帝にもはや兵はなく、帝国のどこにも大した戦力は残っていないのだ。鉄の虎に焦る理由はなかった。

鉄の虎はダルフンカ攻略へ兵を進めた。

そこで死んだ。

突然の鉄の虎戦死の報はネクル界を衝撃と共に駆け巡り、人々は英雄の死を嘆いた。鉄の虎メリヴォラは恐るべき暴君に変わり始めてはいたが、変わりきる前に死んだといえる。多くの亜人たちにとって、彼はいまだ救国の士であった。

鉄の虎を見殺しにした皇帝への批判が巻き起こり、それは猫人ニャメの刑死の記憶を人々に思い起こさせ、民衆の権力者たちへの不満は爆発した。

人々の主張は実のところ曖昧で、皇帝や後継者候補たち、あるいは議員が過去どう行動すべきだったかの見解は一致せず、これからについての要求も様々だったが、一つだけ彼らの全員が声を合わせられることがあった。

皇女イリミアーシェ殿下を解放せよ！　これ以上、英雄を殺させるな！

実際のところ、イリミアーシェを処刑しようなどという動きはなく、暗殺計画のようなものがあったかも不明だが、民衆は本気でイリミアーシェが殺されるかもしれないと考えていた。

各地から皇女解放を嘆願する集団が帝都へ押し寄せた。最初期こそ嘆願集団は厳粛なものであったようだが、あっという間に彼らはやけくそに陽気な行列になっていった。みな活気に溢れ、それぞれに出来る限りのオシャレや仮装に身を包み、道中は派手に音楽を奏で続けて止むことはなく、集団が町や村に立ち寄るたびに数は増え、行列は多彩な亜人種、多彩な身分、多彩な年代の者が入り混じっていた。

それは新たな祭りの始まりであった。

鉄の虎が死んで、これが始まって、ああやっぱりそういうことか、あの人が『それ』なのだ。

これが新たな王を迎える祝祭になるのだと、人々はすでに感づいていた。

『皇女解放パレード行列』は町から町へ途切れることなく続いてあまりに長く、パレードの先頭が帝都へ入城を始めてから最後尾が納まるまでに三月かかったと伝わる。

帝都へ入城しても彼らはお祭り騒ぎをやめなかった。

出店屋台があちこちに出て、酒場は閉まることなく、辻説法師が皇女とそれを取り巻く英雄の講談をがなり、サーカスが芸を見せては皇女にささげ、酔っ払いはことあるごとに乾杯して叫んだ。

「皇女殿下万歳！　次期皇帝陛下万歳！」

イリミアーシェは元老院から謹慎を解かれ、軟禁状態だった自室を出た。

そして、その足でそのまま皇帝の待つ玉座の間へと向かった。

そうした動きは即座に城内の召使たちから城外へと伝えられ、触れ役がまるで公式の布告のごとく広場や辻々でこれを叫び、民衆はいよいよ時は来たと沸き立って、城の前へと詰め掛けた。

殿下の白銀の髪に、黄金の宝冠はさぞ映えることだろう！

玉座の間は人払いがされていた。

扉から真っ直ぐ続く赤い絨毯の先、玉座には真紅のマントの老皇帝が座っている。

深いしわの刻まれた痩せて乾いた顔の上には、イリミアーシェによく似たねじれた角が生えている。

イリミアーシェは胸を反らし勝ち誇って、赤い絨毯をゆっくりと踏みにじりながら進んで行った。

「陛下、いやさ父上、最後です」

足元まで来て跪きもしない娘へ、平板な声で皇帝は言う。

「ここを奪いに来るのがお前になるとは、考えてもみなかった」

満足げにイリミアーシェは応じる。

「そうでしょうとも」

「簡単にはいかんぞ」

「手向かいなさる気で？」

「いや、もう、そういうつもりはない。出来る限りのことはやった」

「意外に落ち着いておられる」

「貴様も一度ここに座ってみればわかる」

「宝冠はどちらに？」

「すでにここにはない」

イリミアーシェは凍りついた。

皇帝は喉を引きつらせて笑う。

「鉄の虎への補給を止める代わりに、ゴブリンどもにくれてやったわ。宝冠の無事を図るために預けるという名目でな」

「…彼らに返せといえば素直に返ってくるとお思いか」

「二度と返さんかもしれんな。やつらもこの戦で変わった」

目玉がこぼれ落ちそうなほど目を見開いて、皇帝は言う。

「思い知れ、小娘が。玉座の呪いを受けろ。だれも王よりも王にはなりえんのだ。だれも我が王国を引き継ぐには足らん。だれもが私よりも愚かだ。私が王だ。私が失敗するならば、他の全員も失敗するべきだ。だれかに渡すくらいならば壊すのが王である」

「老醜…」

呻いたイリミアーシェへ、父は告げた。

「醜かろう！　我が予言を聞け！　玉座に就けば貴様もこうなる！」

それから皮肉な笑みを浮かべ続けた。

「もっとも、貴様はここに座ることは出来んかもしれんな」


日がすっかり暮れた頃、その時を今か今かと待つ民衆の前に、とうとう皇女は現れた。

城前の広場を見下ろすバルコニーの演台に立ったイリミアーシェは、腕を上げ拳を自分の顔の横に持ってくると、人差し指を真っ直ぐ上に向けて立ててみせた。

人々は押し黙ったまま、皇女の宝冠のない頭上に注視する。

皇女は宝冠を手に出来なかったのか？　皇女は新しい王ではなかったのだろうか？

イリミアーシェは言い放った。

「私は星を指しているのに、あなた方が見ているのは私の指先だ。そんなにも私の頭にあのお飾りがないのが気になるか？」

だれにも口を挟む間を与えず、イリミアーシェは腕を伸ばし指を高く差し上げ、天空を示した。

その夜の空が雨模様であったら――曇り空であったら――ほんの少しの霧でも出ていたら――演説の効果は変わったかもしれない。

それが運命か、幸運か、神の計らいか、あるいは星自身の意志によるものか、地上の我らには知るよしもないが、しかしとにかくその夜の空、皇女の指の先には、あまりに見事な満天の星々が輝いていた。

「見よ！　天の光はすべて星！　数多星、宝冠のごとく！　我が頭上にいかな宝冠よりも燦然と輝く！　あの星々の英雄たちこそが、私をここへ導いたのだ！　あの狩人が、あの戦豚が、あの犬人の一族が、あの鉄の虎が、パタが、あの天球の数多の光が、私の頭上を飾っているのだ！　宝冠などどこへとも持って行くがいい！　あの天の光だけで我が王道は明かされている！」

皇女が言い切ると、瞬間、場を沈黙が占拠した。

まさにその一瞬に、広場の端から声が上がった。

「なんだ、まだ皇帝になっていないのか！」

そう叫んだズタボロの犬人の武士を見て、皇女は心底から驚きの声を上げた。

「パタ！」

この一瞬だけ、イリミアーシェはなにもかも忘れて歓喜で胸がいっぱいだった。

しかし、次の瞬間にはもうしっかりと人々の目に意識を戻している。

「見よ！　我が宝冠の到着だ！」

皇女の言葉に、人々は歓声を上げた。

皇女の皇帝就任を祝うため、星の英雄が帰ってきた！　やはり、この人こそ玉座に相応しい

のだ！

民衆はパタを担ぎ上げて、演台の皇女の元へ届けた。

ようやっと帝都にたどり着いたばかりで、前後の事情がわからないパタが混乱している隙を突いて、イリミアーシェは彼女を強く抱きしめた。

そして、大歓声の中、絶句しているパタに満面の笑みで言った。

「お前、ひどく臭いな！」

イリミアーシェは元老院議会を召集し、現皇帝の引退と自らへの帝位の禅譲を諮った。

帝都は皇女支持の民衆で溢れている。宝冠の不足は星の英雄の理屈で押し切られてしまったようだ。もう逆らうのは得策ではなかろう。

イリミアーシェは宝冠なしで元老院の議決を受けた史上初の皇帝になった。

彼女は玉座にたどり着いた。

鉄の虎の軍団が植民都市ダルフンカにおける攻防で壊滅した知らせを受け、皇帝イリミアーシェは聖鍵軍へ休戦の使者を出した。

休戦条約締結においては自らダルフンカへ赴き、聖鍵軍の団長とじかに向き合って書面へ調印した。

休戦条約には、向こう五年間の休戦、互いに奴隷を獲らないこと、所有する奴隷は無条件で解放すること、捕虜に課してよい労働内容の協議を継続すること、五年後にこの条約を更新するかどうかの交渉を行うこと、などが盛り込まれた。

これにより、第二次聖戦は終結した。

他の六人の皇子皇女はイリミアーシェの帝位を正式なものと認めず、国は割れ、自らの領地で皇帝を名乗るものも現れ、ネクル界はこれから『七皇子戦争』へ突入する。

皇帝イリミアーシェはそれらの兄姉を相手にせず無視して、なによりもまず砂漠に兵を向け、真っ先に蜃気楼の市を焼き滅ぼした。

しかし、これらの戦乱は聖戦に当たらないので、ここに詳細は記さない。

イリミアーシェは皇帝になった後すぐ城の宝物庫に行ったという。カラクリ馬が見つかったかどうかは伝わっていない。

イリミアーシェは死後、星の座へ上げられ、占星術師により簒奪者座が観測された。

さて、始聖王は最後の決戦を前に、その軍勢へ呼びかけました。

「時は来た！　昇る朝日のように輝かしく我々は進軍する！　もしも、お前が戦場での死を恐れこの戦いに出てこなかったなら、お前はすでに死人であった！　まさに生きている戦士たちよ、戦って勝て！　星に上がる働きを見せろ！　聖鍵が門を開き、道を開く！」

軍勢は鬨の声を上げ、呪いに病む身体を奮い立たせて、黒い塔へと攻め寄せました。

始聖王は聖鍵を額に押し当て、目を閉じ祈りました。

「私はかつて、自分は鍵を与えられた王であるのだから、することは全て正しいと信じた。今、まだ私は、自分の全てを正しいと信じているだろうか？　昔ほどには信じていない。ああ、しかし、鍵はいまだ私の手を離れない。故に、私は力と知恵の限りを尽くして戦いを続けよう、この身体が土くれに帰る日まで！　この鍵が戦士たちに力を与えてくださるように！」

（創世神話——第一次聖戦——終わりの始まりの祈り）

STARS & WARRIORS
IN THE
HOLY WAR BIOGRAPHY

村娘コリーナ

——あなたはただ鍵を取って
なすべきことを成せ

コリーナは自分のことを特別だと思ったことはなかった。

だから、イデルのようないかにも特別な人が自分の横にいるのが不思議でならなかった。

コリーナは長じるにつれて、これは特別に生まれついた人の幼馴染に偶然なった人がもらえる特典のようなもので、それ以上のなにかではなく、自分とイデルとの関係はいずれ失われるのが当然なのだと考えるようになった。どうかその日が来るのが一日でも遅いようにと祈りながら、コリーナはイデルとの日々を過ごした。

イデルが聖鍵軍に加わって村を出る時、ああ、これが終わりだと思って家で一人泣いた。

しかし、イデルはまめに手紙で近況を知らせてきて、二人の関係は続いた。

イデルがダルフンカでパレードがあるから来てほしいと知らせてきた時、ああ、これが終わりだと思って手紙の上で泣いた。

しかし、イデルに迫られて婚約までしてしまい、二人の関係は続いた。

ダルフンカから村に帰る時、きっとイデルのご家族は勝手な婚約に激怒し、自分をふしだらな女と罵って話は破談になって、ああ、それが終わりになるのかと考えて泣いた。

しかし、イデルの両親は息子の唐突さに呆れつつも、コリーナにはむしろイデルで本当にいいのかと聞いてくるくらいだった。イデルの兄は弟の行動をむしろいかにもヤツらしいと喜び、双子の妹たちは幼い頃から姉のように思っていたコリーナが本当に姉になったと輪をかけて大喜びだった。

しばらくしてコリーナの両親が流行り病で亡くなると、コリーナは婚礼前からイデルの家に入ることになって、そこでも優しく迎えられた。

コリーナはよく働き、義理の両親はいい嫁を貰ったと肯きあい、元より幼馴染の義理の兄妹とはもう本当の姉妹とほとんど変わらない。

それでも、コリーナは疑いようもなく幸福だった。

コリーナは心の隅で思い続けていた。

このまま行くはずがないのだと。

だから鉄の虎の軍団がダルフンカ攻略の下準備として周辺の農村に『ゴブリンの火』をバラ撒き出し、イデルの家の農場もなすすべなく焼け落ち、村中が避難することになっても、あまりみんなほどには沈まなかったのかもしれない。

そうだろう、これくらいのことは起こるのだろう。

なにか、そんな風に思った。

義兄とその家族と、義妹たちはある程度の財産と共にすでに先んじてダルフンカへと移り、村には義父とコリーナだけが残っていた。昔から村人に頼られている義父は、ギリギリまでそこに留まりたがり、コリーナはその世話に残ることを決めていた。

「…お義母様が見なくてよかった」

少し前にやはりダルフンカへ避難していた義理の母を思い浮かべ、黒々と焼け爛れた農地を丘の上から見下ろしてそう呟いたコリーナに、義理の父は言った。

「いやあ、あれは見たかったろうと思うよ。あれは自分が作った農場が焼け落ちるなら、焼け落ちるところをしっかりと見たがる人だ」

寂しげだが冗談めかすことを忘れていない義父の口調に、この人は強い人だなとコリーナは思う。

「…そうですね、そういう方でした」

義父に率いられて村はダルフンカへ向けての避難を開始した。

少しばかり残った家畜に荷物を載せて、焼け爛れて荒野のごとくなっている道を進む一隊に、一つの揺らめく人影が近寄ってくる。

その人はあまりに黒く、まるで歩く影のようだった。目を凝らすと、それが『ゴブリンの火』が撒かれた後の地に出来る黒い汚泥に全身まみれていることがようやくわかる。元は服だったらしき身体にまとわり付くボロ切れが赤黒い血の染みに染まっている。人か亜人かすらも瞬時には見分けがつかない。

あまりの姿に避難民のだれもが凍りついている中、コリーナはその巨大な黒いものへ走り寄った。

「ニモルドさん！」

フラつく男の肩を全身で支えながら顔を覗き込んで、コリーナは必死に言う。

「ニモルドさんでしょう！」

聖鍵軍筆頭戦士ニモルドは目の前の顔に必死に焦点を合わせる。どこかで見た顔だ。ああ、頭に血が足りない。だれだ、これは。

「コリーナです、イデルの妻です！」

ニモルドは最後の力を振り絞り、懐からそれを引っ張り出すと、グッと彼女の胸へ押し付けた。

「鍵だ…」

そして、地に倒れ、二度と立ち上がることはなかった。

戦士ニモルドの決死隊は『聖鍵』奪還の任務を完了した。

鉄の虎を討ち取り、部下のすべてを捨て駒にし、満身創痍になりながらも、ニモルドはその驚異の武でもって死地を脱してきた。しかし、ダルフンカはすでに狂戦士の軍団に完全に包囲された後だった。その包囲をくぐってダルフンカへ入城する力はもはやニモルドになく、ただ敵の目を逃れて彷徨っていたところ、偶然コリーナたちと出会ったわけだ。

ダルフンカが包囲されていることを自ら偵察して知った義父は、避難民の進路を変え、黒い塔の砦を目指すことにした。

ようやくたどり着いた黒い塔の砦の城門は閉まっていた。そして、その門前にはロープで繋がれた巨大な鯨級飛空挺がいつでも飛び立てるという状態で停泊している。

周囲には自分たちと同じく避難してきたらしい人々が不安げな目でたむろしている。

城門前ではどうやら聖鍵軍同士らしい兵の集団が二つに分かれて激しく口論している。空気は切迫し、一触即発であることが着いたばかりのコリーナたちにもすぐにわかった。

義父は若い聖鍵兵を捕まえて、イデルの名を出して説明を求める。

「イデルの？　じゃあ元竜騎兵だったたっていう親父さん？」

「揉め事か？」

「自分たちは飛空挺に避難民を乗せてきたところなんです。ダルフンカに友軍を残してきてるんです。イデルたちがまだ戦ってる。援軍を乗せて…いや、おれたちだけでもいい、とにかく、すぐに引き返して戦いたいのに」

「故障か？」

「接収するって言うんですよ、名誉組のやつらが！」

集団の口論は激しさを増していた。

「てめえらが逃げるのに使う気なんだろうが！」

「ふざけるな！　ただ、いたずらに戦力を失うのは間違いだと…」

「なら、何故こぞって乗り込もうとしているんだ！　見え透いた嘘を吐くな！」

「今まさに友軍がギリギリの状態で戦っているんだぞ！　ダルフンカが落ちればやつらはすぐに砦まで来る！」

「だからこそ、冷静な判断が必要だと言っているんだ！」

「ダルフンカを見捨てるのか！」

ダルフンカを見捨てる？

イデルが死ぬ？

コリーナはそのことを考えてみたことがないわけではない。

なんといってもイデルは聖鍵軍の戦士だったわけだし、前線の状況があまり芳しくないことも聞いていた。不安で眠れない日はしょっちゅうだったし、彼の無事を祈らない日はなかった。

しかし、それはいつも遠くで起きる、自分にはどうにも出来ないなにかで、それこそ祈ることしか出来ないなにかだった。

それが今、目の前で、目の前にいるだれかの行動で、イデルの生死が分かれようとしている。

なにかが起きてイデルが自分から離れていこうとしている。

思えば、二人が離れそうになるたびに、手を伸ばしてその運命を引き寄せ直してくれたのは、いつでもイデルの方だった。

ここに鍵がある。何故か、今、ここ、私の手に届くところに。私の懐に。

「『あなたはただ鍵を取ってなすべきことを…』」

コリーナの目の中で日の光が急激に強くなった。その光は震えて線になり、その線は糸のようにコリーナの体内に張り巡らされて、彼女は身動き一つ出来なくなった。金縛りのコリーナの耳に、そっとなにかが囁いた。

今、あなたの手の中に鍵がある。

あなたはどの扉を開くか、選ぶことが出来る。

星の数ほど多くの扉を抜けて、この鍵はあなたに届いた。

どれほどの大きな運命のねじれと、あまりに些細なきまぐれが、この日、この時に、この鍵をあなたに届けたか、あなたにわかるか？

どれほどの切実な願いと欲望のあがきの波が、あなたにこの鍵を届けたか、あなたにわかるか？

何故、あなたに——他ならぬあなたに、この鍵が届いたか、あなたにわかるか？

あなたには、決してわからない。あなたには、わかる日も来ない。

ただ、あなたは決めなければならない。

未来の結果も、過去の経緯も、現在の状況すら、なに一つ十分に知らされていないのに。

ただ、あなたはあなたの願いと欲望を頼りにして。

あらゆるすべてを巻き込んで。

怯えて祈り呪いながらも、あなたは、結局、選び、決める。

あなたは理由もなく選ばれたのだから、あなたはどの扉を選んでもよい。

ただ、あなたが決めなければならないことだけが決まっている。

私があなたに決めたのだから。

あなたはただ鍵を取ってなすべきことを…

「…『成せ』」

コリーナは選んだ。

コリーナは懐からそれをつかみ出し高く掲げた。

彼女は叫んでいた。

「『聖鍵』がここに！」

自分がこんな大声を出せるとは知らなかった。

「『始聖王の聖鍵』が、ここにあります！　戦士ニモルドに託されたのです！」

声の届いた範囲の全ての顔が自分に振り向く。全ての顔が目を瞠っている。全ての顔が次に私が何を待っている。

ああ、神様、どうか、私に、この一日だけで結構です、英雄のように振る舞わせてください。

「飛空挺をダルフンカに向かわせてください。援軍に行きます」

「何を言っている…」

ようやく気を取り戻した名誉組の一人が言う。

「それをこちらに寄越せ！」

そう言って、相手はズカズカと近寄ってくる。

乱暴に腕をつかまれ、聖鍵を取り落としそうになった瞬間、コリーナははっきりした声で命じていた。

「『この者の首をはねよ！』」

コリーナは、自分が口にしていることが信じられなかった。

現場組の戦士たちはみな抜刀した。

『ゴブリンの火』の爆撃を受けたダルフンカの城門は破られ、すでに戦闘は市街戦へと展開していた。

鉄の虎の狂戦士たちは自分たちの数が減るのも構わず、城門を破ってなお攻撃の手を緩めず、捕虜も取らず、自分たちを皆殺しにするつもりらしい。そう察したイデルたち聖鍵軍は徹底抗戦の腹を決めた。なんとか焼け残っている町の中心の市庁舎に立てこもり、イデルは生き残りの聖鍵軍を率いて戦いを続けていた。他の将校たちはみな死んでしまった。イデルはいつの間にかダルフンカ防衛全軍の指揮官になっていた。全軍はもはや百に満たなかったが。

イデルが市庁舎二階の窓から門の見張りをやっていると部下が聞いてくる。

「援軍、来ないんでしょうか」

「来るさ、信じろよ」

イデルは半分は自分に言い聞かせる。来ないのならば、もう……

敵の攻撃は小休止に入っているようだ。

周囲には人影もなく物音もしない。ただ、狂戦士たちは忍び寄ってくるのも上手いので気を抜くことは出来ない。

「イデルさん、自分、一緒に戦えて光栄です」

「死ぬみたいなこと言うなよ」

さらになにか言おうとした部下を制して、イデルは耳をそばだてた。

遠くから、ゴブリンたちの小型飛空挺のあの騒音がする。

あれを飛ばすということは、鯨級の爆撃が来るのか？　最近急に爆撃が少なくなって、あちらの物資が切れたのではと期待していたのだが、違ったのか、それとも補給が着いたのか。

なんにせよ、嫌な報せだ。

イデルはそんなことを考えて空をにらむ。

(違う、竜騎兵だ!)

上空では激しい乱戦が始まっていた。竜が火球を吐きかけ、小型飛空挺がブンブンと逃げ惑う。ダルフンカに駐留していた竜騎兵たちは全滅したはずだ。

黒い塔の砦から来たのだ。

「援軍だ!」

イデルは大声を上げた。

市庁舎に逃げ込んでいた人々が見上げる上空、雲霞のごとく飛び交う『鉄の蝶』と竜騎兵の乱戦の中に、大きな影が割り込んでくる。鯨級飛空挺だ。まとわりつく『鉄の蝶』を竜騎兵が必死に追い払う。その隙を突いた一隻の『蝶』が、鯨級へ火炎放射を浴びせるのに成功する。

「燃えるぞ!」

鯨級はたしかに一部に火がついたようだが、すぐには墜落せず、ゆっくりと高度を下げ始めた。

「降りる気だ! 全軍続け! 着陸を援護する!」

イデルは言いながら駆け出している。

鯨級は市庁舎前の広場に着陸する気だろう。

イデルは広場を守るように素早く兵を展開させる。

すでにあちらもそれを読んでいたのだろう、狂戦士たちの攻勢がすぐに始まって、広場を囲うように戦場が広がる。

その戦場の真ん中に、飛空挺は燃え上がりながらなんとか不時着した。

聖鍵の兵や市庁舎の人々から歓声が上がる。

その歓声に応じるように続々と聖鍵の援軍が飛空挺より飛び降りてくる。

イデルはその一々と抱擁したい心境だった。

そして、降りてきた一人の女を見た瞬間、イデルの頭は真っ白になった。

「イデル…」

その顔を見た瞬間、コリーナの張り詰めていたなにかが解け、意識は真っ逆さまに闇に落ちていった。

その崩れかけた身体を走り寄ったイデルが抱きとめる。

コリーナはイデルの胸へそれを押し付けた。

「鍵よ…」

コリーナは意識を失った。

イデルに鍵が届いた。

聖鍵軍は鉄の虎の軍団を退けた。

ニモルドに指揮官の鉄の虎を討ち取られていた狂戦士たちはただ闇雲に戦うことしか出来ず、ゴブリン王国からの補給が断たれたイリグダーの飛空挺団は飛ぶことが出来なくなり、爆撃攻撃も出来なくなって、軍団の崩壊は時間の問題だったのだ。少数ながらも援軍を得た聖鍵軍は、イデルの指揮の下よく持ちこたえ、最終的に瓦礫の山と化したダルフンカを守りきった。

そこに、亜人の新皇帝イリミアーシェからの使者が来た。

休戦の提案である。

教会に諮っている間はなかった。自分たちにはこれ以上の援軍が絶対にないことが知られれば、亜人たちは休戦などせずにダルフンカを押しつぶす方を選ぶだろう。

イデルは聖鍵軍の代表として単独でこれに応じた。

史上初の、聖戦の休戦であった。

調印式には皇帝イリミアーシェ自身がダルフンカへやってきた。

市庁舎で対面したイリミアーシェは美しい角人だった。

これが、聞き続けてきた『魔王の娘』、『世界的大迷惑』か。

イデルは不思議な心持ちだった。おとぎ話の人物に突然対面したような気持ちだった。

「ずいぶんと若いのだな」

相手の言葉に、イデルも返す。

「そちらも若い」

「ふふ、神々も互いに若い者に指揮を執らせることにしたのかもしれんな」

「何故?」

「貴様と私とで、より勇壮な聖戦を戦わせるつもりなのかもしれんぞ」

イデルは相手の好戦的態度が、作られたものか、心底からのものなのか、測りかねた。

なんにせよ、そうはなるまいとこの時のイデルは思っていた。

しばらくして、ダルフンカと周辺の復興を指揮するイデルの元へ、教会からの使者が来た。

なにかを予感した人々が市庁舎前の広場へ集まり、教会からの使者とその従者たちを取り囲む。不穏な雰囲気の中、権威を失うまいと声をことさらに張り上げて、使者は伝令書を読み上げた。

「聖鍵軍戦士イデルは、黒い塔の砦へ強く援軍を要請し、これが叶わぬ場合は鯨級飛空挺を強奪することを指示し…」

「そんな!」

すでに上がり始めた非難の声を無視して、使者は続ける。

「あまつさえ、その手段として聖鍵の権威を用い…」

コリーナの顔が青ざめる。

「さらに教会の判断も仰がず、亜人どもと勝手な休戦条約を結ぶなど、言語道断。よって…」

使者は唾を飲み込んで言った。

「不信心者であると宣告する！　ついては聖鍵を持って聖都まで…」

群衆はいきり立った。

「まさか！」

「イデル様がそうしなければみんな死んでいたのよ！」

「アンタっ！　わしは我慢ならん！　アンタをあんな腐ったやつらにっ、教会なんぞに渡しゃせん！　なにが不信心だ！　わしらみんなを見捨てたくせに！」

イデルは人々をなだめ、大声で言った。

「落ち着いて、みんな！　これはわかっていたことだ！」

聖鍵軍の兵の一人が叫んだ。

「聖都なんて行ってはダメです！　あそこではキシュ様だって有罪にされてしまったんだから！」

「イデル様を渡しはしないわ！」

「帰れ！」「帰れ！」「帰れ！」

人々が声を合わせて使者に迫るのを、イデルはまたなんとか静めて必死に言う。

「どうか聞いてほしい！　ダルフンカの復興はようやく第一歩を踏み出したところだ！　おれ

が原因でそれが妨げられるなんて、おれは望んじゃいない！　みんなの気持ちはうれしい、だけど、おれは望んじゃいないんだ！」

僧兵出身の聖鍵兵が叫んだ。

「あなたが望むのではない、神が望んでおられるのです！」

群衆はその言葉に熱狂し沸き立った。

イデルはなにかに屈した。

人々が言ってほしいと思っていることを、大声で答えてしまった。

「『それならばもう逆らいません！』」

創世神話のやり取りの再現に、民衆と軍団は熱狂した。教会からの使者は散々に小突き回され、追い立てられて、ほうほうの体で町を後にした。

熱狂する群衆の大騒ぎの中、イデルは一人、呟いた。

「『私にまだなにか「成せ」とおっしゃるのか？』」

自分は何をすることになるのだろう。

蠢きながら咆哮する人々を見回して、彼はその中に彼女の顔を探した。

今すぐに見つけなければいけない。今すぐに彼女を。

身体が震え、呼吸が荒くなる。

イデルは言葉にならないなにかを叫ぶ。

人々はそれに歓呼で応じた。

歴史家はこのイデルと民衆の応答をもって第二次聖戦の終わりと記す。

その夜、人々にはすでにイデルの居城と見なされ始めている市庁舎の寝室で、イデルはコリーナを抱きしめ、その肩に額をこすりつけ呻いた。

「恐ろしいことを始めてしまったんだ」

「あなたがああ言わなければ、みんな納得しなかったわ。正しいことをしたの」

「今日を生き残るために、恐ろしい明日を受け入れてしまった気がするんだよ！」

イデルが本当に震えていることを感じて、コリーナの身体も震えだす。

「そばにいてくれ」

イデルは言う。

「おれはこれから、恐ろしいことをするかもしれない。とても自分では責任の取りようもないことをするハメに陥るかもしれない。それでも、おれのことを知っている人がいると思えばやっていける。おれにはそういう人が必要なんだ。君が必要なんだ。おれのことを知っている人が。おれが『そうするしかなかった』ことを知っている人が」

「ええ、いるわ、あなたのそばにいるわ。約束する。泣かないで。さあ、しゃんとするのよ！」

イデルは彼女の肩を抱きながら細い声で聞いた。

「…君のためだと思っていいか？　おれのすること、全部、君のためだと思っても？」

彼女は怯まなかった。

イデルの震える瞳を真っ直ぐに覗き込んで、彼女は言い切った。

「ええ、いいわ！　あなたのすることのすべて、私のためにするのよ！　どんな恐ろしいことだって！」

イデルは弾かれたように彼女から身を離し、無理に明るくしようとして奇妙に甲高くなってしまった声で言った。

「ウソだよ、冗談さ、ごめん。おれはとんでもなく卑劣になるところだったな…」

しかし、口からすでに出た言葉を飲み込むことはもはや出来なかった。この後、彼女は生涯にわたり、イデルの行動のすべては自分のせいなのだと思わずにいられなかったし、イデルはなにか決断する度に彼女のためだと一瞬思わずにいられなかった。

コリーナは死後、星の座に上げられ、恋人座が観測された。

この後、ワウリ界の人間は聖王派と教会派に分かれ、血みどろの戦乱を繰り広げることになる。

世に言う『大分裂戦争』の始まりである。

しかし、これは聖戦でないため、ここに詳細(しょうさい)は記さない。

以上の記録すべて、星の位置、軌道、光度、またたきにおいて、矛盾のないものと認めます。

ワウリ界占星術会議

ネクル界占星術会議

◉金子跳祥著作リスト

「重力迷宮のリリィ」（電撃文庫）
「亜人の末姫皇女はいかにして王座を簒奪したか　星辰聖戦列伝」（同）

本書に対するご意見、ご感想をお寄せください。

ファンレターあて先
〒102-8177　東京都千代田区富士見2-13-3
電撃文庫編集部
「金子跳祥先生」係
「山椒魚先生」係

本書は書き下ろしです。

電撃文庫

亜人の末姫皇女はいかにして王座を簒奪したか
星辰聖戦列伝

金子跳祥

2024年2月10日　初版発行

発行者　山下直久
発行　株式会社KADOKAWA
〒102-8177　東京都千代田区富士見2-13-3
0570-002-301（ナビダイヤル）
装丁者　荻窪裕司（META＋MANIERA）
印刷　株式会社暁印刷
製本　株式会社暁印刷

●お問い合わせ
https://www.kadokawa.co.jp/（「お問い合わせ」へお進みください）
※内容によっては、お答えできない場合があります。
※サポートは日本国内のみとさせていただきます。
※ Japanese text only

※定価はカバーに表示してあります。

ISBN978-4-04-915386-6　C0193　Printed in Japan

電撃文庫　https://dengekibunko.jp/